Molly Moon

y el increíble libro del hipnotismo

Georgia Byng

Dirección editorial: M.ª Jesús Gil Iglesias
Coordinación: M.ª Carmen Díaz-Villarejo

Título original: *Molly Moon's Incredible Book of Hypnotism*
Traducción del inglés Isabel González-Gallarza
Ilustración de cubierta: David Roberts

© Georgia Byng, 2002
© Ediciones SM, 2002
    Joaquín Turina, 39 - 28044 Madrid

Comercializa: CESMA, SA - Aguacate, 43 - 28044 Madrid

ISBN: 84-348-9076-3
Depósito legal: M-38342-2002
Preimpresión: Grafilia, SL
Impreso en España / *Printed in Spain*
Imprenta SM - Joaquín Turina, 39 - 28044 Madrid

Para Marc, con amor,
por sus ánimos y su apoyo, y por hacerme reír

Capítulo 1

Molly Moon se miró las piernas rosáceas y llenas de manchas. No era el agua del baño lo que les estaba dando ese color y ese aspecto de fiambre enlatado, siempre las tenía así. Y tan flacas. Tal vez algún día, como un patito feo que se convierte en un cisne, sus piernas patizambas se convertirían en las piernas más bonitas del mundo. Eso sí que era ser optimista...

Molly se echó para atrás hasta que su pelo castaño y rizado y sus orejas quedaron debajo del agua. Se quedó mirando el tubo de neón fluorescente que había encima de su cabeza, el papel de la pared lleno de moscas que se estaba despegando y la mancha de humedad del techo donde crecían extraños hongos. Se le llenaron las orejas de agua y el mundo le pareció entonces brumoso y lejano.

Molly cerró los ojos. Era una tarde de noviembre normal y corriente, y estaba en un cuarto de baño siniestro en un edificio ruinoso llamado Hardwick House. Se imaginó que volaba por encima de él como un pájaro, y que veía su tejado de pizarra gris y su jardín lleno de zarzas. Se imaginó que volaba más alto, tan alto que podía ver la ladera de la colina donde se extendía el pueblo de Hardwick. Subió y subió hasta que Hardwick House se convirtió en un puntito minúsculo. Veía toda la ciudad de Briersville detrás. Conforme Molly volaba cada vez más alto, veía el resto de la región, y también la costa, con mar por todas partes. Su mente voló hacia arriba como un cohete, y entonces se vio volando en el espacio, mirando a la Tierra, abajo del todo. Y allí se quedó. A Molly le gustaba alejarse volando del mundo con su imaginación. Era relajante. Y a menudo, cuando estaba en ese estado, se sentía diferente.

Esa noche tenía una extraña sensación, como si estuviera a punto de pasarle algo emocionante o extraño. La última vez que se había sentido especial, había encontrado una bolsa de golosinas medio empezada en la calle, en el pueblo. Y la vez anterior había conseguido ver dos horas de televisión por la noche en vez de una. Molly se preguntó qué sorpresa le aguardaría. Entonces abrió los ojos y se encontró de vuelta en la bañera. Miró su reflejo distorsionado en el tapón metálico. Buf, madre mía, ¿tan fea era? ¿Esa masa blanda y rosa era su cara? ¿Esa patata era su nariz? ¿Esas lucecitas verdes eran sus ojos?

Alguien daba martillazos en el piso de abajo. Qué raro, aquí nadie arreglaba nunca nada. Molly cayó entonces en la cuenta de que los martillazos que oía eran el ruido que hacía alguien al aporrear la puerta del baño. Problemas. Molly salió despedida hacia arriba y se dio un coscorrón con el grifo. Los golpes eran ya muy fuertes y venían acompañados de un feroz ladrido.

—¡Molly Moon, abre la puerta in-me-dia-ta-men-te! Si no lo haces, tendré que utilizar una llave maestra.

Molly oía el tintineo de unas llaves en un llaverc. Miró hasta donde llegaba el agua en la bañera y suspiró. Había sobrepasado muchísimo el nivel permitido. Se levantó de un salto, quitando a la vez el tapón de la bañera y cogió su toalla. Justo a tiempo. La puerta se abrió. La señorita Adderstone entró y se precipitó como una víbora sobre la bañera, arrugando su pelada nariz al descubrir la enorme cantidad de agua que se escapaba por el desagüe. Se subió su manga plisada y volvió a poner el tapón.

—Como yo sospechaba –siseó–. Desobediencia intencional de una norma del orfanato.

Los ojos de la señorita Adderstone brillaron maliciosamente cuando se sacó un metro del bolsillo. Sacó la tira metálica y, haciendo ruidos con la boca mientras se pasaba la lengua por su dentadura postiza, midió cuánto sobrepasaba el agua de baño de Molly el límite rojo pintado en la bañera. A Molly le castañeteaban los dientes. Sus rodillas se estaban poniendo ahora azules y llenas de manchitas. A pesar de una corriente de aire helado que se colaba por una ranura del marco de la ventana, empezaron a sudarle las palmas de las manos, como le pasaba siempre que estaba contenta o nerviosa.

La señorita Adderstone sacudió el metro, lo secó en la camisa de Molly, y lo cerró de un golpe seco. Molly se preparó para enfrentarse a la enjuta solterona que, con su pelo corto gris y su cara peluda, más parecía un señor que una señorita.

—El agua de tu baño llega a los treinta centímetros –anunció la señorita Adderstone–. Contando con la cantidad de agua que ya has hecho desaparecer, mientras yo estaba llamando a la puerta, calculo que llegaba a los cuarenta centímetros. Sabes que solo está permitido tomar baños con un nivel de diez centímetros de

9

agua. Tu baño era cuatro veces el nivel permitido, con lo cual ya has gastado el agua de tus tres próximos baños. De modo, Molly, que te prohíbo que te bañes durante las próximas tres semanas. Y como castigo... –la señorita Adderstone cogió el cepillo de dientes de Molly. Esta se llevó un gran disgusto. Sabía lo que venía después: el castigo favorito de la señorita Adderstone.

La señorita Adderstone miró a Molly con sus ojos negros y sin vida. Su boca se torció de una manera monstruosa mientras se quitaba con la lengua la dentadura postiza y la hacía girar por toda la boca antes de volver a colocarla en su lugar. Le tendió el cepillo de dientes a Molly.

—Esta semana serás la encargada de los inodoros. Quiero que los dejes relucientes, Molly, y este es el cepillo que vas a utilizar. Y no creas que vas a poder librarte del castigo utilizando la escobilla del váter, porque te estaré vigilando.

La señorita Adderstone dio un último rechupeteo satisfecho a su dentadura postiza y salió de la habitación. Molly se dejó caer pesadamente sobre el borde de la bañera. De modo que lo que había notado que iba a ocurrir esa noche no era más que problemas. Se quedó mirando su cepillo de dientes, esperando que su amigo Rocky le dejase utilizar el suyo.

Tiró de un hilo suelto de su vieja toalla gris que ya se estaba quedando sin felpa, preguntándose cómo sería envolverse en una esponjosa toalla blanca como las de los anuncios de la tele.

Qué frescas, qué suaves
qué toallas más geniales
si las lavas con Dedales.

A Molly le encantaban los anuncios. En ellos se veía lo cómoda que podía ser la vida, y la sacaban de su mundo para meterla en otro. Muchos de los anuncios eran tontos, pero Molly tenía sus preferidos, y esos no lo eran. En sus preferidos salían todos sus amigos, amigos que siempre se alegraban de ver a Molly cuando los visitaba en su imaginación.

Olvídate de todos tus males
Con Dedales.

La campana que llamaba a la reunión de la noche sacó a Molly de su ensoñación. Se estremeció. Llegaba tarde, como siempre. Siempre tarde, siempre metida en problemas. Los otros niños llamaban a Molly "Zona de desastre", o "Desastre" a secas porque era torpe, no tenía ninguna coordinación, y era propensa a sufrir accidentes. Sus otros motes eran "Sopo", de "soporífera", porque decían que su voz les daba sueño, y "ojos de Coco", porque tenía los ojos verde oscuro y muy juntos, como los del Coco. Solo Rocky, su mejor amigo, y algunos de los niños pequeños del orfanato la llamaban Molly.

—¡Molly, Molly!

Al otro lado del pasillo, que ahora se estaba llenando de niños que bajaban corriendo a la sala de reuniones, Molly vio la cara oscura de Rocky, enmarcada por rizos negros, que le hacía señas para que se diera prisa. Molly cogió su cepillo de dientes y corrió al dormitorio que compartía con dos niñas que se llamaban Hazel y Cynthia. Cuando cruzaba el pasillo, dos chicos mayores, Roger Fibbin y Gordon Boils, chocaron con ella y la echaron a un lado sin contemplaciones.

—Quita de en medio, Desastre.

11

—Vete, Sopo.

—¡Rápido, Molly! –dijo Rocky, calzándose las zapatillas–. ¡No podemos llegar tarde otra vez! A la señorita Adderstone le daría un telele... Y si eso ocurre, prepárate –añadió–, a lo mejor se traga la dentadura postiza –le dedicó a Molly una sonrisa de ánimo mientras esta buscaba su pijama. Rocky siempre sabía cómo animarla. La conocía bien.

Y he aquí por qué.

*

Molly y Rocky llegaron a Hardwick House diez veranos atrás. Un bebé blanco y un bebé negro.

La señorita Adderstone encontró a Molly en la puerta de entrada, metida en una caja de cartón, y a Rocky lo encontraron en un cochecito de niño en el aparcamiento detrás de la comisaría de policía de Briersville. Lo encontraron porque lloraba con toda la fuerza de sus pulmones.

A la señorita Adderstone no le gustaban los bebés. Para ella eran criaturas ruidosas, malolientes y lloronas, y la idea de cambiar un pañal le daba un asco tremendo. De modo que, para que cuidara de Molly y de Rocky, contrató a la señora Trinklebury, una tímida viuda del pueblo que ya había ayudado en otras ocasiones a bebés huérfanos. Y como la señora Trinklebury se inventaba los nombres de los niños según la ropa que llevaban o los lugares donde los habían encontrado –como Moisés Wicker, al que habían encontrado en un moisés, o Satén Knight, que había llegado vestida con un camisón con lazos de satén–, a Molly y a Rocky también les pusieron nombres exóticos.

12

El apellido de Molly, Moon, venía de "Caramelos Moon", escrito en letras rosas y verdes en la caja de cartón donde la encontraron. Cuando la señora Trinklebury encontró también un boli en la caja, llamó al bebé Boli Moon. Y cuando la señorita Adderstone dijo que no permitiría que nadie se llamara "Boli", Boli Moon se convirtió en Molly Moon.

El nombre de Rocky venía directamente de su cochecito rojo escarlata. En la capota ponía «Sólido como una roca». Rocky era fuerte como una roca, y muy tranquilo. Esa tranquilidad le venía de su carácter soñador, pero en esto no se parecía a Molly. Molly soñaba despierta para evadirse de la realidad, mientras que Rocky soñaba de forma reflexiva, como si estuviera pensando en el mundo tan extraño que había a su alrededor. Incluso de bebé, solía pasarse el rato en su cunita, pensando y canturreando él solito. La señora Trinklebury decía que con esa voz grave y ronca, y con lo guapo que era, algún día sería una estrella del rock y cantaría canciones de amor para las señoras. De modo que Rocky Scarlet, el nombre que le había puesto, resultó que le sentaba muy bien.

La señora Trinklebury no era muy inteligente, pero sí era muy dulce, y una cosa compensaba la otra. Y fue de verdad una suerte que ella criara a Molly y a Rocky porque, si solo hubieran conocido a la señorita Adderstone, tal vez habrían crecido pensando que todo el mundo era malo, y ellos mismos se habrían hecho malos. En vez de eso, de pequeños jugaron con la señora Trinklebury, y se durmieron escuchando sus nanas. Ella les enseñó la bondad. Les hizo reír y les secó las lágrimas cuando lloraban. Y por las noches, si preguntaban alguna vez por qué los habían abandonado en la puerta del orfanato, ella les contaba que eran huérfanos

13

porque un cuco malo les había empujado fuera del nido. Y luego les cantaba una misteriosa nana que decía así:

Perdonad, pajaritos, a ese cuco marrón
que os empujó fuera del nido
es lo que su mamá les enseñó
ella pensaba que era lo debido.

Si alguna vez Molly y Rocky sentían rabia porque sus padres, fueran quienes fueran, los habían abandonado, la canción de la señora Trinklebury les quitaba un poco la pena.

Pero la señora Trinklebury ya no vivía en el orfanato. En cuanto Molly y Rocky dejaron de usar pañales, la echaron. Ahora solo venía una vez por semana para ayudar a hacer la limpieza y la colada. Molly y Rocky soñaban con que se encontrarían más bebés en la puerta del orfanato, para que así pudiese volver la señora Trinklebury; pero nunca se encontró ninguno. Llegaban niños, pero estos ya andaban y hablaban, y para ahorrar dinero, la señorita Adderstone utilizaba a Molly y a Rocky de niñeras. La niña más pequeña del orfanato, Ruby, tenía cinco años y hacía mucho tiempo que no llevaba pañales, ni siquiera por la noche.

Estaba anocheciendo.

En la distancia Molly oyó el sonido ahogado del reloj de cuco de la habitación de la señorita Adderstone dando las seis.

—Vamos a llegar súper tarde –dijo, cogiendo su camisón que estaba colgado en un gancho en la puerta.

—Sí, le va a dar un telele –convino Rocky, mientras cruzaban corriendo el pasillo. Los dos niños se enfrentaron a la carrera de obstáculos que suponía el camino hasta la sala de reuniones; un recorrido que habían hecho miles de veces. Doblaron una esquina deslizándose sobre el pulido suelo de linóleo y bajaron los escalones de tres en tres. Sin hacer ruido, y apenas sin aliento, cruzaron de puntillas el suelo de baldosas del cuarto de la tele en dirección a la sala de reuniones de paredes de madera. Entraron sigilosamente.

Nueve niños, de los cuales cuatro tenían menos de siete años, estaban en fila, apoyados contra la pared. Molly y Rocky se pusieron al final de una de las filas, junto a dos niños de cinco años muy simpáticos, Ruby y Jinx, esperando que la señorita Adderstone no hubiera llegado ya a sus nombres al pasar lista. Molly miró a algunas de las caras antipáticas de los niños mayores que tenía enfrente. Hazel Hackersly, la niña más malvada del orfanato, miró a Molly entrecerrando los ojos. Gordon Boils hizo el gesto de cortarse el cuello con un cuchillo imaginario.

—¿Ruby Able? –leyó la señorita Adderstone.

—Presente, señorita Adderstone –dijo con su vocecita de pito la pequeña Ruby, de pie junto a Molly.

—¿Gordon Boils?

—Presente, señorita Adderstone –dijo Gordon, haciéndole una mueca a Molly.

—¿Jinx Eames?

Ruby le dio un codazo en las costillas.

—Presente, señorita Adderstone –contestó.

—¿Roger Fibbin?

—Presente, señorita Adderstone –dijo el chico alto y delgado que estaba junto a Gordon Boils, mirando a Molly con maldad.

—¿Hazel Hackersly?

—Presente, señorita Adderstone.

Molly soltó un suspiro de alivio. Ahora venía su nombre.

—¿Gerry Oakly?

—Presente, señorita Adderstone –dijo Gerry, que tenía siete años, metiéndose la mano en el bolsillo para impedir que se escapara su ratoncito domesticado.

—¿Cynthia Redmon?

—Presente, señorita Adderstone –dijo Cynthia, guiñándole el ojo a Hazel.

Molly se preguntaba cuándo dirían su nombre.

—¿Craig Redmon?

—Presente, señorita Adderstone –gruñó el hermano gemelo de Cynthia. La señorita Adderstone parecía haberse olvidado de Molly. Qué alivio.

—¿Gemma Patel?

—Presente, señorita Adderstone.

—¿Rocky Scarlet?

—Presente –dijo Rocky, sin resuello.

La señorita Adderstone cerró su cuaderno de un manotazo.

—Como de costumbre, Molly Moon no está presente.

—Estoy aquí, señorita Adderstone –Molly apenas podía creerlo. La señorita Adderstone debía de haber leído aposta su nombre el primero, para marcarla como ausente.

—Ahora ya no vale –dijo la señorita Adderstone, temblándole los labios–. Esta noche te toca lavar los platos. Edna se alegrará de tener la noche libre.

Molly cerró los ojos afligida. La idea de que algo especial podía ocurrirle esa noche se estaba desvaneciendo rápidamente. Estaba claro que esa noche iba a ser como tantas otras, llena de problemas. Entonces comenzaron las oraciones de la tarde, como siempre. Durante estas se cantaba un himno y se rezaba. Normalmente, la voz de Rocky se oía por encima de todas las demás, pero esa noche cantaba en voz baja, tratando de recuperar el aliento. Molly esperaba que no fuera a tener un mal invierno, lleno de ataques de asma. Y así fue transcurriendo la noche, como siempre, como trescientos sesenta y cinco días al año.

Tras la última oración, sonó la campana de la cena, y se abrió la pesada puerta del comedor. Los niños y las niñas entraron, recibidos esa noche por un desagradable olor a pescado podrido. Habían visto ya muchas veces el pescado metido en cajas de plástico en el callejón detrás de la cocina, cubierto de moscas y de escarabajos, y con una peste como si llevara allí una semana entera. Y todo el mundo sabía que Edna, la cocinera del orfanato, para disimular su sabor a podrido había cocido el pescado con una salsa de sobre, espesa y grasienta, hecha de queso y nueces; un truco que había aprendido en la marina.

Ahí estaba Edna, grande y musculosa, con su pelo gris rizado y su nariz chata, preparada para vigilar que los niños se lo comieran todo. Con un tatuaje de un marinero en la cadera (aunque esto no era más que un rumor), y su forma de hablar tan grosera, Edna parecía un pirata malhumorado. Su carácter dormitaba dentro de ella como un dragón, un carácter que se volvía feroz y furioso si lo despertaban.

Todos los niños en la fila del comedor se sentían nerviosos y con náuseas, e intentaban inventar excusas mientras Edna les servía platos malolientes.

—Soy alérgico al pescado, Edna.

—Eso son puñeteras paparruchas –contestó Edna con un gruñido, limpiándose la nariz con la manga de su bata.

17

—Después de comer esto, seguro que sí que te vuelves alérgico –le susurró Molly a Rocky, mirando su plato de pescado.

La velada normal y corriente estaba llegando a su fin. Lo único que quedaba antes de irse a la cama era el castigo de Molly de lavar los platos. Como de costumbre, Rocky se ofreció a ayudarla.

—Podemos inventarnos una canción sobre lavar los platos. Además, si me voy ahora a mi habitación, ahí estarán Roger y Gordon queriendo darme la lata.

—Lo que les pasa es que te tienen envidia. ¿Por qué no subes y les das una buena tunda de una vez?

—No me apetece.

—Pero tú odias lavar los platos.

—Y tú también. Acabarás antes si te ayudo.

Así pues, en esa noche tan normal y corriente, los dos se fueron al sótano donde estaba el lavadero. Pero Molly estaba en lo cierto. Esa noche sí que iba a pasar algo extraño, y estaba a punto de ocurrir.

Hacía frío en el sótano, en el techo había tuberías que goteaban y rejillas de ventilación en las paredes por donde se colaban ratones y un aire frío que olía a humedad.

Molly abrió el grifo, que escupió agua tibia, mientras Rocky fue a buscar el detergente. Molly oía los gruñidos de Edna mientras empujaba por el pasillo el carrito con los once platos hasta el fregadero.

Molly cruzó los dedos para que Edna dejara la camarera con la vajilla y se marchara, aunque lo más probable fuese que entrara en el lavadero a reñirla. Eso era típico de Edna. Rocky llegó con el detergente. Vertió un poco en el fregadero, haciendo como que estaba en uno de sus anuncios preferidos.

—¡Oh, querida! –le dijo a Molly–. ¿Por qué tienes las manos tan suaves?

Molly y Rocky solían escenificar los anuncios de la tele y se sabían un montón de memoria, desde la primera palabra hasta la última. Jugar a que eran las personas de los anuncios les parecía muy divertido.

—¿Tan suaves? –contestó Molly con tono juguetón–. Es porque uso esta marca de detergente, cariño. Las otras marcas son terribles para mis manos. Solo Espumoso es cariñoso con mis manos.

De pronto, la mano de dinosaurio de Edna se posó sobre Molly, haciendo añicos su mundo imaginario. Molly dio un respingo y se apartó, esperando una avalancha de insultos. Pero en lugar de eso, una voz empalagosa le dijo al oído:

—Ya me ocupo yo de esto, querida. Tú vete a jugar.

¿"Querida"? A Molly le parecía que no podía ser cierto lo que le había oído decir a Edna. Edna nunca jamás había sido amable con ella. Normalmente, Edna era sencillamente horrible y espeluznante. Pero ahora Edna sonreía de una forma extraña, enseñando un montón de dientes torcidos.

—Pero la señorita Adderstone...

—No te preocupes por eso –insistió Edna–. Tú vete y relájate... Vete a ver esa condenada televisión tan bonita, o a hacer lo que te dé la gana.

Molly miró a Rocky, que parecía tan asombrado como ella. Ambos miraron a Edna. Su transformación era sorprendente. Tan sorprendente como si ahora mismo le crecieran tulipanes de la cabeza.

Y esa fue la primera cosa extraña que ocurrió aquella semana.

Capítulo 2

A veces, cuando la mala suerte se cruza en tu camino, te crees que no se va a acabar nunca. Molly Moon se sentía así a menudo, lo cual no era de extrañar, pues estaba casi siempre metida en líos. Si hubiese sabido que su suerte estaba a punto de cambiar, tal vez habría podido disfrutar del día siguiente, pues hacia el final Molly sentiría que le iban a pasar un montón de cosas maravillosas. Pero aquella mañana, en cuanto abrió los ojos después de un sueño profundo en su incómodo colchón del orfanato, el día empezó mal para ella. Así fue cómo ocurrió.

Se despertó sobresaltada por una campana que sonaba a todo volumen en su oído. A la huesuda de Hazel, la niña mimada de la señorita Adderstone, le gustaba despertar a Molly lo más violentamente posible. Hazel se había recogido su melena negra con una cinta para el pelo y ya se había vestido su ceñido uniforme azul de colegio.

—Hoy es el día de la carrera de cross, Ojos de Coco, y nos hacen el examen de las cincuenta palabras de ortografía –le anunció. Se alejó haciendo sonar su campana alegremente, encantada de haberle fastidiado la mañana a Molly.

Molly se vistió deprisa y fue al dormitorio que compartía Rocky con Gordon. Como recibimiento, Gordon le tiró un vaso de papel con agua. Rocky estaba tarareando una canción, ajeno a todo cuanto ocurría a su alrededor.

—Rock –dijo Molly–, ¿tú te acordabas de que hoy teníamos examen de ortografía?

Intentaron repasar durante el desayuno, pero solo consiguieron que la señorita Adderstone les confiscara el libro. Luego esta pasó un buen rato observando a Molly limpiar un inodoro con su cepillo de dientes. Todavía no eran las ocho y media de la mañana y Molly ya tenía ganas de vomitar.

Tampoco mejoró la mañana en el trayecto hasta el colegio.

Su colegio, la Escuela Primaria de Briersville, otro edificio de piedra gris, estaba a quince minutos del orfanato, y el trayecto era cuesta abajo. Por el camino, uno de los chicos le lanzó a Hazel un globo lleno de agua. Cuando esta se agachó para esquivarlo, le alcanzó a Molly y explotó al hacer impacto, empapándola entera. A Hazel y a sus compinches, los otros cuatro chicos mayores del orfanato, les pareció muy divertido.

Como consecuencia, Molly y Rocky empezaron el día de clase perdiéndose el momento de pasar lista, porque estaban tratando de secar la chaqueta y la camisa de Molly en el radiador del vestuario de chicas. Sabían que iban a llegar tarde a la primera hora de clase, y que eso les traería problemas.

—¡Llegáis tarde! –gritó su profesora, la señora Toadley, cuando entraron en clase–. Y no estabais presentes cuando hemos pasado lista. Después os diré vuestros castigos. ¡Aaa-chíssss! –la señora Toadley tuvo una pequeña crisis de estornudos, que es lo que solía pasarle cuando se enfadaba.

Molly suspiró. Más castigos.

Los castigos de la señora Toadley eran imaginativos. Y, por supuesto, Molly los conocía bien. Por ejemplo, cuando sorprendió a Molly mascando papel por décima vez, le hizo sentarse en un rincón del aula y comerse un buen montón de hojas de impresora. Molly tardó dos horas y fue especialmente desagradable. Es muy difícil pensar que el papel es un sándwich con ketchup o un donut, solo sabe a papel y nada más.

Molly odiaba a la señora Toadley, y se alegraba de que tuviera un aspecto tan repulsivo –con esa cara amoratada, medio calva, y una tripa que parecía una bolsa de plástico llena de agua. Se merecía tener una pinta tan fea. A Molly le podría haber dado pena que le sonaran todo el rato las tripas, que fuera alérgica a todo y se pasara la vida estornudando. Pero la odiaba.

Los ataques de estornudos de la señora Toadley solían ser útiles para copiar, pero copiarse el uno del otro en el examen de ortografía de aquel día era inútil porque ni Molly ni Rocky conocían las respuestas. Se sentaron en dos pupitres carcomidos por las termitas, en la primera fila del aula.

Fue un examen dificilísimo. No solo tenían que deletrear las palabras, sino que también tenían que dar su significado. Molly y Rocky lo hicieron a trancas y barrancas, respondiendo a voleo a las preguntas.

Cuando terminaron, la señora Toadley recogió los exámenes y les puso a los alumnos un ejercicio de comprensión escrita mientras ella corregía los exámenes. Empezó con el de Molly. Al cabo de unos minutos, la voz aguda y chillona resonó en el aula, seguida de una serie de fuertes estornudos. A Molly se le hizo un nudo en el estómago al sentir que se avecinaba una nueva regañina. Empezaron a flaquearle las fuerzas. Después de todo, llega un momento en que una persona ya no aguanta tanto maltrato. Se puso su mejor armadura antirregañina y desconectó. Tenía que hacerlo, para evitar que la lengua cruel de la señora Toadley le hiciera daño. En su imaginación, se alejó del aula de clase flotando hasta que la espantosa voz de la señora Toadley le sonó tenue y lejana, como si le llegara a través de un teléfono, y el dibujo de su falda de licra se convirtió en una masa borrosa de un color entre naranja y púrpura.

—Y también te has equivocado en TILDAR —dijo con su voz de pito–. ¡Aaaa-chísss...! Significa «señalar a una persona con alguna nota negativa», no positiva, y tengo que decir que a ti podría tildarte de muchas cosas, ¿no crees, Molly? ¿EH?... ¿EH?... ¿EH? –Molly se incorporó–. ¡Molly Moon! ¡Quieres escucharme de una vez por todas, niña inútil!

—Siento haberla defraudado, señora Toadley. La próxima vez intentaré hacerlo mejor.

La señora Toadley soltó un bufido y un estornudo y luego se sentó, con las venas hinchadas de adrenalina.

Molly calificó la mañana con un diez sobre diez en horror. Pero por la tarde ocurrió algo mucho peor y no tenía nada que ver con los profesores.

Después de comer, los niños de la clase de Molly se pusieron el chándal para la carrera de cross. Llovía a cántaros, y el camino que subía por la colina hasta el bosque estaba todo embarrado. Gotas de lluvia resbalaban por los cristales del vestuario mientras Molly buscaba una zapatilla de deporte que se le había perdido. Para cuando la encontró y ella y Rocky salieron del edificio, los demás ya les llevaban mucha ventaja. Rocky quería alcanzarlos, pero era difícil correr sobre el suelo resbaladizo. Tras unos minutos de carrera por el bosque lleno de barro, Molly necesitaba un descanso, y Rocky estaba empezando a resollar. De modo que se sentaron en un banco debajo de un árbol para recuperar fuerzas. Sus zapatillas de deporte estaban empapadas, y sus piernas frías y mojadas, pero sus chubasqueros de plástico los mantenían en calor. Rocky se quitó el suyo y se lo ató a la cintura.

—Venga –dijo–. Sigamos corriendo, porque si no nos quedaremos muy atrás.

—¿Y por qué no nos volvemos y ya está? –sugirió Molly.

—Molly –dijo Rocky con irritación–, ¿es que quieres tener problemas? Estás loca.

—No estoy loca, es solo que no me gusta correr.

—Oh, venga, Molly, vamos a seguir.

—No, mira, es que... no me apetece.

Rocky ladeó la cabeza y la miró perplejo. Se había pasado diez minutos ayudándola a buscar su zapatilla, lo cual le había retrasado a él también, y ahora Molly quería meterlos en más problemas todavía.

—Molly –dijo exasperado–, si no vienes, seguro que nos obligan a correr dos vueltas en vez de una. ¿Por qué no lo intentas siquiera?

—Porque no se me da bien y porque no quiero.

Rocky se la quedó mirando.

—Se te podría dar bien, ¿sabes? Te bastaría con intentarlo. Si mejoraras un poco, al final te acabaría gustando, pero tú ni siquiera quieres intentarlo –Rocky levantó la vista hacia los nubarrones de tormenta–. Ocurre lo mismo con un montón de cosas que hacemos. Si no se te dan bien, tiras la toalla. Y entonces claro, ya sí que no se te dan bien, y entonces no lo intentas, y entonces por eso se te dan peor todavía, y entonces...

—Vale, Rocky, que sí, cállate –Molly estaba cansada y lo último que necesitaba era un sermón de su mejor amigo. De hecho, le sorprendía que Rocky se lo hubiera tomado mal. Normalmente era muy tranquilo y tolerante. Si le molestaba algo, solía ignorarlo, o alejarse y listo.

—Y entonces –prosiguió Rocky–, te metes en líos –soltó un gran suspiro como si estuviera harto–. ¿Y sabes una cosa? Me pone enfermo que siempre te estés creando problemas. Es como si disfrutaras con ello. Es como si tú quisieras conseguir caerle cada vez peor a la gente.

El corazón de Molly dio un vuelco cuando estas palabras inesperadas le hicieron daño. Rocky nunca, nunca, nunca la criticaba. Molly estaba furiosa.

—Pues tú tampoco es que le caigas muy bien a la gente, Rocky Scarlet –replicó.

—Eso es porque suelo ir contigo –respondió Rocky con mucha naturalidad.

—O tal vez sea porque tú tampoco le gustas mucho a la gente –le dijo Molly en tono cortante–. Vamos, que no eres perfecto. Eres tan soñador que parece que estés en otro planeta. Comunicarse contigo es como tratar de entenderse con un extraterrestre. Y tampoco es que se pueda contar siempre contigo. A veces tengo que esperar horas hasta que apareces. Como ayer, por ejemplo, te esperé durante siglos junto a las taquillas del colegio. Y al final viniste, sin darte ninguna prisa, como si no llegaras tarde. Y eres tan reservado que casi parece que estés ocultando algo. A ver, por ejemplo, ¿dónde te metiste ayer después del colegio? Últimamente desapareces constantemente. Puede que la gente piense que yo soy rara, pero tú les pareces igual de raro que yo. Eres como un extraño juglar.

—Pero con todo, yo les caigo mejor que tú, eso está claro –dijo Rocky sinceramente, dándole la espalda.

—¿Qué has dicho?

—He dicho –repitió Rocky en voz muy alta– que yo les caigo mejor que tú.

Molly se levantó y le lanzó a Rocky la mirada más asesina que pudo.

—Me voy, ahora que sé que te crees mucho mejor que yo. ¿Y sabes una cosa, Rocky? Te puedes ir corriendo a alcanzar a los demás. Anda, ve a intentar caerles mejor. No te voy a retener.

—Oh, no te enfades de esa forma. Yo solo intentaba ayudarte –protestó Rocky frunciendo el ceño. Pero Molly estaba furiosa. Era como si, dentro de ella, algo se hubiera roto de pronto. Sabía que caía peor a la gente en comparación con Rocky, pero no quería escucharlo. Era verdad que todo el mundo se metía con ella, y que nadie se metía jamás con Rocky. Él era intocable, seguro de sí mismo, era difícil molestarlo, y le gustaba ir a su aire, soñando despierto. Hazel y su pandilla le dejaban en paz, y en el colegio tenía un montón de amigos. Los demás niños querían secretamente ser como él. Ahora Molly lo odiaba por haberla traicionado. Le miró con enojo y él resopló como diciéndole «qué pesada eres».

—Pues tú más. Y además pareces un estúpido pez cuando pones esa cara. A lo mejor les gusta a tus nuevos amigos –mientras se alejaba de él, gritó–: Odio este lugar, no se me ocurre ningún otro lugar peor que este en todo el mundo. Mi vida es HORRIBLE.

Molly se fue corriendo por entre los arbustos. No iba a hacer la carrera de cross, ni tampoco pensaba volver a ese horroroso colegio. Se iba a su lugar especial, su lugar secreto, y ya podían todos gritar y gritar que a ella le traía sin cuidado.

Capítulo 3

Molly se alejó corriendo a través del bosque, los helechos mojados le azotaban las piernas al pasar. Recogió del suelo un palo delgado y se puso a golpear las plantas con él. El primer helecho al que atacó era la señorita Adderstone. PAF. El palo surcó el aire y le cortó la cabeza. «¡Vieja bruja!», murmuró Molly.

Una enredadera verde oscuro era Edna. PAF. «¡Vieja asquerosa!»

Llegó a la base de un viejo tejo. A su alrededor había bayas rojas venenosas pudriéndose en el suelo, y un enorme champiñón amarillo y repugnante crecía por su tronco. «¡Ah, la señora Toadley!»

¡ZACA, ZACA! Molly se sintió un poquito mejor tras haber cortado en rodajas malolientes a la señora Toadley. «A ti sí que te puedo tildar de muchas cosas», dijo entre dientes.

Sentándose sobre un tocón, Molly golpeó una ortiga y pensó en lo que le había dicho Rocky. La ortiga se cimbreó y le dio en el tobillo, causándole escozor.

Molly encontró una hoja de acedera y, mientras se la frotaba sobre la zona dolorida, se puso a pensar que tal vez Rocky tuviera razón, bueno, un poco, pero seguía enfadada con él. Después de todo, ella nunca le daba la lata a él. A veces, si estaba cantando una de sus canciones, tenía que sacudirlo para llamar su atención. Pero ella, sin embargo, no esperaba que él cambiara su forma de ser. Molly había creído que Rocky la apreciaba tal cual era, así que había sido un gran golpe para ella descubrir que le molestaba una parte de ella, y peor había sido el golpe de ver que se pasaba al otro bando. Se preguntó cuántas veces habría estado enfadado con ella sin decirle nada. Últimamente se había estado yendo por su cuenta muchas veces. ¿La habría estado evitando? A Molly le quemaban las ideas en la cabeza. ¿Qué había dicho Rocky? ¿Que nunca trataba de hacer nada bien? Pero si hacía genial lo de escenificar anuncios con él. Eso sí que intentaba hacerlo bien. Tal vez debería buscar otra cosa que se le diera bien. Y así vería Rocky de lo que era capaz. En su interior, Molly tenía un remolino de enfado y de preocupación.

Caminó por el bosque, sintiéndose muy triste y respirando hondo para calmarse. Los árboles se espaciaron, y se encontró en medio del viento, en la ladera pelada de la colina. A sus pies se extendía la pequeña ciudad de Briersville. Ahí estaba el colegio. y detrás la calle principal, el ayuntamiento, los edificios municipales y las casas. Todos brillaban como consecuencia de la lluvia que había caído. Coches que parecían del tamaño de un conejillo de indias se movían por las calles serpenteantes. Molly deseó que alguno de esos coches viniera a buscarla, para llevarla a una casa acogedora. Pensó en lo afortunados que eran los niños de su colegio; por muy mal día que pasaran, siempre tenían una casa agradable a la que regresar.

Molly dirigió ahora sus pensamientos a la valla publicitaria gigante que había a la entrada de la ciudad, en la que aparecía un anuncio diferente cada mes. Hoy, el mensaje que brillaba en las vidas de todos era: "SÉ GUAY, BEBE SKAY". En la foto que había en el enorme tablón salía un señor con gafas de sol en una playa, bebiendo una lata de Skay. La famosa lata de Skay tenía unas brillantes rayas doradas y naranjas, como si fuera Skay, y no el sol, lo que iluminara el mundo. A Molly le gustaba la impresión que daba de calor, y que pese a todo, dentro hubiera una bebida refrescante. Unas chicas guapísimas en bañador rodeaban admiradas al señor que se estaba bebiendo la lata. Todas tenían unos maravillosos dientes blancos, pero los dientes más blancos de todos eran los del señor con la lata de Skay.

A Molly le encantaban los anuncios de Skay. Casi le daba la sensación de que ella misma iba a aparecer caminando por aquella playa de arena blanca donde salía el anuncio, y que iba a conocer a las personas tan elegantes que actuaban en él. Cómo deseaba Molly que la transportaran a ese mundo tan fantástico. Ella sabía que eran actores y que la escena era un montaje, pero también confiaba en que ese mundo existiera de verdad. Algún día se escaparía de la tristeza de Hardwick House y empezaría una nueva vida. Una vida divertida como las de la gente que salía en sus anuncios favoritos, solo que la suya sería real.

Molly había probado una vez la Skay, cuando la señora Trinklebury compró varias latas. Pero las había tenido que compartir con los demás, con lo que solo había podido tomar unos traguitos. Con su sabor a menta y a frutas era decididamente diferente a todas las demás bebidas.

Mientras Molly se dirigía a la ciudad, iba pensando en lo genial que sería si bastara con beber una lata de Skay para convertirse en una persona querida y admirada. A Molly le hubiera encantado ser una persona así, como la gente resplandeciente del cartel. Y cómo deseaba Molly también ser guapa y rica. Pero ella no era más que una niña pobre, feúcha, y que no le caía bien a nadie. Una don nadie.

Molly bajaba por la colina camino de la biblioteca municipal.

Le gustaba mucho la vieja y desordenada biblioteca. Era un lugar tranquilo, y sus gruesos libros de fotografías de países lejanos daban a Molly muchos motivos para soñar. A Rocky y a Molly les encantaba ir allí. La bibliotecaria estaba siempre demasiado ocupada leyendo u ordenando libros como para importarle lo que hicieran. De hecho, era el único lugar donde Molly no estaba expuesta a que le cayera una regañina. Y podía relajarse en su escondite secreto.

Subió los escalones de granito, pasó delante de los leones de piedra que había arriba, y entró en el vestíbulo. El dulce olor de la cera para el suelo le hizo sentirse al instante diez veces más relajada. Se limpió los zapatos y caminó sobre el suelo enmoquetado hasta el tablón de anuncios con sus mensajes del mundo exterior. Esta semana alguien trataba de vender un colchón de agua, y otra persona quería encontrar hogares para unos gatitos. Había anuncios sobre cursos de yoga, clases de tango, lecciones de cocina y excursiones organizadas. El anuncio más grande de todos era el del Concurso de Habilidades de Briersville de la semana siguiente. Esto le hizo acordarse de Rocky, pues él iba a participar con una de las canciones que había compuesto. Molly deseó mentalmente que ganara, pero entonces, al recordar que seguía enfadada con él, cambió enseguida de idea.

Abrió sin hacer ruido la puerta de entrada a la sala de lectura. La bibliotecaria estaba sentada a su mesa, leyendo un libro. Levantó la vista hacia Molly y sonrió.

—Ah, hola –dijo, y sus amables ojos azules brillaron tras los cristales de sus gafas–. Cuando he visto tu anorak del uniforme a través de la cristalera, he pensado que eras tu amigo. Últimamente ha estado mucho por aquí. Me alegro de volver a verte.

Molly le devolvió la sonrisa.

—Gracias –dijo.

La amabilidad de la bibliotecaria le provocaba una extraña sensación. Molly no estaba acostumbrada a que los adultos fueran amables con ella. Sin saber muy bien cómo reaccionar, se alejó de la mirada de la mujer y empezó a leer los folletos colocados junto a la mesa de los periódicos, donde había una anciana con un peinado lleno de laca leyendo una revista llamada *Perros*.

Así que era a la biblioteca donde había estado viniendo Rocky en secreto. Molly se preguntó otra vez si lo había hecho para no estar con ella. Luego decidió dejar de preocuparse, y se dio la vuelta para echarle un vistazo. Se dirigió hacia los estantes con libros, cogiendo de paso un cojín que había encima de una silla.

Molly recorrió los altos estantes de libros. De la A a la B, de la C a la D. Las baldas estaban llenas de libros, muchas veces abarrotadas. Molly pensó que había libros que nadie había mirado en siglos. Dejó atrás las baldas de la E a la F,

luego las de la G a la H,

y las de la H a la I.

La "I". La sección favorita de Molly. La sección de la H a la I estaba en el extremo más alejado de la biblioteca, donde la habitación se estrechaba y solo había espacio para una pequeña estantería. Entre la estantería y la pared había un rinconcito acogedor calentado por una tubería subterránea e iluminado por una bombilla. Aquí la moqueta estaba menos gastada porque muy poca gente iba por ahí, ya que no había tantos temas o autores que empezaran por "I". De vez en cuando venía alguna persona buscando algún libro sobre el Islam, o de algún autor que empezara por esa letra, pero no era algo frecuente. Molly se quitó el anorak y se tumbó en el suelo, con la cabeza a la altura de la H y los pies en la I, y apoyó la cabeza en el cojín. El suelo estaba caliente y el gorgoteo lejano y rítmico de la caldera del edificio, junto con la relajante voz de la bibliotecaria hablando por teléfono hicieron que Molly pronto empezara a respirar con mucha paz, y enseguida se vio imaginándose que estaba otra vez flotando en el espacio. Luego se quedó dormida.

La despertó un gran escándalo. Se había dormido durante casi media hora. Alguien, un hombre con acento americano, estaba enfadadísimo, y su voz brusca se hacía cada vez más fuerte.

—No me lo puedo creer –gritaba el señor–. O sea, esto es increíble. Llegué a un acuerdo por teléfono con usted hace unos días. Le mandé el dinero para tomar en préstamo el libro, y he venido en avión desde Chicago para recogerlo. He recorrido más de seis mil kilómetros y usted, mientras tanto, va y pierde el libro.

Pero vamos a ver, ¿qué institución tan desorganizada es esta?

Era una sensación muy extraña para Molly. Alguien, que no era ella, se estaba llevando una regañina. La voz de pito de la bibliotecaria sonaba nerviosa.

—Lo siento, profesor Nockman, de verdad no sé qué puede haber pasado con el libro. Lo vi con mis propios ojos la semana pasada. Lo único que se me ocurre es que lo haya tomado prestado otra persona... Aunque siempre ha estado en la sección restringida, así que no lo podrían haber cogido... Caramba... Déjeme consultar los archivos.

Molly se incorporó para mirar por entre los estantes y ver quién estaba montando todo ese escándalo. En el mostrador, la bibliotecaria buscaba desesperadamente en un archivo, escrutando las fichas, suplicando para sus adentros que alguna de ellas explicara dónde había ido a parar el libro desaparecido. Molly sabía cómo se sentía.

—¿Ha dicho que el autor era Logam? –preguntó con voz preocupada.

—Logan –le corrigió la voz enfadada–. Y el título empieza por H.

Molly se puso de rodillas para mirar por una balda más alta y ver así qué aspecto tenía el hombre. Podía ver su tronco, una tripa como un tonel cubierta con una camisa hawaiana con palmeras y piñas. Molly se irguió un poco más. La camisa era de manga corta y en su muñeca peluda el hombre llevaba un reloj de oro con pinta de ser muy caro. Sus manos eran pequeñas, gordas y peludas, mientras que sus uñas eran repugnantemente largas. Daba puñetazos impacientes sobre el mostrador.

Molly se incorporó un poco más para mirar por un estante más alto.

Tenía la nariz respingona y la cara redonda, con papada. Estaba medio calvo. El poco pelo que le quedaba nacía en el centro de la coronilla, era moreno y grasiento y le llegaba hasta los hombros. Su barba era un pequeño triángulo puntiagudo que empezaba justo debajo de su labio inferior, y su bigote estaba recortado y engominado. Sus ojos eran saltones y su tez, quemada por el sol. En general parecía un león marino horroroso, y Molly pensó que no tenía para nada el aspecto que ella había imaginado que podría tener un profesor.

—¿Y bien? –preguntó este con ganas de bronca–. ¿Lo ha encontrado?

—Eeeh, bueno, no, lo siento muchísimo, profesor Nockman, parece que no se ha dado en préstamo. Oh, vaya por Dios, qué situación... –las palabras de la bibliotecaria salían nerviosamente de su boca. Empezó a revolver en su mesa–. Profesor Nockman, tal vez sea mejor que por ahora recupere usted su cheque.

—¡NO QUIERO RECUPERAR MI CHEQUE! –tronó el horroroso hombre–. ¿QUÉ CLASE DE BIBLIOTECARIA TORPE ES USTED, QUE ANDA PERDIENDO LIBROS?

El profesor Nockman empezó a despotricar furioso:

—Quiero ese libro. He pagado por ese libro. ¡Conseguiré ese libro! –se dirigió como una furia al estante de la G a la H–. Seguro que algún imbécil lo habrá guardado en el lugar equivocado.

La bibliotecaria se estremeció, nerviosa, mientras el hombre recorría los estantes, enfurruñado y sudando a chorros. Molly oía sus jadeos furiosos. Ahora estaba justo al otro lado de donde se encontraba ella, tan cerca que Molly podría haberlo tocado. Olía a aceite rancio, a pescado y a tabaco. Alrededor de su cuello lleno de sarpullidos, de una cadena de oro colgaba un medallón en forma de escorpión que reposaba sobre su pecho velludo. El escorpión de oro tenía un diamante en el lugar del ojo, que resplandeció al capturar un rayo de luz, como haciéndole un guiño a Molly. El dedo regordete en forma de garra del profesor Nockman recorría amenazadoramente la hilera de libros de la G a la H.

—Bien –anunció de pronto–. Bien. Es evidente que no está aquí, así que esto es lo que vamos a hacer. Usted –dijo, dirigiéndose ahora al mostrador, blandiendo agresivamente el dedo de manera que casi se lo metió a la bibliotecaria por un ojo–, usted y su colega van a descubrir qué le ha pasado a mi libro. En cuanto lo sepa, llámeme –el hombre repugnante sacó una billetera de piel de serpiente de su bolsillo trasero, y extrajo una tarjeta de visita. Anotó algo por detrás.

—Me alojo en el Hotel Briersville. Llámeme y manténgame al corriente. Y quiero que recuperar ese libro sea su prioridad. Lo necesito para una investigación científica muy importante. A mi museo le horrorizará saber que se ha perdido. Aunque no tienen por qué enterarse, por supuesto, si usted encuentra el libro. ¿Ha quedado todo claro?

—Sí, profesor.

El profesor cogió entonces su pelliza y, gruñendo enfadado, se marchó de la biblioteca.

La bibliotecaria se mordió el labio y empezó a ajustarse las horquillas del moño. Fuera, las puertas de entrada se cerraron con un portazo. Molly volvió a ponerse de rodillas. Frente a ella estaban los estantes de los libros que empezaban por "I".

¿Por qué tenía tanto interés ese hombre horroroso en conseguir ese libro? Había dicho que había pagado para tomarlo prestado, pese a ser un libro que no podía sacarse en préstamo de la biblioteca. Y había viajado desde muy lejos para conseguirlo. Tenía que ser un libro muy interesante. Más interesante, suponía Molly, que uno sobre Iglesias, o sobre Imanes, o sobre *ipnotismo*. *¿Ipnotismo?* Molly miró el libro que tenía delante. Las tapas estaban rotas, con lo que no se leía la primera letra del título. ¡En un relámpago, Molly comprendió que la letra que faltaba era una H!

Rápidamente cogió el pesado libro encuadernado en piel y, comprobando furtivamente que no la estuviera viendo nadie, lo abrió.

En la primera página, con letras antiguas, ponía:

HIPNOTISMO
Explicación de un antiguo arte
por el
Doctor H. Logan
Publicado por Arkwright & Sons
1908

Molly ya no necesitaba ver nada más. Cerró el libro sin hacer ruido, lo envolvió dentro de su anorak, y aprovechando que la bibliotecaria estaba agachada detrás del mostrador, salió ella también de la biblioteca.

Y esa fue la segunda cosa extraña que ocurrió esa semana.

Capítulo 4

Sintiéndose cada vez más nerviosa, Molly recorrió las calles de las afueras de Briersville, y atravesó los campos, colina arriba, hasta llegar al orfanato. Había dejado de llover, pero aun así, tenía el libro del hipnotismo bien guardado dentro de su anorak. No eran más que las cuatro, pero el cielo gris de noviembre ya se estaba oscureciendo. Los faisanes gorjeaban a pleno pulmón en los bosques mientras se preparaban para volver al nido, y los conejos huían despavoridos al paso de Molly.

Cuando llegó a Hardwick House, a través de las ventanas del edificio de piedra se veían encendidas las luces de las habitaciones. Detrás de los finos visillos de una ventana del primer piso Molly adivinaba la silueta arrugada de la señorita Adderstone acariciando a su perra, una malhumorada carlina llamada Pétula.

Molly sonrió para sus adentros y abrió la verja de hierro. Cuando atravesaba sin hacer ruido el patio de grava, se abrió la puerta lateral del orfanato. Era la señora Trinklebury. Abrió sus brazos gordezuelos para abrazar a Molly.

—¡Ho... hola, Molly, tesoro! Aquí estás. Por lo menos te he visto un momentito. ¿Có... cómo estás? ¿Bien?

—Sí, bueno, más o menos –contestó Molly, devolviéndole el abrazo. Le hubiera encantado contarle a la señora Trinklebury lo del libro del hipnotismo, pero decidió que era mejor no hacerlo–. Y usted, ¿cómo está?

—Oh, yo como siempre. Acabo de tener un problemita con Ha... Hazel, como de costumbre, pero bueno. Mira, te he guardado un pastel –la señora Trinklebury metió la mano en su bolso de crochet con dibujo de flores y buscó dentro–. Toma, aquí lo tienes –dijo, tendiéndole a Molly un paquetito envuelto en papel absorbente–. Es de cho... chocolate. Los hice anoche –los cristales de sus gafas soltaron un destello al reflejar un rayo de luz que provenía del vestíbulo–. Pero que no te lo vea quien tú sabes.

—Oh, gracias –dijo Molly encantada.

—Me... me tengo que ir ya, bonita –dijo, envolviéndose mejor en su abrigo de lana, abrochándose los botones en forma de flor y dándole un beso a Molly–. No te resfríes, tesoro, nos vemos la semana que viene –dicho esto, la señora Trinklebury se dirigió hacia la carretera que llevaba a la ciudad, y Molly entró en el orfanato.

Se fue corriendo a su habitación, y como todo el mundo estaba merendando, tuvo tiempo de esconder cuidadosamente el libro y el pastel debajo del colchón. Luego bajó al comedor y se sentó sola en la mesita junto a la chimenea.

Molly solía merendar con Rocky, pero esta vez él no estaba allí para evitarle problemas. Se comió su tostada de pan con margarina vigilando con cautela a Hazel, que estaba sentada en la mesa grande al otro extremo de la habitación. Se estaba haciendo la interesante porque había ganado la carrera de cross. Las fornidas piernas de Hazel estaban llenas de barro, su cara grandota seguía colorada por el esfuerzo y se había colocado una rama con hojas en su pelo negro, como si fuera una pluma.

Molly sabía que cuando Hazel la viera sola empezaría a meterse con ella, diciéndole cosas cada vez más malvadas. Hazel le dirigiría unos cuantos comentarios hirientes y Molly se haría la sorda. Las burlas de Hazel se tornarían cada vez más maliciosas hasta conseguir atravesar la coraza de Molly. Entonces Molly se pondría colorada, o haría una mueca, o peor aún, se le pondría un nudo en la garganta y se le llenarían los ojos de lágrimas. A Molly le resultaba muy difícil no perder la seguridad en sí misma cuando Hazel y sus compinches la tomaban con ella. Rápidamente, Molly se metió en la boca lo que le quedaba de tostada y se dispuso a marcharse. Pero era demasiado tarde.

Hazel la descubrió y gritó con tono grosero:

—Eh, mirad, la Desastre ha llegado por fin a la meta. ¿Es que te has caído en un charco, Sopo? ¿O es que te has cruzado con una rana y te has asustado? ¿O se te han doblado esas piernas tan feas que tienes?

Molly esbozó una sonrisa sarcástica, tratando de repeler los insultos.

—¿Esa sonrisa pretende ser de superioridad? –preguntó Hazel con aire despectivo–. Eh, chicos, mirad, Ojos de Coco quiere hacerse la interesante.

Molly odiaba a Hazel, aunque no siempre había sido así. Al principio le daba lástima.

Hazel había llegado al orfanato cuatro años atrás, cuando tenía seis. Sus arruinados padres habían muerto en un accidente de coche y la habían dejado sin nada de nada, ni siquiera parientes. Y así, habiéndose quedado sola y en la miseria, la habían mandado a Hardwick House. Molly había hecho todo lo posible para que Hazel se sintiera querida, pero muy pronto se dio cuenta de que Hazel no quería su amistad. Hazel había empujado a Molly contra la pared y le había explicado que era mejor que ella. Que ella había vivido una maravillosa vida de familia y que recordaba a sus padres. A ella no la habían abandonado en la calle como si fuera basura. Ahora estaba en el orfanato porque una trágica vuelta del destino había matado a sus padres, que tanto la habían querido. Con un montón de historias que contar sobre su maravilloso pasado, Hazel era una figura admirada por los otros niños. Pero para Molly y para Rocky, era dura y llena de veneno. Hazel llevaba cuatro años molestando, burlándose y metiéndose con Molly. Por alguna razón, Hazel odiaba a Molly, y ahora Molly también la odiaba a ella.

—Te he preguntado que si esa sonrisa pretende ser de superioridad –repitió Hazel.

Los cuatro chicos mayores que estaban junto a Hazel soltaron una risita. Cynthia y Craig, los rechonchos gemelos, y Gordon Boils y Roger Fibbin eran los mejores amigos de Hazel. Eran todos niños débiles, demasiado débiles como para atreverse alguna vez a enfrentarse a su líder. Les encantaba verla metiéndose con Molly.

Gordon Boils, con su pelo grasiento, estaba sentado a la izquierda de Hazel, con su fular al cuello y los puños apretados. Desde que se había tatuado las manos con tinta y la punta de un compás, en los dedos de su mano izquierda se leía "REY", y en los de la mano derecha, "GORD". Desde donde estaba sentada, Molly

41

acertaba a leer "REY GORD". Cuando Gordon le dio un bocado a su magdalena, Molly recordó su costumbre favorita de coger una rebanada de pan y sonarse la nariz con ella, haciéndose lo que él llamaba un bocadillo de mocos, que luego se comía. Tenía una imaginación repugnante, y si le pagaban, era capaz de hacer cualquier cosa. Era el perrito faldero de Hazel.

A la derecha de Hazel estaba sentado el chivato de Roger Fibbin. Era el informador de Hazel; su espía. Al mirarlo, con su camisa blanca planchadita y su pelo bien repeinado, Molly se dio cuenta de que era igual que un adulto en miniatura. Su nariz puntiaguda y sus ojos fríos de espía eran siniestros. Rocky y Molly lo llamaban "el Soplón". Y a Cynthia y a Craig, "los Clones".

Cuanto más malvadas eran las cosas que decía Hazel, más se reía y más la jaleaba su pandilla. Gemma y Gerry, dos niños de siete y seis años muy simpáticos, que estaban sentados en silencio en otra mesita pequeña junto a la puerta, empezaron a sentirse incómodos. Detestaban ver que se metieran con Molly, pero eran demasiado pequeños para poder ayudarla.

—¿O es que te ha atacado un granjero porque pareces una rata con ojos de coco? –preguntó el escuchimizado de Roger.

—¿O es que te ha atacado una rata porque tus manos sudorosas apestan? –soltó el bruto de Gordon.

—¿O es que Rocky y tú os habéis sentado en un árbol a planear vuestra boda? –se burló Hazel.

De repente Molly sonrió. Era una sonrisa que le surgió de dentro, de una emoción en lo más profundo de su ser, y de las esperanzas que le había despertado el libro del hipnotismo. Ya se había puesto a soñar despierta con lo que sería capaz de hacer si conseguía hipnotizar a la gente. Hazel y su pandilla ya podían andarse con cuidado. Sin una palabra, Molly se levantó y salió de la habitación. Estaba impaciente por leer su libro. Pero pasó un buen rato hasta que tuvo la oportunidad de hacerlo.

Después de la merienda, todos los niños tenían que descansar un rato en sus camas, salvo los que tenían permiso para ensayar sus actuaciones para el Concurso de Habilidades de Briersville. Molly estaba loca por empezar la lectura de su libro, pero no podía arriesgarse, pues Cynthia estaba leyendo un tebeo en la cama junto a la suya.

Los minutos pasaban lentamente. A Molly le llegaba el sonido de alguien que cantaba en el piso de abajo. Oyó la voz ronca de Rocky y una vez más deseó que ganara el concurso, pero seguía sintiéndose un poco triste por lo que le había dicho, así que no bajó a verle. Luego llegó la hora de hacer los deberes del colegio. A Molly le pareció el año de los deberes.

El reloj de cuco de la señorita Adderstone dio las seis. En la hora de las oraciones, Molly hizo lo posible para evitar a Rocky, y Rocky la ignoró a ella. Después de entonar un himno, al son de una casete de música de órgano, la señorita Adderstone, con su perrita mimada y gorda ladrando bajo su brazo, pasó a hacer varios anuncios. El primero era que Molly estaba castigada a pasar la aspiradora durante una semana entera por no haber terminado la carrera de cross. El segundo era que al día siguiente se esperaba la visita de unos señores americanos.

—Llegarán a las cuatro. Os recuerdo que, extrañamente, están interesados en adoptar a alguno de vosotros. Si recordáis bien, los últimos americanos que vinieron se fueron con las manos vacías. Esta vez no me hagáis quedar mal. Me gustaría librarme, por lo menos, de alguno de vosotros. No tienen ningún interés en adoptar renacuajos sucios y pulgosos –los ojos de la señorita Adderstone se posaron sobre Molly–. Así que lavaos. Solo elegirán a un niño presentable. Aunque claro, a algunos de vosotros no hace falta que les recuerde esto.

Todos los niños se alegraron al conocer esa noticia. Molly detectó incluso un fulgor de esperanza en los ojos de Hazel.

Durante la cena Molly se sentó sola, comiéndose una manzana arrugada.

Por fin, cuando Molly pensaba que iba a explotar de curiosidad, encontró un momento en que no había nadie en su habitación. Sacó corriendo el libro y el pastel de debajo del colchón, los escondió en su bolsa de la ropa sucia, y se fue a buscar un sitio donde leer.

"Hades" significa "infierno" en griego. Ese era el nombre que tenían en el orfanato los cuartos de la lavandería que casi nadie visitaba nunca y que estaban en los sótanos del edificio. Molly se dirigió hacia allí, simulando que tenía que ir a hacer la colada.

Eran sótanos oscuros, de techos bajos. Las paredes estaban cubiertas de tuberías oxidadas llenas de ropa tendida, con lo que, por lo menos, la temperatura era agradable. En el extremo más alejado había viejas pilas de loza con desagües cubiertos de cal donde los niños lavaban su ropa. Molly encontró un rinconcito caldeado bajo la luz de una bombilla, junto a unas tuberías con ropa puesta a secar; y, a punto de estallar de emoción, metió la mano en su bolsa de la ropa sucia.

Toda su vida había deseado ser especial. Había fantaseado que lo era, y que algún día le ocurriría algo milagroso. En lo más profundo de su corazón, sentía que, un día, emergería una fantástica Molly que demostraría a todos en Hardwick House que era de verdad alguien especial. El día anterior había pensado que iba a suceder algo importante. Tal vez esa cosa tan importante se había retrasado un día.

Molly había estado preguntándose toda la tarde si este libro iba a hacer realidad sus sueños, y su imaginación se había puesto a pensar a mil por hora en todas las cosas que podría enseñarle. Tal vez su imaginación había ido demasiado lejos. Latiéndole el corazón, Molly abrió con una mano tímida la tapa de cuero del viejo libro. Sonó un crujido.

Ahí estaba otra vez la primera página.

HIPNOTISMO
Explicación de un antiguo arte

Molly pasó la página. Lo que leyó le hizo estremecerse de pies a cabeza.

> *Querido lector:*
> *Bienvenido al maravilloso libro del hipnotismo y enhorabuena por tomar la sabia decisión de abrir este libro. Está a punto de embarcarse en una aventura increíble. ¡Si pone en práctica las siguientes perlas de sabiduría, descubrirá que el mundo está lleno de fantásticas oportunidades! ¡Bon voyage y buena suerte!*
>
> *Firmado,*
>
> *Doctor H. Logan*
>
> *Briersville,*
> *3 de febrero de 1908.*

Molly descubrió anonadada que el doctor Logan era de Briersville. Esto era algo extraordinario, pues la aburrida Briersville no tenía muchas personas interesantes de las que enorgullecerse. Pasó la página con ávida curiosidad.

INTRODUCCIÓN

Probablemente habrá oído hablar más de una vez del antiguo arte del hipnotismo. Tal vez haya visto la actuación de un hipnotizador en alguna feria, hipnotizando a personas del público, haciendo que se comportaran de una forma especial y divirtiendo así a los espectadores. Quizás haya leído declaraciones de personas que fueron hipnotizadas antes de intervenciones quirúrgicas para que no sintieran dolor alguno.

El hipnotismo es un gran arte. Y como todas los artes, es algo que la mayoría de la gente puede aprender, con un poco de paciencia y mucha práctica. Unos pocos aprendices tendrán un verdadero don natural. ¿Será usted, lector, uno de los pocos elegidos? Sigua leyendo.

A Molly empezaron a sudarle las manos.

La palabra "HIPNOTISMO" viene del griego clásico: "HYPNOS" significa "dormir" en esa lengua. Los hipnotizadores llevan ejerciendo desde la noche de los tiempos. El hipnotismo se conoce también por "MESMERISMO", un término que proviene del apellido de un doctor llamado Franz Mesmer. Nació en 1734 y murió en 1815, y en su vida se dedicó principalmente al arte del hipnotismo.

Cuando una persona está bajo los poderes de un hipnotizador, se dice que está en TRANCE. La gente entra en trance sin darse cuenta. Cuando se deja un objeto en algún sitio, y un momento después ya no se recuerda dónde se ha puesto, es porque se estaba en un pequeño trance.

Soñar despiertos es otra forma de entrar en trance. La gente que sueña despierta está en su propio mundo, y cuando emergen de su trance de ensoñación, no suelen saber lo que han estado diciendo o haciendo las personas que están a su alrededor. En trance, los pensamientos de las personas se alejan flotando del ruidoso mundo, hasta lugares más tranquilos de la mente.

Molly pensó en el truco que había aprendido; el de elevarse en el espacio y desde allí, mirar hacia abajo, al mundo, o el de alejarse de la gente cuando le gritaban. A lo mejor, sin saberlo, había estado entrando en trance. El libro proseguía.

Nuestras mentes gustan de relajarse de esta manera, para descansar de tanto pensar. Los trances son hechos muy normales.

Cuando Molly leyó la frase siguiente le dio un vuelco el corazón.

Si a una persona se le da bien entrar en trance, es probable que se le dé muy bien el hipnotismo.

Molly siguió leyendo con avidez.

Lo que hace un hipnotizador es llevar a la gente a que entre en trance, y luego hacer que permanezcan en ese estado hablándoles de forma hipnótica. Cuando la persona está en un profundo trance, como si estuviera soñando despierta, el hipnotizador puede entonces sugerir cosas que la persona tiene que pensar o hacer. Por ejemplo, el hipnotizador podría decir: «Cuando despierte ya no querrá volver a fumar en pipa». O «cuando despierte ya no le dará miedo viajar en automóvil».

Molly dejó el libro un momento.

—O –pensó en voz alta– cuando despiertes pensarás que eres un mono.

Molly sonrió mientras empezaba a llenársele la cabeza de ideas. Luego, de repente, un relámpago de desconfianza le hizo pararse en seco. ¿Ese libro iba en serio, o lo había escrito un loco? Molly pensó en ello mientras lo hojeaba.

Capítulo uno: cómo practicar con uno mismo.
Capítulo dos: cómo hipnotizar animales.
Capítulo tres: cómo hipnotizar a otras personas.
Capítulo cuatro: hipnotismo con péndulo.
Capítulo cinco: cómo hipnotizar a pequeños grupos de personas.
Capítulo seis: cómo hipnotizar a una multitud.
Capítulo siete: cómo hipnotizar solo con la voz.
Capítulo ocho: hipnotismo a larga distancia.
Capítulo nueve: sorprendentes hazañas del hipnotismo.

Por todo el libro había dibujos de personas vestidas con ropa de la época victoriana, ilustrando ejemplos de posturas durante la hipnosis. Había un dibujo de una señora tumbada, con tan solo una silla debajo de la cabeza, y otra debajo de los pies. Se llamaba "la tabla humana". Había muchos extraños diagramas de un hombre haciendo todo tipo de muecas, una con los carrillos hinchados y los ojos saltones, otra con los ojos en blanco. «Buaj, qué asco», pensó Molly. Pasando una tras otra las gruesas páginas del pesado libro antiguo, Molly llegó al final del capítulo seis y se dio cuenta de que inmediatamente después venía el capítulo nueve. Alguien había arrancado dos capítulos con mucho cuidado. El capítulo siete: "Cómo hipnotizar solo con la voz", y el capítulo ocho: "Hipnotismo a larga distancia". Molly se preguntó quién las habría quitado, y si lo había hecho hace mucho o poco tiempo. Era imposible saberlo.

Entonces se acordó del hombre repugnante de la biblioteca. Dijo que había venido desde América para encontrar ese libro. El profesor debía de creer que los secretos que estas páginas contenían eran extremadamente valiosos. Tenía que ser un libro muy, muy especial. Molly pensó que tal vez había caído entre sus manos un verdadero tesoro.

Hacia el final del libro había varias páginas con fotografías color sepia. En una aparecía un hombre de pelo rizado, gafas, y una nariz muy grande.

«*El doctor Logan. El hipnotizador más famoso del mundo*», podía leerse debajo. A Molly le alivió ver que era obvio que no hacía falta ser muy guapo para ser un buen hipnotizador. Con avidez, volvió al primer capítulo: "Cómo practicar con uno mismo".

En el primer epígrafe se leía: "VOZ", y decía así:

> *La voz de un hipnotizador debe ser suave, tranquila, adormecedora. Como la mano de una madre que mece la cuna para que el bebé se duerma, la voz del hipnotizador debe adormecer a la persona y llevarla hasta un trance.*

Esto parecía demasiado bueno para ser verdad. A Molly le habían puesto el mote de "Sopo" porque la gente decía que su voz provocaba ganas de dormir. Ahora, esta habilidad, en lugar de ser algo de lo que avergonzarse, parecía un talento del que enorgullecerse. El libro proseguía:

> *He aquí unos ejercicios que hay que decir despacio y sin parar. Practíquelos.*

Molly leyó las frases en voz alta:

—«TENGO UNA VOZ MA-RA-VI-LLO-SA-MEN-TE TRAN-QUILA. SOY UNA PERSONA TRANQUILA Y PERSUASIVA. MI VOZ ES MUY...».

De pronto oyó unos pasos que retumbaban. Cerró el libro rápidamente, lo metió en su bolsa de la ropa sucia, y sacó su aplastado pastel de chocolate.

Hazel estaba bajando al Hades. Entró en la habitación haciendo ruido con sus zapatos de claqué.

—Buaj –dijo–, ¿qué estás haciendo aquí abajo, bicho raro? Te he oído intentando cantar. Olvídalo. Desafinas.

—Pues nada, estaba cantando mientras busco mis calcetines.

—No, yo creo que más bien estabas pensando en lo mal que le caes a todo el mundo –Hazel descolgó su equipo de hockey de una de las tuberías donde se estaba secando y se volvió para mirar a Molly–. Pareces un calcetín, ¿verdad, Sopo? Un extraño calcetín viejo, sucio, apestoso y que nadie quiere. ¿Por qué no haces de calcetín en el concurso de Habilidades? O mejor aún, podrías participar como la persona más fea del mundo –y, estremeciéndose, añadió–: Apuesto a que tus padres eran feos, Ojos de Coco.

Al ver que Molly no reaccionaba, Hazel prosiguió:

—Ah, y por cierto, hoy te has perdido a la maloliente y estúpida de tu querida señora Trinklebury –con una sonrisita de suficiencia, se dio la vuelta y se marchó.

Molly la miró. Sonrió para sus adentros y le dio un mordisquito al pastel. Dijo entre dientes:

—Espera y verás, Hazel Hackersly, espera y verás.

Capítulo 5

El día siguiente era viernes. A las seis de la mañana Molly se despertó sonriendo con el recuerdo de un sueño que había tenido en que era una hipnotizadora famosa en el mundo entero. Desde ese momento había estado tramando un plan muy audaz.

No tenía intención de ir al colegio. De ninguna manera podía ir y permanecer sentada en la horrible y asquerosa clase de la señora Toadley mientras el libro, lleno de secretos que aprender, seguía debajo del colchón. Además, no podía dejar el libro sin vigilancia. La fisgona de la señorita Adderstone podía encontrarlo. Y si se lo llevaba al colegio, Hazel podría quitárselo.

Cuando sonó la campana de la mañana, simuló que no se había despertado y siguió con los ojos cerrados, incluso cuando Rocky vino a hacerle una visita. Cuando Hazel tocó por segunda vez la campana junto al oído de Molly, quitándole las mantas, Molly siguió tumbada lánguidamente.

—¿Hoy tampoco te funciona el cerebro, Coco? –se burló Hazel.

—No me encuentro bien –gimió Molly.

Molly se saltó el desayuno. Cuando estaba segura de que todo el mundo estaba abajo, pasó a la acción rápidamente. Salió de la cama, abrió la ventana del dormitorio y, con unas tijeras, raspó un poco de moho verde del muro de piedra y lo metió en una jabonera de plástico. Luego, con cuidado, lo machacó hasta conseguir un fino polvillo que se aplicó sobre la cara, dándole a su cutis un colorcillo verde de enferma de lo más realista. Después limpió bien la jabonera y la volvió a dejar en el lavabo.

Luego fue sigilosamente a la enfermería. Allí había un hervidor de agua eléctrico, y Molly lo puso en marcha. Un momento después, tenía un vaso lleno hasta la mitad de agua hirviendo, que escondió debajo de un sillón. Luego cogió una jofaina metálica y la puso en lo alto de un armario delante del sillón.

De vuelta en su dormitorio, hurgó en su bolso y encontró un sobrecito de ketchup que había guardado para los bocadillos. Se lo metió en el bolsillo del pijama y volvió a la cama, con su trampa preparada.

Empezaban a volver los niños de desayunar. Gordon Boils entró pesadamente en la habitación de Molly.

—¿Estás enferma? Ojalá sea así –dijo.

Molly oyó un chasquido, y luego sintió algo pequeño, asqueroso y húmedo caer sobre su cuello antes de que Gordon se marchara. Luego Molly reconoció las voces de Gerry y Gemma, que venían a verla.

—Se habrá resfriado, me imagino. A lo mejor sí que se cayó ayer en un charco –susurró Gemma.

—Pobre Molly. Seguro que está malita porque los chicos mayores se meten con ella –dijo Gerry.

—Hummm. ¿Vamos a darle de comer a tu ratón?

Por fin entró la señorita Adderstone pisando fuerte.

—Me he enterado de que estás enferma –dijo sin ninguna lástima–. Bien, será mejor que vengas a la enfermería –la señorita Adderstone la sacudió.

Molly fingió que se despertaba y, haciendo como que le dolía la cabeza y que se encontraba muy mal, siguió a la señorita Adderstone por el tétrico pasillo, pasando delante de otros niños que habían salido de sus habitaciones para mirarla. La señorita Adderstone le hizo sentarse en el sillón de la enfermería y, cogiendo una llave de la cadena que llevaba colgada de la cintura, abrió un cajón, encontró el termómetro y se lo metió a Molly en la boca. Esta mantenía sus sudorosos dedos cruzados a la espalda, deseando fervientemente que la señorita Adderstone saliera de la habitación. Unos segundos después, su deseo se cumplió.

—Volveré dentro de cinco minutos. Entonces veremos si estás enferma –pasándose la lengua por la dentadura postiza, la señorita Adderstone salió de la habitación.

En cuanto se vio sola, Molly encontró su vaso de agua –que antes estaba hirviendo, y ahora muy caliente– y metió dentro el termómetro. Lo contempló ansiosa, latiéndole el corazón a mil por hora, mientras el mercurio subía por el tubo. Ya estaba bien: una temperatura de cuarenta y dos grados debería bastar para convencer a la señorita Adderstone de que estaba enferma. Pero, para asegurarse, Molly abrió el sobre de ketchup antes de guardárselo de nuevo en el bolsillo. Ahora Molly empezaba a estar verdaderamente nerviosa, mientras esperaba para llevar a cabo la parte final de su plan.

Un minuto después, oyó ruiditos de saliva y los fuertes pasos de la señorita Adderstone. Molly ladeó la cabeza, intentando poner cara de muy enferma. La señorita Adderstone entró y, sin decir una sola palabra, sacó bruscamente el termómetro de la boca de Molly.

Esta respiró hondo. Cuando la señorita Adderstone se puso las gafas sobre el puente de la nariz para inspeccionar el termómetro, Molly empezó a hacer muecas.

—Señorita Adderstone –gimió, moviendo el cuerpo hacia delante varias veces–, creo que voy a vomitar.

La señorita Adderstone puso una cara como si pensara que le iba a escupir una mofeta. Rápidamente se volvió para coger la jofaina. «¿Dónde está la...?», empezó a decir. Entonces la vio en lo alto del armario.

Molly hacía ruidos como si le estuvieran dando arcadas, "uarghghghgh", y mientras la señorita Adderstone se daba la vuelta para subirse a un taburete y alcanzar la jofaina, se metió un chorro de ketchup en la boca y bebió un trago de agua. Cuando la señorita Adderstone bajó del taburete con el orinal en la mano, Molly estaba preparada.

Cogió la jofaina. "¡Blerhghghg!" El falso vómito rosa cayó salpicando sobre el recipiente metálico. Tras unas cuantas arcadas más, "uarghhghghg", Molly se pensó que su pequeña actuación había quedado de lo más convincente.

—Perdone, señorita Adderstone –dijo con un hilo de voz.

La señorita Adderstone parecía horrorizada. Dando un paso atrás, volvió a consultar el termómetro.

—Ve a buscar tus cosas inmediatamente, bata, cepillo de dientes... –balbuceó la señorita Adderstone–. Coge tus cosas. Luego vete al sanatorio. Tienes más de cuarenta de fiebre. Típico de ti. Espero que no nos contagies a todos. Y lava esa jofaina tan asquerosa. Llévatela también al sanatorio.

A Molly le daban ganas de salir corriendo y ponerse a dar saltos de alegría, de lo contenta que estaba de haber engañado a la señorita Adderstone; pero hizo como si nada. Bajó gimiendo y arrastrando los pies hasta su dormitorio, se puso su fina bata y sus zapatillas, cogió una chaqueta de la cómoda y su bolsa de la ropa sucia donde, por supuesto, también estaba el libro del hipnotismo. Luego subió la escalera de linóleo color verde botella que llevaba al sanatorio.

No era un sanatorio de verdad, con muchas habitaciones y muchas camas. No era más que una habitación, en el trastero de Hardwick House, lejos de los dormitorios y justo encima del apartamento de la señorita Adderstone. Molly pasó delante del recibidor de la señorita Adderstone, con sus pesados muebles de caoba y su severo retrato. El cojín color púrpura de Pétula estaba en el suelo, junto a un aparador marrón, y junto a este había una pequeña colección de piedras y trocitos de grava. Pétula tenía la manía de chupar piedras y luego escupirlas. Al lado de las piedras había un plato lleno de galletas de chocolate.

Molly subió las escaleras hasta el sanatorio. Abrió la puerta y, como era un día soleado de noviembre, encontró que hacía calorcito dentro de la habitación. Motas de polvo revoloteaban en los rayos de luz que se colaban por la ventana, y sobre el marco había cadáveres de moscas. Pegada a la pared amarilla había una cama de latón. Molly quitó del colchón la horrorosa sábana de plástico, pues no pensaba hacerse pis en la cama, y volvió a hacerla con sus sábanas de algodón y dos mantas. Luego se instaló a leer cómodamente.

Molly decidió saltarse el capítulo uno: "Cómo practicar contigo mismo", pues estaba impaciente y pensaba que ya llevaba años aprendiendo a soñar despierta y a entrar en trance. Abrió el libro por el capítulo dos.

Cómo hipnotizar animales.

Ahora que domina el arte de entrar en trance, puede estar preparado para hipnotizar a un animal. Hipnotizar animales es un arte difícil, más difícil que hipnotizar a seres humanos. Pero si logra lo que yo llamo la "Sensación de fusión" cuando esté hipnotizando a un animal, reconocerá después esa sensación cuando hipnotice a personas, y eso le resultará muy útil.

Si no logra la "Sensación de fusión", será señal de que los animales y las personas no están correctamente hipnotizados.

Primer paso: entre usted mismo en trance.

Segundo paso: estando en trance, piense en el animal (perro, gato, león) al que quiere hipnotizar. Piense en la esencia de ese animal. Trate de convertirse en ese animal.

Molly cerró el libro y lo metió debajo de las mantas. Se quedó mirando la luz que describía figuras sobre la pared amarilla y empezó a transportarse en un trance, por una especie de cuesta brumosa, lejos del mundo, en el interior de su mente. Se sentía lejana y como flotando; y pronto, todo lo que la rodeaba le pareció borroso, salvo la luz sobre la pared. Entonces Molly cerró los ojos y, siguiendo las instrucciones de su libro, pensó en un animal. Pétula, el perrito de la señorita Adderstone, era el único animal del orfanato. Tendría que ser el objeto del experimento de Molly.

Piensa en la esencia de ese animal. Trata de convertirte en ese animal. Las palabras del doctor Logan se iban metiendo en la mente de Molly.

La esencia de Pétula. Molly se concentró en la carlina de piel aterciopelada. Era un animal malhumorado, mimado, consentido, sobrealimentado y perezoso. ¿Por qué había llegado a tener todo ese mal genio? Era el único perro que conocía Molly que siempre estaba de mal humor. Molly se la representó en su imaginación: su cuerpecito robusto y oscuro, sus piernas delanteras torcidas que estaban así por el exceso de peso de su cuerpo rechoncho, su cola levantada, su cara aplastada, la manchita blanca en su frente, sus gruñidos, su mal aliento y sus ojos saltones. En su trance, Molly miró a los ojos apagados, húmedos y bizcos de Pétula. Se acercó más y más, hasta que adquirieron el tamaño de dos bolas negras de billar, luego el de dos pelotas negras de baloncesto, y luego el de dos gigantescas pastillas negras. Y en ese momento, cuando los ojos de Pétula parecieron hincharse hasta alcanzar el tamaño de dos globos negros de aire, la mente de Molly se escabulló por debajo de ellos y entró en la mente perruna de Pétula.

Notó que ella también se sentía como un perro. En su imaginación, sintió que tenía cuatro robustas patas, orejas, y un hocico súper sensible. Molly olisqueó las galletas de chocolate que tenía al lado, y el polvoriento cojín de terciopelo que tenía debajo. Era increíble. Sentía de verdad el olor del cojín lleno de pelos de Pétula. Luego sintió su tripa, hinchada y sobrealimentada. Sintió náuseas de todas las galletas de chocolate que la señorita Adderstone le daba de comer. ¡Ay! Le dolía de verdad la tripa. Molly sabía exactamente cómo se sentía Pétula, y se sorprendió soltando incluso un gruñido de compasión por ella. «Grrrrrr».

En la distancia, Molly oyó el reloj de cuco de la señorita Adderstone dar las ocho, y abrió los ojos. Así que esa era la razón por la que Pétula era una perra tan antipática y tan gruñona. Le dolía la tripa de comer tantas galletas.

Molly sintió de pronto como si abrieran una puerta dentro de su cabeza. Estaba anonadada de haber entendido tan fácilmente a Pétula, y se preguntó qué otras habilidades latentes habría en su interior. Habilidades que las lecciones del doctor Logan le permitirían poner en práctica. Si Molly aprendía todas las lecciones del libro tan deprisa como esta, pronto sería una experta.

Durante un segundo, Molly titubeó. A decir verdad, todavía no había hecho nada de nada. A lo mejor se había inventado los sentimientos de Pétula. Molly volvió a abrir el libro con avidez. Pronto descubriría si hipnotizar a Pétula era de verdad posible. Todo lo que tenía que hacer era seguir el tercer paso.

Capítulo 6

Cuando todos los niños se fueron al colegio, Molly oyó los pasos de la señorita Adderstone que subía con desgana al sanatorio. Esta descubrió aliviada que Molly estaba dormida, atravesó la habitación y dejó una nota encima de la mesa.

Como seguro que lo que tienes es contagioso, te mantendrás alejada de los demás hasta que estés mejor. Cuando ya no vomites la comida, ve al pasillo que lleva a la cocina y llama a Edna. Bajo ninguna circunstancia te permito que entres en la cocina y eches el aliento sobre la comida.

Aquí te dejo un termómetro. Cuando estés mejor, y tu temperatura corporal haya llegado a lo normal, 37,5 grados, debes volver a tu habitación y reincorporarte a tu horario habitual. Entonces tendrás que recuperar todas las tareas de limpieza que te has dejado sin hacer.

La señorita Adderstone.

Pasándose la lengua por la dentadura postiza, la señorita Adderstone bajó a su apartamento para tomar su copita matutina de jerez. Sentía que hasta entonces el día había sido especialmente agotador, así que se sirvió dos. Poco después, Molly oyó el crujir de sus pasos sobre la gravilla del patio exterior. Cuando las verjas se abrieron chirriando, Molly miró por la ventana justo a tiempo de ver a la señorita Adderstone acercarse tambaleándose a su minibús. Iba a algún sitio, pero no se llevaba con ella a Pétula. ¡Era la ocasión para experimentar con ella! Molly terminó deprisa de leer el tercer paso para hipnotizar animales.

Encontrar la esencia de su animal puede llevarle semanas, pero no se dé por vencido. Encuentre "la voz" que va con su animal.

Bien, Molly ya había logrado eso instintivamente. Había gruñido exactamente igual que Pétula.

Cuarto paso. Sitúese frente a su animal, acercándose despacio a él si es necesario. Piense en la voz del animal e imítela despacio y con calma. Repita la voz del animal, con voz adormecedora, hasta que consiga que el animal entre en trance. Puede emplear un péndulo. (Todos los aprendices de hipnotismo deben adquirir un péndulo y estudiar el capítulo 4.) Sabrá que el animal está en trance por la "sensación de fusión".

Molly cerró el libro y salió al rellano del ático. Miró por encima del pasamanos y distinguió a Pétula roncando ruidosamente sobre su cojín de terciopelo. Molly bajó despacio la escalera hasta situarse a tres metros de ella. Entrecerrando los ojos y concentrándose en Pétula, hasta que su garganta volvió a emitir el gruñido del animal, Molly moduló ese gruñido hasta hacerlo más lento y rítmico.

«Grrrr-grrrr-grrrrrrrrr», empezó. Durante un momento se sintió un poco ridícula, pero luego, al ver que Pétula levantaba las orejas y abría los ojos, se concentró seriamente.

La perrita vio a Molly en la escalera y oyó que emitía un sonido que le resultaba familiar. Pétula escuchó ladeando la cabeza. Normalmente habría gruñido, pues que se acercara un niño significaba que corría el peligro de que la cogieran en brazos. Y Pétula odiaba que la cogieran en brazos. Le daba dolor de tripa. Su estúpida ama siempre la estaba cogiendo en brazos y le hacía daño. Pero esta niña era amable. Los ruidos que hacía eran reconfortantes. Pétula vio que la niña se estaba acercando, pero no le importó. De hecho, Pétula quería que se acercara para poder mirar sus bonitos ojos verdes. Le gustaba cómo la voz de la niña la estaba relajando.

Molly estaba ya tan solo a un paso de Pétula. Los ojos negros de Pétula la miraban directamente.

«Grrrr-grrrr-Grrrr-grrrr». Molly emitió su gruñido de la esencia de Pétula, deseando que el hipnotismo funcionara. Y de repente los ojos de Pétula se volvieron vidriosos, como si se hubieran corrido unas cortinas detrás de ellos, mientras seguían abiertos. Era una cosa curiosa. Y mientras la observaba, Molly sintió que un extraño hormigueo la recorría de los pies a la cabeza. Era la sensación de fusión que el doctor Logan había descrito. Molly dejó de emitir su gruñido. Pétula estaba sentada mirando al vacío como un perro disecado. ¡Molly lo había conseguido! Apenas podía creerlo. ¡Esto era fantástico! Había hipnotizado de verdad a un animal.

Molly pensó que ya podía "sugerirle" cosas a Pétula, pero entonces se dio cuenta con disgusto de que esto sería difícil pues no hablaba "el lenguaje perruno". Cuánto le gustaría decirle a Pétula que echara babas en la copa de jerez de la señorita Adderstone, o que le mordiera los tobillos, o que se revolcara sobre una caca de vaca y luego se acostara en su cama. De pronto Molly pensó en lo mejor que podía hacer por Pétula. Haría que aborreciera las galletas de chocolate que la señorita Adderstone le daba. Pétula se comía las galletas por costumbre y por gula, sin saber que le hacían sentirse enferma y de mal humor. Molly sacó de su bolsillo el sobrecito de ketchup a medio terminar.

Pétula levantó la mirada hacia la niña que tenía delante, que era la persona más amable y comprensiva que había conocido en su vida. La niña tenía en la mano una de sus galletas de chocolate y le estaba echando encima una cosa asquerosa. Una cosa roja. Pétula sabía que tenía que ser repugnante porque la niña estaba haciendo muecas horribles mirando la cosa roja. Y esa cosa roja cubría por completo una de las galletas. Ahora no parecía nada apetitosa. Y a la niña tampoco se lo parecía. Le estaban dando arcadas. Y Pétula confiaba en la niña. En su mente de perro sabía que tenía que recordar lo que esa niña tan simpática le estaba enseñando. Que las galletas de chocolate eran muy, pero que muy malas.

Entonces la niña acarició la cabeza de Pétula, y a Pétula le gustó aún más la niña. Empezó otra vez a emitir suaves gruñidos y cuando se alejaba, soltó un agudo ladrido. Esto hizo salir a Pétula del trance.

Sacudió sus orejas caídas con una expresión de asombro. No recordaba lo que había ocurrido en los últimos diez minutos, pero se sentía diferente. Por alguna razón, le invadía el nuevo sentimiento de que ya no le gustaban las galletas de chocolate. Pero sí le gustaba mucho la persona que estaba sentada en la escalera.

Molly hizo un gesto a Pétula con la mano. «Buena chica», le dijo.

A Pétula le seguía doliendo la tripa, pero le gustaba tanto esa niña que subió la escalera para que la acariciara. Meneó la cola, que fue una sensación genial, porque hacía semanas que no la meneaba.

Molly acarició a Pétula y se sintió muy satisfecha. Luego se fue al cuarto de baño y tiró al retrete la galleta llena de ketchup.

Aunque el estómago de Molly rugió mucho aquel día por el hambre que tenía, no le importaba. Estaba devorando el libro del hipnotismo. A la hora de comer, llegaron hasta arriba aromas de anguila al horno –el almuerzo de la señorita Adderstone y de Edna. Molly bajó sin hacer ruido al apartamento de Pétula y se alegró mucho de ver que no había tocado una sola de sus galletas. Molly almorzó galletas de chocolate y luego volvió a concentrarse en su libro.

A las cuatro de la tarde Molly oyó que todos volvían del colegio y que la señorita Adderstone llenaba de galletas el cuenco de Pétula. Cuando todo el mundo estaba merendando, Molly cogió una de las galletas. Media hora después, oyó un coche que paraba a la puerta del orfanato. Molly miró por la ventana para ver llegar a los visitantes americanos –un hombre delgado con barba y una mujer con un pañuelo rosa. La señorita Adderstone, con su traje de chaqueta color turquesa y sus mejores modales chilló: «Bienvenidos, pasen». Durante un segundo, Molly sintió una punzada de tristeza. Ojalá la eligieran a ella y la sacaran de allí.

Ojalá se la llevaran como a Satén Knight y a Moisés Wicket. Pero sabía que la adopción no era una cosa frecuente, y que si ese día elegían a alguien, desde luego no sería a ella. Y de todas maneras, cuando pensaba en su libro, la vida en el orfanato no le parecía tan mala.

Dos veces más aquel día llenaron el cuenco de galletas. En cada ocasión, Molly bajó sigilosamente y las cogió, y así consiguió mantener a raya el hambre.

Molly leyó hasta bien entrada la madrugada, concentrándose mucho en las lecciones del doctor Logan. Cuando por fin apagó la luz, tenía la cálida y reconfortante sensación de que el tiempo estaba de su parte. Podía seguir enferma durante al menos un día más antes de que la señorita Adderstone viniera a investigar. Molly podía alimentarse de las galletas de Pétula y empaparse cuanto quisiera de la sabiduría del doctor Logan. En unos pocos días, Molly tendría los secretos del libro a buen recaudo dentro de su cabeza. Era un poco rollo que faltasen dos de los capítulos, pero podía aprenderlo todo de los otros siete. Estaba impaciente por contarle a Rocky lo que había encontrado. Su pelea parecía ahora una tontería comparada con los poderosos secretos del libro del hipnotismo. Molly estaba tumbada en su cama, preguntándose dónde podría conseguir una cadena y un péndulo.

Se le cruzó por la mente la imagen del malhumorado profesor de la biblioteca. Molly se sintió un poco culpable. Este tenía que ser el mejor libro del hipnotismo del mundo, escrito por uno de los hipnotizadores más famosos del planeta. La investigación del pobre profesor estaría incompleta sin las ideas de Logan sobre el tema, y había recorrido miles y miles de kilómetros para conseguirlo. No era de extrañar que estuviera tan tenso. La dirección de su museo se enfadaría mucho de que se hubiera gastado tanto dinero en billetes de avión tan caros. Molly pensó que devolvería el libro en cuanto terminara de leerlo. Y entonces podrían estudiarlo durante años. Y con la conciencia por fin tranquila, se quedó dormida.

No volvió a pensar en el profesor. Y ese fue su gran error.

Capítulo 7

El día siguiente era sábado. Molly se despertó de un sueño profundo cuando Pétula intentó subirse a su cama. Cuando Molly la miró, esta dejó caer al suelo una piedra como regalo. Parecía mucho más alegre. Molly la subió a su cama y le acarició las orejas.

—Yo tendría que darte las gracias a ti, Pétula. Me has ayudado mucho, ¿sabes?

Pétula le dio un golpecito a Molly en el pecho con su patita, como diciéndole: «No, eres tú la que me ha ayudado a mí».

Así que se hicieron amigas.

Molly sacó las piernas de la cama y se acercó a la ventana. Por encima de los tejados de pizarra de las casas del pueblo veía el campanario de la iglesia con su reloj. Los otros niños ya habían salido a dar su paseo matutino de los sábados.

A la señorita Adderstone le gustaba llevar a los niños en el minibús hasta el pie de una colina llamada La joroba de san Bartolomé, a diez millas del orfanato. Los dejaba allí, y quería que subieran la colina y volvieran al orfanato campo a través. Esto le permitía a ella tener tres horas y media para hacer lo que quisiera, y siempre las pasaba en la ciudad. Molly sabía que solía ir al podólogo para que le quitara los callos y le vigilara los juanetes, y luego a lo mejor a algún bar a tomarse un par de copitas de jerez.

Lo que significaba que Molly tenía unas tres horas antes de que volviera todo el mundo.

Sin perder tiempo, se puso la bata y salió de la habitación. Era genial poder deslizarse hasta abajo por la barandilla sin que nadie la viera. Pétula la siguió saltando, se metió en los apartamentos de la señorita Adderstone por su trampilla para perros y volvió a salir llevando su correa en la boca. Siguió a Molly hasta el piso de abajo. Molly cruzó el vestíbulo, luego patinó sobre el suelo encerado de la sala de reuniones y entró sin hacer ruido en el comedor. De allí bajaron a las cocinas, por el pasillo que había detrás de los aparadores de cubiertos y los estantes de platos. Se oía a Edna haciendo ruido con las sartenes mientras preparaba el almuerzo. Molly entró sigilosamente, repitiendo en su cabeza las lecciones que había aprendido en el capítulo 3: "Cómo hipnotizar a otras personas", y en el capítulo 4: "Hipnosis con péndulo".

En el sanatorio, Molly ya había hecho un viaje imaginario dentro de la mente de Edna. Allí había encontrado a una persona descontenta, rencorosa, aburrida de la vida y cansada de trabajar. Molly creía saber cómo hipnotizar a Edna. No tendría que ser muy difícil. Después de todo, la gruñona de Edna se parecía mucho a un animal. Respiró hondo mientras sentía que la invadía una oleada de nerviosismo. Pero si todo salía mal, Edna pensaría simplemente que Molly era un poco rara. Entró en la anticuada cocina con sus paredes de azulejos blancos desconchados, sus fregaderos resquebrajados, sus dos hornos de gas y su puerta de piedra. Pétula la siguió.

Edna estaba sacando cabezas de pollo de una bolsa y poniéndolas en una gran olla de agua hirviendo.

—Esto... hola, Edna –dijo Molly–. Qué bien huele.

Edna dio un respingo y luego le echó una mirada de malas pulgas a Molly.

—Vaya puñetero susto que me has dado, condenada, entrando así sin hacer ruido –dijo. Estaba claro que Edna no tenía ese extraño buen humor de la otra noche. Molly volvió a intentarlo.

—¿Qué estás preparando?

—*Pos...* una asquerosa sopa, ¿qué va a ser? –gruñó Edna, quitando una pluma de una de las cabezas de pollo. Por una vez el lenguaje de Edna era correcto; la sopa era verdaderamente asquerosa con todas esas cabezas de pollo dentro.

—Humm, qué rico –dijo Molly, sintiendo que le daban arcadas–. ¿Una receta de la marina?

—Supongo que habrás venido a buscar algo que comer. Más te vale no tener nada puñeteramente contagioso.

—Pareces puñeteramente incómoda –dijo Molly de repente.

—*Pos* claro que parezco puñeteramente incómoda –contestó Edna–, estoy condenadamente incómoda. En esta cocina hace *demasiao* calor –se tiró del delantal blanco y se dio una palmada en los brazos, recordándole a Molly un gran pavo gordo.

—¿Por qué no te sientas? –sugirió Molly–. Yo puedo remover la condenada sopa y tú te puedes poner cómoda. Vamos, Edna. Diablos, te lo mereces.

Edna miró a Molly con recelo. Pero había algo en las palabras de Molly que le hacía sentirse bien.

—Si te sientas, te sentirás más cómoda –trató de convencerla Molly.

Y Edna, perezosa como era, accedió.

—*Pos* claro, ¿por qué no? Después de todo, tú llevas dos puñeteros días en la cama, mientras que yo he *estao* aquí venga a partirme el espinazo trabajando.

Se sentó en el sillón de la cocina, con las piernas abiertas como las de una muñeca.

—Me imagino que así estás más cómoda –dijo Molly, cogiéndole la cuchara–. Tienes que estar condenadamente agotada.

Edna asintió.

—Buf... y tanto que lo estoy –se echó para atrás y suspiró ruidosamente.

—Estás haciendo lo correcto –dijo Molly, mirando a Edna con tranquilidad–. Respirar así, bien hondo, hará que te sientas mucho... más... relajada.

—Humm, supongo que *tiés* razón –dijo Edna, soltando un lastimero suspiro.

La voz de Molly se hizo ligeramente más lenta.

—Si... respiras... hondo... verás... qué relajada... te sientes... y lo mucho... que... necesitabas... sentarte.

—*Pos* sí –dijo Edna–, *pos* claro que necesitaba sentarme, ¿no te digo? –pero entonces abrió los ojos–. Eh, espera un momento, eres puñeteramente contagiosa, no debería dejar que te acercaras a la comida.

Vaya, qué contrariedad. Molly se dio cuenta de que tal vez hipnotizar a Edna no iba a ser tan fácil. Quizás debería haberse traído un péndulo, o algo así, para atraer la atención de la mente de Edna.

—No pasa nada, el agua... hirviendo... de la puñetera... sopa... matará... cualquier... microbio –dijo Molly. Y, sintiéndose de pronto inspirada, empezó a remover la sopa despacio y rítmicamente. La cuchara de madera giraba al ritmo de sus palabras. Edna contemplaba la cuchara–. ¿No... crees... que... el... agua... hirviendo... matará... los... microbios? No... tienes... nada... de... qué... preocuparte –Molly se concentró mucho en remover la sopa mientras hablaba. Edna parecía a punto de decir algo, pero el movimiento de la cuchara venció a sus ojos, y su pereza fue más fuerte que ella.

—Humm, supongo que *tiés* razón, qué diablos –suspiró, y volvió a reclinarse hacia atrás.

—Supongo... que ahora... tienes... la espalda... y los hombros... mucho... más relajados –dijo Molly.

—Humm –convino Edna–, *pos* sí –entonces dijo–: Molly, *tiés* unos ojos *mu* grandes, ¿sabes?

—Gracias –dijo Molly, volviendo sus ojos verdes hacia Edna–. Probablemente... ahora... te pesen... mucho... los ojos... ahora... comprendes... cuánto... necesitabas... relajarte.

Los ojos de Edna empezaron a parpadear cuando miró los ojos de Molly y la contempló remover la sopa.

—Y... esta habitación... es tan... cálida... y tan... agradable... si te quedas... ahí sentada... mientras yo... remuevo... y remuevo... y remuevo... la sopa –Molly removió, tratando de no mirar las cabezas de los pollos que surgían del agua hirviendo.

—Yo remuevo... y remuevo... y tú... Edna... relájate... y para... relajarte... aún más... tal vez... deberías... cerrar los ojos...

Edna no cerró los ojos pero parecía muy lejana y como si estuviera soñando. Por dentro, Molly estaba tan nerviosa que le daban ganas de gritar: «¡Sí! ¡Ya casi lo he conseguido!», pero en vez de eso, dijo con mucha calma:

—Contaré... hacia atrás... desde veinte... y tú... te irás... sintiendo... cada vez... más... relajada –Molly siguió removiendo y se concentró en poner la voz más dulce que pudo–. Veinte... diecinueve... –Edna dejó de fruncir el ceño–. Dieciocho... diecisiete... –los párpados de Edna se entrecerraron–. Dieciséis... quince... catorce... trece...

Al llegar a trece, los párpados de Edna se cerraron de pronto y enseguida Molly empezó a sentir el hormigueo que le recorría todo el cuerpo.

—¡La sensación de fusión! –dijo Molly con un hilo de voz. Entonces, cuando se dio cuenta de que esto hizo que Edna volviera a abrir los párpados, siguió contando–. Doce... once... diez... nueve... Ahora... Edna... te encuentras tan profundamente... relajada... que estás... en trance... ocho... tan relajada... siete... profundamente relajada.

Molly dejó de remover la sopa y se acercó a Edna.

—Seis –dijo, a tan solo un paso de ella–. Cinco... y mientras siguió contando... tú, Edna... estarás cada vez más... en trance... hasta que... cuando llegue a cero... estarás... totalmente dispuesta... a obedecerme... cuatro... tres... dos... uno... cero... Bien –dijo Molly mirando a Edna plácidamente sentada en su sillón. ¡Lo había conseguido! Apenas podía creérselo. Esa voz baja y tranquila que le había granjeado el mote de "Sopo" era obviamente la voz perfecta para llegar a la hipnosis. A lo mejor también sus ojos tenían algo que ver con ello. Sentía cómo que le resplandecían.

Durante un momento, Molly no supo qué decir. Se había estado concentrando tanto en cómo hipnotizar a Edna que no había pensado en qué decirle que hiciera. Así que le dijo lo primero que se le ocurrió.

—De ahora en adelante, Edna, serás muy, muy, muy amable conmigo, Molly Moon. Me defenderás si alguien me regaña, o me castiga o se mete conmigo

–este era un buen principio, no cabía duda–. Y cuando entre en la cocina me dejarás prepararme sándwiches de ketchup... Me comprarás en la ciudad cosas deliciosas para comer, porque me aprecias mucho, y... y... dejarás de preparar pescado con salsa de queso y nueces. De hecho, te negarás a volver a preparar pescado a no ser que esté fresco, y –Molly vaciló, y luego añadió con temeridad–: Y te vas a interesar mucho por... la cocina italiana. Te comprarás libros de cocina italiana y te esforzarás por convertirte en la mejor cocinera de cocina italiana del... del mundo... y de ahora en adelante prepararás comida italiana riquísima. Salvo para la señorita Adderstone, a quien le seguirás preparando su comida de siempre, pero la harás mucho, mucho más picante. También, sin saberlo, harás la comida de Hazel Hackersly muy picante también, y la de Gordon Boils y la de Roger Fibbin... ¿Está claro?

Edna asintió como un robot. Era algo maravilloso. A Molly le entraban ganas de reír, pero entonces le sonaron las tripas y dijo con firmeza:

—Y ahora, Edna, me llevarás a la ciudad y me invitarás a un desayuno como Dios manda, y permanecerás a mis órdenes.

Edna asintió y se puso en pie, y, con los ojos aún cerrados, se dirigió a la puerta.

—Pero, obviamente, Edna –dijo Molly rápidamente– tienes que abrir los ojos para andar y para conducir.

Edna abrió los ojos y asintió. Su expresión era lejana y vidriosa, como la de Pétula cuando Molly la había hipnotizado.

—Muy bien, Edna. Vamos.

De modo que Edna, vestida con una bata blanca, su gorro de cocinera y unos zuecos blancos salió del

72

edificio andando como un zombi. De camino, Molly cogió un abrigo para taparse el pijama y, fuera, Pétula recogió un trozo de gravilla para irlo chupando.

Ir en coche con Edna no fue una experiencia muy agradable. Molly se puso el cinturón de seguridad cuando Edna pisó el acelerador, haciendo que las ruedas traseras de su Mini lanzaran despedida la gravilla. Parecía que Edna no estaba "presente" del todo. Camino de Briersville, condujo el coche con una expresión muy extraña en la cara –como si alguien acabara de echarle un cubo de hielo encima del vestido. Bajó en zigzag por la calle principal dando frenazos, chocando casi con un camión que venía de frente. Luego se saltó dos semáforos en rojo y pasó por encima de un arriate de flores en un parque peatonal. Por fin detuvo el coche en la acera junto a un café y, mirando al vacío, llevó dentro a Molly y a Pétula. Desde la puerta, Molly miró hacia atrás con preocupación, pero se quedó muy aliviada al ver que no las seguía ningún policía.

Dentro del café, dos obreros levantaron la vista de sus sándwiches de beicon y estudiaron a Edna. Tenía una pinta muy rara toda vestida de blanco. Encima, se movía como un juguete mecánico. Rápidamente, Molly animó a Edna a que se sentara.

—¿Puedo ayudarlas en algo? –preguntó con voz chillona una camarera que llevaba un clavel en el ojal.

—Pues... sí, por favor –dijo Molly, puesto que Edna estaba mirando fijamente el salero con una expresión de sorpresa y estaba empezando a babear–. Tomaré cuatro sándwiches de ketchup, sin mucha mantequilla, y medio vaso de zumo concentrado de naranja, sin agua añadida –a Molly se le hizo la boca agua. Era genial poder pedir su comida y bebida preferida.

La camarera parecía desconcertada.

—¿Le traigo un poco de agua para mezclarla con el concentrado?

—No, gracias –dijo Molly–. Pero le agradecería que trajera un cuenco de agua para nuestra perra –Pétula estaba sentada a sus pies, ladeando la cabeza, mientras Edna hacía pedorretas.

—¿Y para la señora? –preguntó la camarera.

—A mí me chifla Italia –dijo Edna, chupando un tenedor.

—Sienta bien pasar un día fuera del hospital, ¿verdad? –le dijo Molly a Edna amablemente, como si la hubieran sacado del manicomio para llevarla un día de excursión. La camarera sonrió comprensivamente.

Veinte minutos después, tras el desayuno en el que Molly había pasado más vergüenza que en toda su vida, ya estaban conduciendo de vuelta al orfanato. Pasaron por delante de las tiendas de la ciudad. Por delante de "Dispara", la tienda de fotografía, por delante de una tienda de bicis llamada "Ruedas", por delante de la tienda de antigüedades con su rótulo en el que se leía «El viejo oro mohoso». Molly pensó en todas las cosas que siempre había querido tener y se sintió en la cima del mundo. Seguro que la señorita Adderstone tenía montones y montones de dinero del orfanato en su cuenta bancaria. Lo único que tenía que hacer era hipnotizarla y obligarla a que la llevara de compras. Molly miró a Edna, que sonreía como una tonta con la boca abierta de par en par. Estaba a merced de Molly. ¿Sería todo el mundo tan fácil de hipnotizar como Edna? Hasta ahora, Molly parecía tener un talento innato.

—Edna –dijo Molly–, cuando lleguemos, bajarás a la cocina, y en cuanto cruces la puerta, te despertarás.

Olvidarás nuestro viaje a la ciudad. No sabrás que te he hipnotizado. Le dirás a la señorita Adderstone que he bajado a la cocina a pedirte una pastilla para el dolor de cabeza y que te parece que sigo muy enferma. ¿Comprendes? –Edna asintió–. Y, de ahora en adelante, siempre que me oigas dar una palmada, volverás a entrar en trance, durante el cual siempre harás todo lo que yo te diga. Y siempre que me oigas dar dos palmadas, saldrás del trance, sin recordar nada de lo que haya ocurrido. ¿Está claro?

Edna volvió a asentir, con la boca abierta como la de una marioneta. Luego, pisando con fuerza el acelerador y tocando la bocina, arremetió colina arriba.

El fuerte ruido de neumáticos y bocina de un coche que se oyó en la calle a la que daba su habitación del hotel Briersville despertó al profesor Nockman de un sueño agitado, lleno de péndulos y espirales. Se frotó los ojos y se pasó la lengua por sus dientes llenos de sarro. «Aquí hay más ruido que en Chicago», gruñó en voz baja mientras desenredaba de los pelos de su pecho el medallón en forma de escorpión y cogía un vaso de agua.

Tras su frustrante experiencia en la biblioteca, el profesor había prolongado su estancia en Briersville. Había decidido que si le insistía lo suficiente a esa patética bibliotecaria, terminaría por encontrar el libro del hipnotismo. O si no, esperaba ver a alguien leyéndolo. Briersville era una ciudad bastante pequeña.

Desde el jueves había estado merodeando por sus calles, acechando a todas las personas que llevaran un libro en la mano. Madres con niños se cambiaban de acera para evitarlo y un grupo de jóvenes le había llamado "bicho raro", pero no le importaba. Estaba decidido a hacerse con el libro del doctor Logan.

Poseía sus propias razones para necesitar los secretos que este contenía, y no tenían nada que ver con investigaciones ni con museos.

El profesor Nockman sabía mucho de la vida del famoso hipnotizador. Había leído que Logan había nacido en Briersville y luego había viajado a Norteamérica, donde se había hecho rico y famoso con su espectáculo de hipnotismo. Nockman había estudiado viejos y amarillentos recortes de prensa que describían las hazañas de hipnotismo realizadas por el doctor en el espectáculo que lo había convertido en una de las mayores celebridades de su época. Había visitado Hypnos Hall, la mansión palaciega que Logan había construido con el dinero que había ganado en su carrera como hipnotizador.

Pero lo que más le había fascinado fue que Logan había escrito un libro que, al parecer, contenía todo lo que él sabía de hipnotismo y cómo convertirse en hipnotizador. Se habían editado muy pocos ejemplares de ese libro y era extremadamente difícil de encontrar. Pero el profesor Nockman había descubierto que uno de los únicos ejemplares que aún quedaban pertenecía a los fondos de la biblioteca de Briersville. Desde entonces, estaba totalmente decidido a apoderarse del libro. Y lo habría conseguido, de no ser porque esa estúpida bibliotecaria lo había perdido.

Pensar ahora en esa bibliotecaria hizo temblar de rabia al profesor Nockman. Se imaginó a sí mismo estrangulando su raquítico cuello y se le subió la sangre a la cabeza. Con la cara morada, cogió el teléfono.

—Servicio de habitaciones –dijo enfadado– tráiganme una taza de bibliotecaria... quiero decir, de café.

Estaba desesperado por conseguir ese libro. Nunca había deseado tanto una cosa. Nada en toda su vida de delincuente le había parecido tan atractivo, y tenía grandes planes que dependían de que encontrara ese libro. Nadie, nadie, nadie le impediría conseguirlo, y no volvería a Estados Unidos hasta que no tuviera ese libro a buen recaudo entre sus gordas y grasientas manos.

Capítulo 8

Edna y Molly llegaron al orfanato a toda velocidad y derraparon haciendo volar una nube de gravilla. El lugar estaba vacío y silencioso, pues la señorita Adderstone seguía fuera y los niños aún no habían regresado de su paseo. Pétula se escabulló fuera del coche para explorar el jardín y Molly subió de nuevo al sanatorio en el ático, sintiéndose muy satisfecha consigo misma. Se sentó en la cama para pensar en la cosa tan extraordinaria que acababa de hacer. Hipnotizar a Edna casi parecía un sueño. Llegaba desde la cocina el sonido de una radio mientras Molly se maravillaba de su nuevo poder. Tenía los ojos cansados. Estaba claro que algo extraño les había pasado al hipnotizar a Edna. Entonces había sentido como que resplandecían, y ahora los notaba apagados y pesados. Molly hojeó el libro del hipnotismo para ver si decía algo sobre ojos resplandecientes o cansados. En el capítulo que explicaba "Cómo hipnotizar a una multitud" había un párrafo que decía:

Todo está en los ojos.
Para hipnotizar a una gran multitud, tiene que aprender a hipnotizar utilizando solo los ojos. Esto es muy cansado para los ojos. Practique estos ejercicios.

En el libro salían diagramas de un ojo. Un ojo mirando a la izquierda. Un ojo mirando a la derecha. Un ojo mirando objetos cercanos y lejanos. Entonces Molly llegó a algo llamado "El ejercicio del espejo".

Póngase delante de un espejo y mire fijamente a sus propios ojos. Intente no parpadear. Pronto su rostro cambiará de forma. No se asuste. Sentirá que sus ojos resplandecen. Esta sensación de resplandor es la sensación que debe tener para hipnotizar a personas solo con los ojos. Y este es el truco que necesita para hipnotizar a una multitud.

Entonces, ¿Molly había hipnotizado a Edna utilizando solo los ojos? Molly estaba segura de haber utilizado la cuchara como un péndulo, y también su voz. Se acercó al espejo y se contempló a sí misma. Ahí estaba su cara rosa y llena de manchas y su nariz de patata. Contempló sus ojos juntos. Sus ojos le devolvieron una mirada brillante, verde e intensa. Se quedó mirándolos durante diez segundos, veinte, treinta. Sus ojos temblaron, y luego parecieron agrandarse, y agrandarse, y agrandarse. La música que venía de abajo parecía muy lejana. Molly se concentró en sus ojos y trató de no parpadear, intentando que sus ojos volvieran a resplandecer otra vez. Entonces, de pronto, sucedió algo extraño. La cara de Molly se desvaneció y, como por arte de magia, una cara diferente empezó a surgir allí donde antes había estado su verdadera cara. El pelo de

Molly se volvió naranja y de punta. Un gran imperdible nació de su nariz y sus pestañas estaban cubiertas de rimel azul y blanco. Se vio a sí misma convertida en una punk. Molly sintió un hormigueo en las piernas, y también una sensación extraña en los ojos, como si palpitaran y resplandecieran, encendiéndose y apagándose como la luz de un faro. Y esto, según decía el libro, era lo que se necesitaba para hipnotizar a una multitud. Molly guiñó los ojos con fuerza. Le alivió volver a ver su rostro normal en el espejo. Qué cosa más extraña había ocurrido. ¿Se había hipnotizado a sí misma con este ejercicio del espejo? Tal vez el libro le explicara lo que había sucedido.

Molly recorrió la sección titulada "El ejercicio del espejo". Había un epígrafe que decía: "Hipnotícese a sí mismo".

> *Imagínese formas de sí mismo que le gustaría ser* –sugería el libro–. *Por ejemplo, si le gustaría ser más amable, o más atrevido, imagine que es más amable o más atrevido, y en el espejo verá un yo alternativo.*

Molly se reclinó en la cama, perpleja. Ella no se había imaginado a sí misma como una punk, y a pesar de todo, la visión había surgido del espejo. Era como si su inconsciente quisiera que ella fuera como una punk y le hubiera enseñado, en el estado de hipnosis, una identidad diferente. ¿Qué eran los punkies? Ella siempre había pensado que eran personas rebeldes. Y Molly desde luego quería ser rebelde. Sí, parecía que su inconsciente iba un paso por delante de ella, mostrándole cómo quería ser, en lo más profundo de sí misma.

Ocultando con cuidado el libro debajo del colchón, se incorporó para pensar qué otras Molly podía haber dentro de ella. Entonces, pensando aún en esto, cogió un lápiz y empezó a hacer un agujero en una pastilla de jabón. Desenrolló un trozo de hilo de los flecos de la colcha, lo arrancó, y lo pasó por el agujero del jabón. Ahora ya tenía un péndulo casero. No era muy bueno, pero tendría que apañárselas con él; y aunque estaba cansada, tenía tiempo de probarlo con Edna antes de que regresara todo el mundo. De modo que, poniéndose la bata, se fue al piso de abajo.

De camino se encontró con Pétula, que se fue tras ella trotando alegremente. Molly bajó por la empinada escalera hasta llegar al vestíbulo con su suelo de baldosas. Molly volvió a oír la música que venía de la habitación de la tele y, para su sorpresa, oyó a Hazel cantar con su voz lastimera. Debía de haberse escaqueado del paseo matutino de los sábados.

Molly se acercó por el pasillo sin hacer ruido y se asomó a la puerta de la sala de estar. Vio a Hazel disfrazada de gato, con unos leotardos blancos, una camiseta blanca, zapatos de claqué blancos, y unas orejas blancas de piel sujetas a la cabeza con una diadema. Era su traje para el concurso de habilidades. En la mano agitaba una cola blanca; y mientras bailaba, cantaba:

Siento haber perseguido a las palomas,
siento haber matado a ese ratón,
siento que me guste robar leche,
pero qué le voy a hacer, soy un gato... Miau, miau.

Molly contempló a Hazel bailando por toda la habitación, abriendo y cerrando los ojos, pestañeando, y haciendo el ridículo. A Molly le habría encantado tener una cámara de fotos. Pero entonces se le ocurrió otra idea. Cuando Hazel hizo una reverencia, Molly respiró bien hondo y entró en la habitación.

—Oh, tú no, Sopo... y encima estás con la apestosa de Pétula. ¿No será que ya te encuentras mejor, espero? –gimió Hazel. Pétula le soltó un gruñido.

—Sí, un poco mejor, gracias –dijo Molly, sacando de su bolsillo el péndulo de jabón. Se sentó frente a Hazel y empezó a agitarlo fingiendo que solo estaba jugando con él.

—¿Qué es eso? –preguntó Hazel–. ¿Tienes que llevar una pastilla de jabón a todas partes porque te sudan las manos?

Molly colocó el péndulo delante de su cara y empezó a moverlo rítmicamente de lado a lado.

—¿Qué estás haciendo?

—Solo me estoy re-la-jan-do –dijo Molly.

—No, no es verdad. Estás intentando hipnotizarme –le dijo Hazel en tono cortante–. Es típico de un bicho raro como tú pensar que lo de la hipnosis va en serio.

Molly dejó de mover el péndulo.

—No, no te estoy hipnotizando –dijo rápidamente.

—Qué rara eres –se burló con desprecio Hazel, y Molly comprendió que su acercamiento a Hazel había sido muy torpe. Sus logros anteriores le habían dado demasiada confianza en sí misma. Hazel estaba ahora demasiado alerta como para que Molly pudiese hipnotizarla.

—No estaba intentando hipnotizarte. Esto no es un péndulo, es un... un jabón con cuerda, para que no se me pierda en la bañera.

—Espero que no estés pensando en bañarte –dijo Hazel con maldad, rebobinando su casete–, porque a la señorita Adderstone no le gustaría saber que te has saltado tu castigo. Si estás sucia de vomitona, te tendrás que aguantar. No puedes bañarte en tres semanas, ¿no era ese tu castigo?

—Sí –dijo Molly–. Solo me estoy preparando.

Hazel miró a Molly con asco.

—Eres un bicho raro de campeonato –dijo. Luego, cuando Molly salía de la habitación, añadió con voz malvada–: Por cierto, ¿te has enterado?

—¿Que si me he enterado de qué?

—Rocky ha encontrado una familia.

Las palabras golpearon a Molly. Era como si una cascada de agua helada la hubiera empapado de los pies a la cabeza. Le resultaba difícil hablar.

—¿Cu... cuándo?

Hazel sonrió con maldad.

—Esa pareja americana que vino ayer. Pues, sorprendentemente, les gustó Rocky... Qué pareja más rara. Bueno, total, que se fue anoche. No se despidió de ti, ¿verdad? Eso es porque, bueno, me dijo que se ha cansado de ti. Dijo que era como cuando comes demasiado de una cosa. Dijo que estaba empachado de ti... y que ya te mandaría una postal.

—Estás de broma... o no sé, te lo estás inventando –dijo Molly.

—No, no, no estoy de broma, aunque supongo que es gracioso –añadió Hazel con frialdad.

Molly se quedó mirando la cara malvada de Hazel.

—Mentirosa –dijo, dando media vuelta. Pero en su interior, unos sentimientos feroces la desgarraban.

¿Que Rocky se había marchado? Qué cosa más espantosa. Molly no se lo podía creer. La idea de perder a Rocky era demoledora, como perder un brazo, o una pierna, o a toda tu familia de repente, porque él era la única familia que Molly tenía. Hazel tenía que estar mintiendo. Rocky nunca jamás se hubiera marchado sin comentárselo a Molly. De hecho, no se iría a no ser que a ella también la adoptaran con él. Ese había sido siempre su pacto. Si se marchaban, lo harían juntos. Era solo que Hazel había subido el nivel de sus burlas y su maldad.

Y, sin embargo, un recelo espantoso se apoderó de Molly. ¿Y si Hazel no estuviera mintiendo? Cuando salió de la habitación y se dirigió hacia las escaleras sintió que el miedo le atenazaba el corazón. Sus manos húmedas empezaron a sudar, pero sentía un intenso frío. En el primer piso, la luz que salía de la habitación de los chicos iluminaba el descansillo, dando una impresión de algo familiar y agradable. Al verlo, Molly supo que las cosas de Rocky la saludarían en cuanto entrara en su habitación. Se sentiría estúpida por haberse creído el cuento de Hazel. Pero a cada paso que daba, se sentía más petrificada. Y entonces la horrorosa verdad la golpeó tan rotundamente como un puñetazo en plena cara.

Habían quitado las sábanas de la cama de Rocky, sus tres mantas estaban cuidadosamente dobladas y su almohada, sin funda. En su mesita de noche no había un solo tebeo. El armario estaba abierto y su ropa había desaparecido.

Molly apenas podía respirar. Un terror invisible parecía haberse adueñado de su cuello y de su cerebro, y los pulmones no le respondían. Se dejó caer sobre el quicio de la puerta, contemplando el rincón anónimo y la cama sin dueño.

—¿Cómo has podido hacerlo? –murmuró. Molly atravesó la habitación y se sentó en el viejo colchón de Rocky. Tardó un rato en conseguir respirar con normalidad y pensar con lógica. En lo más profundo de su corazón estaba segura de que Rocky no se habría marchado sin despedirse de ella a no ser que hubiera tenido una razón muy buena para hacerlo. Habían tenido una discusión, pero tampoco había sido tan, tan grave, y aunque Rocky se había mostrado muy reservado últimamente, Molly no se creía que se hubiera cansado de ella. Esa parte de la idea era fruto de la mente malvada de Hazel. ¿Pero qué podía explicar su repentina desaparición? Rocky siempre había sido un poco propenso a darle plantones, y le gustaba desaparecer de vez en cuando para ir a su aire, pero Molly no pensaba que esos defectos le hubiesen llevado a no despedirse de ella. Eran como hermanos. Rocky no podía ser tan despistado. Era todo demasiado extraño.

Ahora que Rocky se había ido, Molly no tenía a nadie. A nadie, salvo a Pétula. Los niños pequeños eran majos, pero eran demasiado pequeños para ser sus amigos. Vivir en el orfanato sin Rocky era inconcebible. Tenía que descubrir dónde estaba y hablar con él.

Pero, arrastrándose hasta su habitación en el ático, Molly se sintió confusa y perdida. Sin saber muy bien lo que hacía, abrió el grifo del lavabo para lavarse la cara. Se sentía muy confundida, triste y desorientada. Se miró en el espejo. Ahí estaban sus ojos juntos, ahogados en lágrimas. Contempló fijamente su imagen, recordando lo que había ocurrido antes cuando había practicado el ejercicio del espejo. Tal vez si se imaginara a sí misma sintiéndose bien ahora, podría hipnotizarse y darse a sí misma la orden de sentirse feliz.

Mirándose y mirándose, sus rasgos desaparecieron. La música del número de gato de Hazel subía hasta su habitación, y Molly se imaginó que no se sentía tan mal. Al instante, su rostro cambió. Sus mejillas se hicieron más redondas y rosadas, y su cabello, más suave, más rubio, y más rizado. Le salieron lazos. ¡Estaba guapa! Como una niña estrella. ¡Era increíble! Molly empezó a sentir un hormigueo, como la sensación de fusión, apoderarse otra vez de su cuerpo. Su mal ánimo se desprendió de ella como un viejo capullo, y su lugar lo ocupó un gran optimismo. Una vez más, mediante el espejo, el inconsciente de Molly le estaba diciendo cómo quería ella ser ahora y cómo podía cambiar.

Cuando esta nueva versión alegre de Molly la miró desde el otro lado del espejo, se le ocurrió una idea. Una increíble y sensacional idea.

El ejercicio del espejo le salía de rechupete. Y ese era el truco de hipnotismo que se utilizaba para hipnotizar a las multitudes. Dentro de unos días habría un público –una multitud de personas atentas– en el concurso de habilidades. Alguien tenía que ganar ese concurso, alguien tenía que llevarse ese enorme premio en metálico. Y ese alguien, ¿por qué no habría de ser Molly?

Molly guiñó los ojos, y volvió a ser ella misma. Pero ahora se sentía esperanzada. Se negaba a creer que Rocky la odiara, aunque se hubiera marchado.

En un santiamén se decidió. Descubriría adónde había ido su amigo, se las agenciaría para abandonar Hardwick House y se reuniría con él. Puede que le resultara difícil, pero Molly se prometió a sí misma que utilizaría hasta el último gramo de su energía y de su talento para encontrar a Rocky, y no se rendiría hasta que volvieran a estar juntos otra vez.

Capítulo 9

El sábado por la tarde Molly ya estaba recuperada de su enfermedad. Aunque se sentía mejor que antes, echaba de menos a Rocky. Por la tarde, durante los rezos, y mientras los otros niños cuchicheaban nerviosos sobre su adopción, Molly se sentía triste y echaba de menos su voz. Ansiaba mirarlo, contemplar su cabello negro, brillante y rizado, su suave piel negra, sus dulces ojos oscuros. Echaba de menos sus vaqueros remendados, que cada semana tenían nuevos agujeros, y sus manos casi siempre manchadas de tinta. Pero sobre todo echaba de menos su sonrisa tranquilizadora. Simulando que cantaba, en lo más profundo de su ser sentía el atemorizante abismo de su soledad. Pero luego se recuperó, y desvió su atención a los deliciosos aromas que provenían del comedor. Mientras la señorita Adderstone anunciaba las novedades de la tarde, a Molly se le estaba haciendo la boca agua.

—El primer anuncio es el siguiente: Gemma y Gerry, estáis los dos castigados a limpiar los cristales todas las tardes de la semana que viene, pues os habéis pasado todo este rato cuchicheando. La marcha de Rocky Scarlet puede ser de gran interés para vosotros, pero no para mí. Siempre tiene que reinar el silencio durante la oración –la señorita Adderstone resopló y Gemma y Gerry se miraron sobriamente.

La señorita Adderstone prosiguió a todo tren.

—Segundo anuncio: mañana es el concurso de habilidades de Briersville. Tengo entendido que algunos de vosotros vais a participar. Iréis a pie desde el colegio y llegaréis al ayuntamiento antes de la una. Como todos sabéis, el importe del premio no es más que unas ridículas tres mil libras, y si alguno de vosotros lo gana, lo tenéis que donar a los fondos del orfanato. ¿Ha quedado claro?

—Sí, señorita Adderstone.

—Después de la cena tendremos un breve ensayo general –la señorita Adderstone miró a Hazel y le sonrió enseñando su dentadura postiza. Enseguida esa sonrisa se desvaneció–. Molly Moon, veo que estás recuperada. Te sentarás a una mesa tú sola durante la cena, porque no quiero que otros niños se contagien de tu enfermedad.

—Sí, señorita Adderstone.

Molly siguió a los demás hasta el comedor. Nadie le dirigía la palabra, pero no le importaba. Dentro, las mesas de distintos tamaños estaban cubiertas con manteles y velas y Edna estaba de pie, triunfante, junto a una gran olla de humeantes espaguetis con guisantes y verduras. Olía riquísimo.

—Espaguetis primavera –declaró Edna teatralmente–, igualitos a los que preparaba mi madre –y blandiendo una rebanada de pan con aceite y aceitunas, añadió con orgullo–: Y mi pan de chapata casero –el pan tenía clavada una banderita de Italia con sus colores rojo, blanco y verde, como todas las demás barras de pan. Detrás de Edna, en la pared, había un mapa de Italia.

—¿Te has vuelto loca, Edna? –preguntó la señorita Adderstone con frialdad.

—No –replicó Edna–, solo resulta que en lo más hondo de mi corazón tengo un gran amor por Italia, y de vez en cuando sale a la superficie.

—Nunca había salido antes a la superficie.

—Delante de usted, nunca –dijo Edna–, pero siempre hay una primera vez para todo...

—Bueno, espero que a mí me hayas preparado mi comida habitual... No quiero nada de esta porquería italiana.

—Por supuesto, señorita Adderstone.

Sin dejarse impresionar lo más mínimo, la señorita Adderstone se dirigió hasta su mesa con un plato de hojaldre de hígado y riñones. Mientras lo dejaba enfriar un poco se sirvió una copita de jerez que se fue bebiendo a sorbitos glotones, mientras los niños hacían cola para que les sirvieran la comida. Molly se percató de que Edna le daba a Hazel, a Gordon y a Roger unos platos especiales de espaguetis. Muy picantes, o eso esperaba Molly. Parecía que Edna había recordado todas sus instrucciones. Muy impresionada, se sentó a una mesa pequeña y solitaria junto a la ventana. Desde allí, podía ver muy bien a todos los demás.

Los espaguetis con verduras de Edna estaban riquísimos. Molly observó las caras de los más pequeños cuando los probaron. Gemma, Gerry, Ruby y Jinx los engullían por miedo a que se los pudieran arrebatar antes de que les hubiera dado tiempo a terminárselos. Era, sin lugar a dudas, el mejor plato que Edna había cocinado nunca. Pero no para Hazel, Gordon y Roger. Todos escupieron en el primer bocado.

—Pásame el agua –dijo Hazel con voz ronca. Gordon Boils se olvidó de que Hazel era la jefa. Se sirvió primero y se bebió su vaso de un tirón.

—¡Gordon! –exclamó Hazel con voz cortante. Este le sirvió un poco de agua y luego Roger le arrebató la jarra.

—Esto... está... malísimo –comentó Hazel señalando los espaguetis, sacudida por las arcadas.

Y a cuatro mesas de allí, retumbó la voz de Edna:

—¿Qué has dicho? –la comida de Edna había mejorado, pero ella no, y seguía teniendo el mal genio de siempre. Se acercó pisando fuerte y los niños se encogieron en sus asientos–. ¿Qué demonios has dicho sobre mi comida, maldita Hazel Hackersly?

—Es que está demasiado picante para mí –respondió Hazel con voz asustada. No estaba acostumbrada a que le regañaran.

—¿Picante? ¿Estás chiflada o qué diablos te pasa? Estás tomando unos puñeteros espaguetis primavera. Es un plato italiano, Hazel Hackersly, de la tierra de los olivos y la ópera. Si no puedes saborear la delicadeza y la calidez de las colinas en mi pasta, si te parece que el sol del verano es demasiado fuerte en mi comida, entonces, lo siento pero eres una completa tarada, y solo te mereces comer bazofia para cerdos.

Hazel miró su plato, enarcando las cejas. Edna parecía haber perdido el juicio.

—Está delicioso, Edna –dijo Molly en voz alta. Hazel le lanzó una mirada asesina.

Edna sonrió encantada.

—Gracias, Molly –dijo feliz.

—¡Molly Moon! –gritó la señorita Adderstone desde la otra punta del comedor–. Por mucho que te guste la comida de Edna, sabes que va en contra de las normas del orfanato gritar desde la otra punta del comedor. Vendrás después a mi despacho a recibir tu castigo –y dicho esto, se bebió de un trago la copa de jerez y soltó un eructo empapado en alcohol.

«Perfecto», pensó Molly, mirando a Edna y preguntándose si recordaría las otras instrucciones que le había dado. Edna estaba mirando escandalizada a la señorita Adderstone. Estaba empezando a ponerse colorada y su rostro se retorcía en muecas furiosas.

—¿Te ha molestado algo, Edna? –preguntó la señorita Adderstone resueltamente.

La cara de Edna se fue poniendo roja, roja, roja, como el cráter de un volcán en erupción. Entonces explotó.

—¿Que si me ha molestado algo... que si me ha molestado algo? Molly Moon solo me ha felicitado por mi comida, Agnes Adderstone...

La señorita Adderstone abrió la boca anonadada, y se le cayó un trocito de hígado. Edna jamás le había replicado, ni la había llamado por su nombre de pila delante de los niños.

—... Me ha felicitado por mis espaguetis primavera... gritando un poco, tal vez, pero me gusta que me felicite en voz bien alta, y lo que es más, me gusta Molly. Me gusta un montonazo. Me gusta más de lo que me gusta la cocina italiana, y eso que es lo que más me gusta del mundo, ¡y usted, USTED LE HA REGAÑADO! –Edna señaló a la señorita Adderstone con una de sus banderas italianas y bramó–: Ni por todos los diablos va a castigar luego a Molly Moon... ¡Tendrá que pasar por encima de mi apestoso cadáver!

La señorita Adderstone dejó sus cubiertos y se puso en pie.

—Edna, me parece que tal vez necesites unas pequeñas vacaciones.

—¿Unas pequeñas vacaciones? ¿Está de guasa? Mi trabajo acaba de empezar. Me queda mucho camino por recorrer. Tengo que aprender todo sobre la cocina italiana –Edna se puso ahora la bandera italiana sobre el corazón como si estuviese haciendo una promesa y, para sorpresa de todos, se subió a una silla y de allí a una mesa–. Porque me voy a convertir en la mejor cocinera de comida italiana del mundo.

Todo el mundo se la quedó mirando. Gordon Boils no pudo resistirse a mirar por debajo de su falda para ver si conseguía atisbar el legendario tatuaje en su cadera. La señorita Adderstone se tambaleó hasta la puerta del comedor.

—Edna –dijo con severidad– quisiera hablar contigo después.

—¿Es que no se va a terminar la cena? –preguntó Edna desde las alturas.

—No. Yo también he encontrado mi cena demasiado picante.

Mientras que la señorita Adderstone salía de la habitación, Edna rezongó entre dientes:

—Bruja. Tendría que haber probado mis espaguetis.

Capítulo 10

Después de cenar, Molly fue obedientemente al apartamento de la señorita Adderstone y llamó a la puerta. Esta la abrió y, en cuanto vio a Molly, se cubrió la boca con un pañuelo. La alcoba de la señorita Adderstone era una habitación oscura, con paneles de madera color chocolate y sillas tapizadas de color ciruela. Una moqueta gris con dibujos cubría el suelo, y toda la alcoba olía a naftalina, a jerez, y, como guinda, a líquido antiséptico para enjuagarse la boca. Había dos mesitas con mantelitos de encaje, pero ningún marco con fotos, pues la señorita Adderstone no tenía ni familia ni amigos. Tres lámparas con flecos iluminaban la habitación, pero solo conseguían alumbrar los cuadros que había en las paredes. Todos los cuadros eran de bosques oscuros, ríos oscuros, y cuevas oscuras. Justo cuando Molly estaba pensando en lo espeluznantes que eran, Pétula saltó hacia ella, dejó una piedra a sus pies y le lamió la rodilla. Molly la acarició.

—Contrólate, Pétula –dijo la señorita Adderstone. Y añadió–: Siéntate.

Molly y Pétula se sentaron las dos a la vez. Molly en una dura banqueta que había junto a la chimenea sin fuego. Durante un momento, no se oyó nada en la habitación, salvo a la señorita Adderstone relamiéndose la dentadura postiza y, Molly estaba segura, los latidos de su propio corazón. Estaba nerviosísima. La señorita Adderstone era hasta ahora su mayor reto, y había una horrorosa probabilidad de que todo saliera mal, sobre todo porque no tenía una cuchara de madera, ni nada que se pareciera a un péndulo para atraer la atención de la mente de la señorita Adderstone. Pero su odio por ella fue más fuerte que sus nervios, cuando se dio cuenta de que seguramente la señorita Adderstone había dejado, por pura maldad, que Rocky se marchara sin despedirse de ella.

El reloj de cuco quebró el silencio con su sonido herrumbroso y apagado. "¡Cucú!". Molly dio un respingo de susto. La señorita Adderstone se burló. El reloj volvió a sonar seis veces. Molly contempló al polvoriento pájaro de madera con su pico roto entrar y salir de la casita del reloj, hasta que desapareció en su agujero. La señorita Adderstone se volvió para mirar por la ventana y se dirigió a Molly.

—Como bien sabes, Rocky se ha marchado. Era responsable de muchas tareas del hogar de las que ahora se tendrá que ocupar otra persona. He decidido encargártelas todas a ti, pues eres la clase de niña que aprende mucho del trabajo duro. Esa exhibición tuya en el comedor que ha provocado a Edna ha sido muy vulgar. Te considero enteramente responsable.

Cuando la señorita Adderstone se dio la vuelta, Molly estaba mirando al suelo.

—Haz el favor de prestarme atención cuando te hablo.

Molly apretó los dientes y levantó la mirada. Había invocado la sensación especial en sus ojos y ahora, cuando miró a los ojos apagados y sombríos de la señorita Adderstone, su nuevo poder, como un rayo láser, la alcanzó de lleno en plena mente. La señorita Adderstone se apartó. Se sentía extrañamente inestable.

—Gracias, así está mejor –consiguió decir con toda la normalidad que pudo. Se estremeció, preguntándose si esta extraña sensación significaba que volvía a tener palpitaciones. Después de un sorbito de jerez se sintió mejor.

—Como iba diciendo... –los fríos ojos de la señorita Adderstone volvieron a encontrarse con los de Molly, atraídos como una polilla a una fuente de luz. Era incapaz de dejar de mirar, así que la miró. Y mientras lo hacía, ocurrió algo extraño.

Todo el enojo de la señorita Adderstone se desvaneció, y también todos sus pensamientos. No se acordaba de lo que iba a decir a continuación. Lo único que sabía era que los ojos verdes de Molly eran muy, muy relajantes, y que dentro de sí estaba experimentando una cálida sensación de sopor. Y entonces, de pronto, la señorita Adderstone... perdió presencia. Los ojos de Molly empezaron a palpitar y la sensación de fusión recorrió su cuerpo. Cuando la señorita Adderstone ladeó la cabeza y la lengua salió de su boca, empujando hacia delante su dentadura postiza, Molly recuperó la calma. Era obvio que ahora ella tenía el control absoluto. Cuando Molly empezó a hablar, a la señorita Adderstone su voz le pareció la de un ángel.

—Agnes... Adderstone... escúcheme. Ahora está... bajo mi control –la voz de Molly sonaba como las olas lamiendo una orilla. La señorita Adderstone asintió–. De ahora en adelante, no puedo hacer nada malo, ¿entiende? Ahora me apreciará tanto como Edna... o sea, un montonazo... Me dará todo lo que le pida –la señorita Adderstone asintió débilmente–. Y lo primero que quiero es el número de teléfono de Rocky. Démelo ahora.

La señorita Adderstone negó con la cabeza. Y con una voz monótona y parecida a la de un robot, dijo:

—No-lo-tengo. He-destruido-el-número.

Molly estaba sorprendida. Era claro que la señorita Adderstone no estaba tan hipnotizada como parecía. Debía de estarlo solo a medias. Molly aumentó el poder de sus ojos.

—Señorita Adderstone, debe darme el número –ordenó con energía.

—Estoy-diciendo-la-verdad –dijo el robot Adderstone–. Nunca-conservo-archivos... Siempre-destruyo-los-archivos-de-los-niños-una vez que se marchan. Me gusta-no-volver-a-saber-nada-de-ellos... Ojalá se marcharan-todos y me-dejaran-aquí-sola, salvo tú, Molly... –gimió la señorita Adderstone–. Tú no te marches, Molly.

Molly no le hizo caso. ¡De modo que la señorita Adderstone siempre destruía los archivos de los niños! ¡Qué cosa más espantosa!

—Pero tiene que recordar a qué ciudad se ha marchado –ordenó Molly severamente–, o el apellido de la familia. Quiero que lo recuerde.

Obedientemente, la señorita Adderstone rebuscó en las profundidades de su polvorienta mente.

—El apellido-de-la-familia-era... Alabaster, la ciudad era... era... no lo recuerdo... Era una larga-dirección en Estados Unidos, cerca de Nueva York.

—¡Tiene que recordarlo! –Molly por poco despertó a la señorita Adderstone. Volvió a aumentar el poder de sus ojos–. Tiene que recordar la ciudad –la señorita

Adderstone permaneció muda, poniendo los ojos en blanco–. Vamos –exigió Molly–. ¡Piense!

—Polchester, Pilchester, Porchester –gruñó la señorita Adderstone–. Algo-así.

—¿Dónde guarda los archivos? –preguntó Molly–. Enséñemelos. No puede haber destruido todos los datos sobre Rocky. No la creo.

La señorita Adderstone abrió dócilmente un armario gris de archivos que había en un rincón de la habitación.

—Aquí –señaló con un gesto–, aquí-están todos-los archivos.

Molly apartó de un codazo a la señorita Adderstone y consultó ávidamente el archivo. No encontró la ficha de Rocky. En cambio, sí vio una carpeta que llevaba su nombre. La sacó.

Con la señorita Adderstone de pie junto al armario como un centinela, Molly abrió su carpeta. Dentro había un pasaporte y una hoja de papel.

—¿Esto es todo lo que tiene sobre mí? ¿No hay archivos...? ¿No hay nada más?

—Eso es todo lo que hay –confirmó la señorita Adderstone.

Molly leyó el papel que tenía delante y se quedó helada.

Nombre	Molly Moon
Fecha de nacimiento	?
Lugar de nacimiento	?
Padres	?
Cómo llegó a Hardwick House	Abandonada en la puerta
Descripción del niño	?

Y con su horrorosa letra la señorita Adderstone había escrito: Una niña fea. Sin nada de especial. Una forastera. Desagradable. Y eso era todo.

Molly se quedó mirando la hoja de papel. En ese momento se sintió más que nunca en su vida una don nadie. Abrió su pasaporte, que nunca había visto, aunque recordaba que le habían sacado una foto para ponerla en él. La señorita Adderstone siempre tenía al día los pasaportes de los niños, de manera que si venía alguna familia extranjera a adoptar a alguno, pudiese volver directamente a su país con el niño o la niña que hubiera elegido. Una Molly de seis años sonreía muy contenta en el librito. Molly recordó lo contenta que se había puesto entonces de que le hicieran una foto, y cómo la había regañado la señorita Adderstone por sonreír cuando la cámara disparó la foto. Molly se sintió enormemente protectora hacia la imagen de aquella niña. Mirando con odio a la rígida solterona que tenía delante, se preguntó cómo podía una persona ser tan despiadadamente antipática. Entonces, cuando echó una ojeada a la heladora habitación, sintió de pronto una gran curiosidad. Se preguntó qué contendría la ficha de la señorita Adderstone si estuviese archivada. De modo que se lo preguntó a ella directamente.

La respuesta de la señorita Adderstone hizo que la lúgubre habitación pareciera aún más fría y más oscura.

—Después de nacer yo-internaron a-mi-madre en un-manicomio. Mi padre era un alcohólico. Me-fui-a vivir con-mi-tía. Era-cruel. Me-pegaba. Mi-tío también me-pegaba. Eran muy-muy-severos.

Molly no se esperaba esto. Durante un segundo sintió una oleada de lástima por la señorita Adderstone. Parecía que había tenido una vida más dura que la de la propia Molly. Pero Molly se repuso inmediatamente y sacó de su cabeza cualquier pensamiento de pena. Sacó de la carpeta la hoja de papel y su pasaporte y se los metió en el bolsillo. Luego se limpió las manos de sudor en su falda y volvió a concentrarse.

—Bien. Ahora, señorita Adderstone, le voy a provocar un trance más profundo, y... usted... obedecerá... cada... una... de... mis... órdenes.

La señorita Adderstone asintió como un juguete de cuerda, y Molly se pasó la lengua por los labios. Durante toda su vida, había sido el blanco de la maldad de la señorita Adderstone. Había llegado la hora de la venganza.

Veinte minutos después, Molly salió de la alcoba de la señorita Adderstone con Pétula trotando detrás de sus talones. Se sintió más poderosa de lo que nunca se había sentido.

El ensayo general para el concurso de habilidades tendría lugar en el vestíbulo a las ocho. Molly se sentó en el octavo escalón para poder verlo todo muy bien. Cuando la señorita Adderstone subió al improvisado escenario, delante de la chimenea vacía, Molly se echó para atrás suspirando, muy aliviada. Y es que la señorita Adderstone se había vestido para la ocasión. Llevaba un camisón rosa de volantes y botas de lluvia. En la cabeza lucía un sujetador y alrededor de su cuello colgaba de una cuerda su dentadura postiza.

—Buenas tardes a todos –dijo con voz cantarina, abriendo una boca que parecía una cueva de goma, ahora que no tenía dientes. Luego se levantó el camisón y le enseñó a todo el mundo las bragas–. ¡Sorpresa!

Todos los niños que la estaban mirando se callaron y contemplaron horrorizados las piernas blancuzcas y llenas de arrugas de la señorita Adderstone. Había cambiado de forma tan radical y extraña que era como si un marciano hubiese aterrizado en la habitación.

—¡Que empiece el espectáculo! –anunció exuberantemente. Haciendo sonar su dentadura postiza como si fueran castañuelas, taconeó con sus botas de lluvia, y con un movimiento flamenco bajó del escenario y se sentó en una silla a un lado del vestíbulo.

Aquí y allá se oyeron unas cuantas risitas ahogadas y nerviosas. Luego la señorita Adderstone dijo con su voz chirriante y refunfuñona de siempre:

—¡Gordon Boils! Escupe ese chicle ahora mismo.

Gordon Boils se encogió en su silla. Hubiese preferido que le regañara la señorita Adderstone de antes. Esta daba un poco de miedo.

—Perdón, señorita Adderstone –dijo con una vocecita apenas audible, escupiendo el chicle y guardándoselo en el bolsillo.

Molly subió al escenario.

Cynthia y Craig la abuchearon al unísono.

—Buuuuuu, fuera de ahí, Sopo.

Molly se miró los zapatos, concentrándose con todas sus fuerzas en la sensación de los ojos. Iba a intentar hipnotizar a todo el mundo empleando solo los ojos.

—¿Qué pasa... se te ha olvidado tu soporífera canción?

—Ya está bien –cortó la señorita Adderstone, haciendo sonar las castañuelas de su dentadura postiza y blandiéndolas al aire–. El que haga ruido se llevará un buen pescozón.

Todo el mundo calló. Entonces Molly levantó despacio los ojos hacia el público, que recorrieron brillantes las hileras de sillas, como una linterna. Y todos y cada uno quedaron atrapados, como un prisionero que tratara de escapar de la prisión y lo paralizara el foco de la torre de control. Molly se sentía como si estuviera jugando con un videojuego. Cada vez que una persona quedaba atrapada en sus ojos, sentía que sus defensas se iban desvaneciendo. Recorrió las hileras, una tras otra. Gemma, Gerry, Ruby y Jinx fueron los que más rápidos cayeron, pero también los otros fueron un paseo. Todos los ojos que normalmente mostraban desprecio y odio hacia Molly estaban ahora como ausentes: Gordon, Roger... Entonces alguien le dio una palmadita a Molly en el hombro.

—Me parece que la primera soy yo –gimió Hazel. Molly se dio la vuelta y le clavó a Hazel su mirada. Los ojos rasgados de Hazel miraron desafiantes a los de Molly. Luego su rostro tembló de una forma extraña.

Hazel notaba algo curioso en sus ojos. Estaba mirando a Molly –a la fea y la odiosa de Molly, a la que normalmente no solía quedarse mirando mucho tiempo–, pero por alguna razón, ahora sus ojos estaban magnetizados por los de Molly. Hazel intentó apartar la mirada, pero no pudo. Y, como una persona que se aferra a la orilla, y siente que la atrae una fuerte corriente, Hazel, demasiado débil para resistir más, se dejó llevar.

La habitación estaba en silencio. Todos permanecían sentados con los ojos abiertos de par en par, petrificados. Molly miró a su alrededor, satisfecha, y muy impresionada consigo misma por no haber tenido que utilizar su voz.

—Dentro de un momento me sentaré. Cuando lo haga, daré una palmada. Cuando oigáis mi palmada, saldréis todos del trance y no recordaréis que os he hipnotizado... Y de ahora en adelante, cada vez que recordéis cosas malas que le habéis hecho o dicho a Molly Moon, os pegaréis en la cabeza con lo que tengáis en la mano en ese momento.

Molly bajó del escenario y se sentó. Dio una sonora palmada. No había hipnotizado a nadie para hacer que la quisieran. Por ahora no lo necesitaba. Solo quería asegurarse de que podía hipnotizar a una multitud, y había visto que podía hacerlo. Cuando la habitación recobró la vida a su alrededor, Molly sacó de su bolsillo la hoja de papel que había encontrado en el archivo de la señorita Adderstone y la rompió en pedazos.

Hasta entonces, en su vida, Molly nunca había tenido suerte. Ahora iba a conseguir lo que se merecía. Una vida como el mundo de sus anuncios favoritos. Tal vez estaba justo a la vuelta de la esquina. Molly se estremeció de alegría cuando pensó en todas las cosas bonitas que siempre había querido, pero nunca había tenido. Se llenaría los bolsillos con el dinero del premio del concurso de habilidades, pero eso no sería más que el aperitivo. Estaba segura de que al dominar el arte del hipnotismo, jamás volvería a faltarle el dinero. Y en cuanto a la gente, Molly decidió allí y en ese momento que en adelante nadie la zarandearía, ni pegaría, ni le daría órdenes, ni se metería con ella, ni la ignoraría. Desde ese momento y en adelante, iba a ser alguien y todos podían prepararse, porque una nueva y resplandeciente Molly Moon estaba a punto de emerger de la nada, dispuesta a comerse el mundo.

Capítulo 11

A la mañana siguiente, el orfanato se despertó con el rico olor de cruasanes y pan de pizza recién sacados del horno, y el aroma estaba en sintonía con el buen humor de Molly.

En el comedor, la pasión italiana de Edna se mostraba en su apogeo. Se había comprado una cadena de música y había puesto una ópera a todo volumen. Esparcidos por las mesas había libros sobre Italia.

—¿Has ido a la biblioteca, Edna? –preguntó Molly, cogiendo de una bandeja un cruasán crujiente y un bollo.

—Sí, porque soy una gran admiradora de Italia, ¿sabes? –explicó Edna cortésmente, como si Molly no lo supiera ya–. Me encanta Italia, sobre todo la cocina italiana. Los italianos sí que saben cómo vivir, los tíos –le sirvió a Molly una taza de chocolate caliente.

—Ya lo haré yo, Edna –dijo la señorita Adderstone con una sonrisa desdentada, arrebatándole la jarra a la cocinera–. Molly, querida, ¿dónde quieres sentarte?

Escoltó a Molly hasta la ventana como si fuese una princesa. Los niños cuchichearon cuando la señorita

Adderstone pasó delante de ellos, con su dentadura postiza colgando del cuello, meciéndose al compás de sus pasos. Esa mañana tenía un enorme par de bragas en la cabeza. Llevaba su traje de chaqueta de siempre, solo que tenía cortes y rasgones por todas partes, como si un loco se hubiese entretenido jugando con el traje y unas tijeras. Parecía la loca creación de un diseñador demente.

—Me gusta su traje –dijo Molly.

—Oh, gracias, gracias, Molly. Me lo hice yo misma anoche con unas tijeras.

Se oyó un grito. La señorita Adderstone se dio la vuelta con su expresión malhumorada de costumbre (pues sus sentimientos hacia los otros niños no habían cambiado en nada) y se quedó horrorizada. Hazel Hackersly se había pegado en la cabeza con su tazón y se había llenado de chocolate.

—¿Se puede saber qué estás haciendo, Hazel? –preguntó la señorita Adderstone furiosa–. Discúlpame, Molly.

Se oyó otro grito cuando Roger se llenó el pelo de leche. La señorita Adderstone hizo sonar sus castañuelas de dientes postizos y se lanzó sobre él como una langosta malhumorada.

—Muy bien, Roger Fibbin, te has ganado un pellizco –y, haciendo sonar la dentadura postiza se dirigió al tembloroso Roger y le propinó un buen pellizco en el brazo.

—¡Ayyyyyyyy! –exclamó Roger, con los ojos de susto abiertos de par en par.

Molly se estremeció. Su intención al hipnotizar a la señorita Adderstone no había sido que se volviera tan feroz.

Edna, que se había acercado a Molly, le susurró al oído:

—Me da a mí que esta Agnes se ha vuelto un poco chalada.

Cuando Molly salió del comedor vio a Gordon Boils pegándose en la cabeza con un cruasán. Lo miró preocupada.

Molly no fue a la catequesis. En su lugar, tuvo a Edna y a la señorita Adderstone a su entera disposición toda la mañana. Edna le preparó deliciosos aperitivos y la señorita Adderstone le dio un masaje en los pies, mientras Pétula se sentaba en su regazo. A mediodía, Molly se sentía maravillosamente relajada y preparada para el desafío de la tarde.

Los demás niños se fueron andando, pero Edna acompañó a Molly al minibús, cargó con su mochila y le abrió la puerta. Luego se subió al asiento del conductor, al lado de la señorita Adderstone. Las dos llevaron hasta el ayuntamiento de Briersville a Molly, la cual estaba sentada detrás con Pétula en su regazo.

El ayuntamiento era un edificio victoriano de piedra con un tejado de un color verde cobrizo. En la puerta principal del edificio, los escalones de entrada se bifurcaban en dos direcciones, como unos bigotes. Y hoy estaban llenos de niños. Niños con toda clase de disfraces. Niños con trajes de lentejuelas, con chisteras y trajes de cola. Algunos iban vestidos para cantar y bailar, otros para hacer magia, algunos para interpretar un papel de teatro, y otros para un espectáculo cómico. Todos estaban preparados para el concurso de habilidades. Y cada niño estaba acompañado por su padre o su madre. A Molly le costó abrirse camino. Había madres haciendo moños, madres dando las últimas puntadas a dobladillos y padres soltando discursos de ánimo.

—Tú canta a pleno pulmón, Jimmy... Demuéstrales de lo que eres capaz.

—Sally, no te olvides de sonreír cuando cantes.

—Recuerda, Angélica, el truco está en los ojos.

«Y tanto que lo está», pensó Molly subiendo los escalones.

Nadie se fijó en la niña feúcha y desgarbada que se abría camino entre la gente. Nadie se fijó en el minibús aparcado que la esperaba en la puerta.

Aferrándose a su mochila, con el libro del hipnotismo bien guardado dentro, Molly se dirigió a una mesa que había a la entrada de la sala.

—¿Nombre? –preguntó una señora con gafas de montura con incrustaciones de pedrería.

—Molly Moon.

—¿Dirección?

—Orfanato de Hardwick House.

La señora le tendió a Molly una tarjeta con su nombre.

—Asegúrate de estar entre bastidores cuando empiece el concurso y ya te avisarán cuando te toque. Buena suerte –dijo con una sonrisa amable.

—Gracias, la voy a necesitar.

Molly recorrió un pasillo de parqué que llevaba a la Gran Sala de techos altos, donde habían colocado centenares de hileras de sillas metálicas con asientos de lona roja, algunas de las cuales ya estaban ocupadas. Molly vio un estrado con seis sillas en el centro de la sala. Eran para el jurado.

Alrededor de Molly todo eran voces entonando escalas musicales, mientras los concursantes ensayaban antes del espectáculo. Pasó por delante de Hazel y Cynthia, que le sacaron las dos la lengua, y se metió entre bastidores. Fue como meterse en una jaula con pájaros de colores brillantes, todos piando y gorjeando. Los padres se atareaban con sus hijos, los hijos se ata-

106

reaban con sus atuendos. Los nervios de última hora llenaban el aire de tensión. Al ver a todas esas familias, Molly sintió una punzada de envidia. Les dio la espalda y se sentó en un rincón, delante de una televisión encendida pero sin volumen. Molly sintió que tenía todo el derecho del mundo a ganar el concurso. Todos esos niños habían tenido una vida fácil comparada con la suya. Pero la seguridad en sí misma se estaba desvaneciendo. Miró la tele, esperando que pudiera calmarla y hacer que sus manos dejaran de sudar.

En una pausa para la publicidad salió un anuncio de Skay. El mismo hombre del póster de la valla publicitaria que había en la colina salía ahora en la tele bebiendo una lata de Skay. Molly sintió que pisaba terreno conocido y se concentró en el anuncio que tan bien se sabía. «¡Oh, eres tan guay! ¿Me das un sorbito de Skay?» Molly dijo la frase de la mujer del bañador brillante. Luego repitió en su cabeza los pensamientos del protagonista del anuncio: «Caray, el mundo es mucho más bonito con una lata de Skay en la mano». Ahora Molly sabía que una voz profunda estaba diciendo: «Skay... ¡para apagar algo más que tu sed!».

Viendo el anuncio Molly echó de menos a Rocky. Siempre se divertían juntos cuanto interpretaban el anuncio de Skay. Deseó estar ahora con él en esa isla paradisíaca. Pero en ese momento, la señora Toadley entró en la sala de espera. El explosivo estornudo de la profesora sacó a Molly de su ensueño.

—Aaaaachíiiiis. Oh –dijo con desdén, sonándose la nariz con un pañuelo de papel–. Qué sorpresa verte aquí. No sabía que tuvieras alguna habilidad.

—Se sorprendería usted de las habilidades que tengo –respondió Molly fríamente.

—Soy miembro del jurado, ¿sabes? –declaró la señora Toadley con otro estornudo.

—Lo sé, y estoy deseando actuar para usted –dijo Molly alegremente mientras la profesora se alejaba caminando como un pato.

Cinco minutos después vino un hombre con un chaleco rojo brillante y se puso a repartir tarjetas con números.

—¿Puedo salir la última? –preguntó Molly cortésmente.

—Por supuesto –el hombre le tendió una tarjeta con el número 32, y se llevó la que tenía el nombre de Molly.

Empezó el concurso. Molly salió del vestuario cuando dos niños empezaron a pelearse por una varita mágica. Se fue a los bastidores y esperó allí sentada en un taburete, junto a la mujer que se encargaba de subir y bajar el telón. Desde allí, Molly tenía una visión lateral del escenario. Después de cada actuación, la mujer tiraba de una cuerda y el pesado telón de terciopelo se bajaba, entre el rumor de la tela y un olor a humedad. El presentador, el hombre del chaleco rojo, salía entonces dando saltitos al escenario para anunciar la siguiente actuación.

Molly contempló a los concursantes que la precedían. Bailarines de claqué, malabaristas, mimos, bailarines de ballet, un niño con una batería que hizo un solo de percusión que duró cinco minutos, y una niña que hacía imitaciones de estrellas de la televisión. Algunos de los niños se llevaban partituras para un pianista sentado a un piano blanco a un lado del escenario. Vio pasar ventrílocuos, cantantes, músicos, actores, y unos cuantos aquejados de miedo escénico. Cada vez que se terminaba una actuación, el protagonista bajaba los escalones del escenario para sentarse entre el público. Y cada vez, a Molly se le retorcía el estómago de nervios.

Espió por un agujero del telón para ver cómo era el público. En la primera fila vio a la gordita de la señora Trinklebury, encantada de estar allí. Pero Molly solo alcanzaba a ver las primeras filas de asientos que las luces del escenario iluminaban. El resto del público estaba sumido en la más completa oscuridad. Eso la asustó muchísimo. ¿Si no podía ver los ojos del público, cómo podía estar segura de que la estaban mirando? Si una madre de la última fila hurgaba en su bolso, o si un miembro del jurado se ataba un zapato, a lo mejor no miraban a Molly a los ojos. Si no los hipnotizaba, se descubriría su secreto. Molly no sabía cómo hipnotizar a toda una multitud solo con su voz. El capítulo de "Cómo hipnotizar a la gente solo con la voz" lo habían arrancado del libro. Esto era terrible.

—Número veintisiete, Hazel Hackersly –anunció el presentador.

Hazel salió al escenario atropelladamente. Molly tendría que haber disfrutado de este delicioso momento. La noche anterior, había tenido un "encuentro" con Hazel. Pero en lugar de eso, Molly estaba preocupándose sobre cómo ver a su público.

Empezó el baile de Hazel. ¿El baile? Más que bailar, lo que hacía Hazel era dar patadas por el escenario. Saltaba y taconeaba como si estuviera clavando clavos en el suelo. Cantaba, o más bien gritaba su canción del gato, cuya letra había cambiado. Ahora decía así:

> *Siento no saber bailar*
> *Siento ser una mocosa*
> *Siento ser una abusona*
> *Una imbécil, eso es lo que soy.*

Cuando salió del escenario sonriendo, como si acabara de hacer una actuación digna de un Oscar, hubo un silencio perplejo, antes de que alguna que otra persona aplaudiera sin ganas.

—Huy, madre –dijo la señora del telón–, no creo que esta chica vaya a ser la ganadora.

—Número veintiocho –anunció el presentador, y Molly sintió un retortijón en el estómago, mientras se le iba desvaneciendo toda seguridad en sí misma. La oscuridad en la que estaba sumido el público era terrorífica. Se sentó, tratando de recuperarse y de notar la sensación en los ojos, pero las dudas seguían sacudiéndola, impidiendo que se concentrara. Era espantoso. Y de repente, se le ocurrió una idea genial. Ojalá funcionara.

—Número treinta –dijo el presentador. Molly no despegaba los ojos del suelo.

El número treinta era un niño que imitaba el trino de los pájaros, haciendo que el público soltara «ooooohs» y «aaaaaahs» maravillados. Luego le siguió el número treinta y uno, una niña disfrazada de diosa griega. Mientras cantaba su canción, Molly luchó por reunir todas sus fuerzas. Era ahora o nunca.

Preparó su mirada y le dio un golpecito en el hombro al presentador. Cuando este se dio la vuelta, Molly atrapó sus ojos con la mirada. Luego Molly se volvió hacia la señora del telón y la miró también a los ojos. La diosa griega terminó su actuación. El presentador volvió al escenario.

—Y ahora, por fin, con todos ustedes –dijo– la número treinta y dos... la señorita Molly Moon.

Molly salió al escenario, le sudaban las manos más que nunca en su vida. Se levantó el telón y los cálidos focos iluminaron su rostro. Molly se acercó al micrófono, retorciéndosele el estómago de nervios. De pronto la invadió el miedo de que no recordaba cómo hipnotizar a nada ni a nadie, y mucho menos a todo un público. Miró al agujero negro del teatro y sintió que todos la estaban mirando. El aire estaba cargado de tensión. Reinaba un silencio sepulcral roto tan solo por alguna que otra tos y una crisis de estornudos de la señora Toadley.

—Buenas tardes señoras y señores –dijo nerviosa–. Soy Molly Moon y esta noche voy a mostrarles mi habilidad para leer el pensamiento.

Oyó un murmullo de interés.

—Para ello, necesito verlos, así que señoras y señores, esto... niños y niñas, que se enciendan ahora todas las luces.

Protegiéndose los ojos de la luz del foco, Molly miró hacia arriba.

—Señor técnico de luces, por favor, ¿puede apagar el foco y encender todas las luces del teatro?

Con dos chasquidos, el foco se apagó y se encendieron las bombillas del techo. Había mucha gente. En primera fila Molly vio a Hazel pegándose en la cabeza con la cola de gato de su disfraz.

—Ya los veo a todos –continuó Molly, sintiéndose más tranquila–. Ahora, señoras y señores, puedo mostrarles lo que sé hacer, si me permiten concentrarme un momento y pensar. Pronto empezaré a tener pensamientos telepáticos... sus propios pensamientos, y les diré lo que están pensando.

Molly miró al suelo.

Desde el punto de vista del público, la niña lo estaba haciendo muy bien. Ahí estaba, concentrándose de forma muy teatral. Por supuesto, todo esto de leer el pensamiento era mentira, pero la niña estaba fingiendo muy bien. Sería interesante ver cómo hacía para leerles el pensamiento. A lo mejor tenía algún "gancho" entre el público que fingiría que no la conocía de nada.

111

Entonces, para su sorpresa, cuando la niña volvió a levantar la mirada, cada persona del público pensó que, al mirarla otra vez a la cara, esa niña era mucho más especial de lo que les había parecido en un primer momento. La niña feúcha y escuchimizada en realidad era bastante encantadora. Cuanto más miraba la gente a Molly, preguntándose por qué no habían visto antes el encanto que tenía, más atrapada se sentían por su cautivadora mirada.

—Ya no tardaré mucho –dijo Molly, recorriendo metódicamente las filas de rostros boquiabiertos, mirando a cada una de las personas a los ojos. Solo necesitó un segundo para mirarlas a todas, y para notar la sensación de fusión que se iba haciendo cada vez más fuerte. Molly estaba anonada de que la mayor parte del público hubiese sucumbido a su hechizo inmediatamente, incluidos los miembros del jurado. La señora Toadley parecía un viejo sapo, con la boca abierta de par en par. La señora Trinklebury parecía estar a punto de tener un ataque de risa.

El único problema era una señora de la sexta fila.

—Señora, sí, usted, la de la sexta fila, la que tiene puestas las gafas de sol, ¿podría quitárselas, por favor?

Cuando la señora se quitó las gafas, Molly descubrió que ya estaba en trance. Un niño que se había ido un momento al cuarto de baño por poco escapó a las redes de Molly, pero lo pilló cuando regresaba a su asiento. Y cuando se sentó con los ojos vidriosos, Molly tuvo por fin la seguridad de que se había metido en el bolsillo a todas y cada una de las personas allí reunidas. Incluso al técnico de luces. «Y ahora vuelva a apagar las luces del teatro, por favor», le pidió Molly.

Bajo el brillante haz de luz del foco, empezó a hablar al público.

—Estáis... todos bajo mi control –empezó–. Todos olvidaréis que he salido al escenario para leer el pensamiento. En lugar de eso, pensaréis que he salido al escenario y... –las claras instrucciones de Molly resonaron por todo el ayuntamiento.

Empezó su actuación. Todo el mundo estaba maravillado. El número de canción y baile de esa tal Molly Moon era tan bueno, tan bien realizado, tan entretenido que sintieron que estaban siendo testigos del nacimiento de una nueva estrella. La niña tenía un talento que quitaba el aliento, tenía carisma y era divertida, y además era muy guapa. Bailaba con tanta gracia que sus pies parecían no tocar el suelo. Cantaba como los ángeles, y luego también contó chistes. ¡Qué chistes más divertidos! Chistes que les hicieron reír tanto que pensaban que se iban a morir de la risa.

En realidad, Molly solo estaba de pie en el escenario, describiendo a las personas del público lo que estas creían estar viendo y oyendo. Antes de terminar, Molly se dirigió especialmente a la señora Toadley.

—De ahora en adelante, a cada persona que se encuentre, le dirá que es usted una profesora horrorosa y mandona –le ordenó Molly, y la señora Toadley abrió y cerró la boca como un enorme pez para señalar que se había enterado.

Entonces Molly dio una palmada, y al instante, sacó a todo el mundo del trance. Todo el público irrumpió en sonoros aplausos, vítores y silbidos. El número treinta y dos, Molly Moon. Indiscutiblemente, era la ganadora. Ella sola tenía más talento que todos los otros concursantes juntos. Y ahí estaba, vestida con una faldita y una camiseta de lo más normales. Lo cual no hacía sino demostrar que todos esos disfraces, meticulosamente preparados, en realidad no fueron necesarios.

Caramba, esta Molly Moon tenía tanta presencia escénica que no necesitaba disfrazarse ni maquillarse. Esta niña tenía algo extraordinario. Era tan... adorable. Decididamente tenía esa magia especial que suele llamarse "madera de estrella".

Los espectadores aplaudieron y aplaudieron hasta que les dolieron las manos. Molly permaneció allí, sonriendo y inclinándose ante el público. Le gustaba ese aplauso y toda esa adoración. Por fin bajó del escenario y se sentó en la primera fila. Los que estaban junto a ella la felicitaron efusivamente.

—Mo... Molly, has estado ma... maravillosa –tartamudeó la señora Trinklebury. Hasta Hazel Hackersly la estaba mirando sonriendo, con ojos de carnero degollado, lo cual a Molly le pareció una experiencia repulsiva.

Entonces los miembros del jurado salieron al pasillo y subieron al escenario. La señora Toadley iba la segunda, después del alcalde.

—Soy una profesora horrorosa y mandona, ¿sabe usted? –oyó Molly que le decía al señor que iba detrás de ella.

—Lo sé –asintió este–, uno de mis hijos está en su clase.

Cuando el alcalde proclamó a Molly la extraordinaria ganadora del concurso, los otros miembros del jurado asintieron con la cabeza como esos muñequitos que se cuelgan de la luna trasera de los coches.

—... Sin lugar a dudas, la niña de mayor talento que esta ciudad ha tenido el placer de contemplar. Así que, una vez más, aplaudamos por favor a nuestra Molly Moon.

Molly subió al escenario a recoger el dinero de su premio. Apenas podía creer que lo había conseguido.

Su deseo más ferviente al contemplar el póster del anuncio de Skay, que dominaba Briersville desde lo alto de la colina, había sido ser rica, famosa y guapa. Y ahora, con una sola mirada, esos tres deseos le habían sido otorgados.

—Muchas gracias –dijo tímidamente.

Cuando cogió el grueso sobre lleno de billetes nuevecitos, la invadió un imperioso deseo de abandonar lo antes posible la escena de su crimen. De modo que, después de posar para unas cuantas fotos, bajó del escenario y salió corriendo del edificio. Antes de que nadie se diera cuenta de que se marchaba, había bajado los escalones de entrada al ayuntamiento y se había subido al minibús.

—Al hotel Briersville –ordenó a su chófer.

Edna se volvió para sonreírle, Pétula saltó sobre su regazo, y la señorita Adderstone la miró obedientemente.

—Sí, señora.

Con un chirrido de neumáticos sobre el asfalto, el minibús se alejó de allí a toda velocidad.

Capítulo 12

Todo marchaba según lo planeado. Molly y Pétula pasaron la tarde en una habitación del Hotel Briersville. Y aunque distaba mucho de ser uno de los mejores hoteles del mundo –las camas eran viejas y estaban cojas, y los muebles de roble estaban arañados y gastados– era un buen lugar para que Molly recuperara el aliento, y a Pétula el sillón le pareció muy cómodo.

Molly dio a Edna y a la señorita Adderstone instrucciones de que la esperasen en el minibús, mientras ella pasaba a la siguiente fase de sus planes. Cogió el teléfono y llamó a la operadora de internacional.

—El apellido es Alabaster. Viven en Estados Unidos –explicó Molly.

—Me temo que tendrá que ser usted un poco más precisa –contestó la operadora–. ¿En qué estado y en qué ciudad?

—Polchester, o Pilchester, o Porchester. Está cerca de Nueva York.

—Lo siento, pero sigue sin ser lo bastante preciso –insistió la operadora–. Hay cientos de Alabaster en

Estados Unidos... Tardaría una noche entera en localizarlos a todos.

—¿Se... siente... relajada? –preguntó Molly despacio.

—¿Disculpe? –dijo la operadora–. Si esto es una broma, será mejor que cuelgue ahora mismo.

—No, esto... gracias por su ayuda –dijo Molly. Estaba muy decepcionada de descubrir que encontrar a Rocky iba a ser mucho más difícil de lo que ella se había imaginado.

Con todo, Molly estaba muy contenta de encontrase en una habitación de hotel. Encendió la televisión y se sentó a contar el dinero de su premio. Dentro del sobre, el dinero estaba reunido en un fajo rodeado por una banda de papel. Molly la rompió y extendió los billetes como si fuera una baraja de cartas. Nunca había tenido en la mano un billete de diez libras, y ni siquiera había visto en su vida uno de cincuenta, ¡por no hablar ya de sesenta billetes de cincuenta! Tres mil libras tenían buena pinta, buen olor, y un suave tacto. El dinero hizo que Molly se sintiera poderosa y libre. Con tres mil libras, podía ir a cualquier lugar del mundo. A Australia, a la India o a China. No tenía más que comprar un billete y marcharse. O podía gastárselo todo en caramelos. Camiones y camiones llenos de caramelos.

Molly no quería caramelos, pero había unas cuantas cosas que sí quería. De modo que, guardándose el dinero en el bolsillo, y el libro del hipnotismo debajo de su anorak, ella y Pétula se fueron de compras.

Diez minutos después bajaban por la calle principal de Briersville. Molly llevaba una cesta de paseo para Pétula que había comprado en Nuestros Queridos Animales, la tienda de mascotas. Pétula parecía orgullosa y alegre, con un collar rojo nuevecito alrededor del cuello.

Molly se paró delante de la óptica y, por un repentino antojo, entró en la tienda. Cinco minutos después volvió a salir con unas gafas de sol. Siempre había querido tener unas gafas de sol, y ahora le parecía que también le serían útiles para disfrazarse. No quería que la gente que la había visto en el concurso la reconociera. Luego siguió andando por la calle y se detuvo delante del escaparate del anticuario, El Viejo Oro Mohoso.

El escaparate era una excéntrica colección de interesantes cachivaches. Bolas de cristal, vasitos de cristal tallado, cajas de plata con compartimentos secretos, una sombrilla con mango de cabeza de loro, lupas, un corsé, un enorme huevo de avestruz, un cuenco con fruta hecha de cera, una espada y un par de botas de montar de la época victoriana. Y por último, al fondo del escaparate, un medallón dorado sobre una pequeña plataforma de terciopelo llamó la atención de Molly. En la superficie había grabada una espiral oscura que parecía atraer hacia ella la mirada de Molly. Era precioso y, aunque había empañado el cristal con su aliento, estaba segura de que colgaba de una cadena. A Molly le parecía que tenía todo el aspecto de un péndulo.

Se quitó las gafas de sol, abrió la puerta de la tienda y entró. Una campanita anticuada sonó en lo alto de la puerta, advirtiendo al dependiente, el señor Mould, que se hallaba en la trastienda limpiando un par de anteojos antiguos, de que había llegado un cliente. Rápidamente se chupó los dedos, con ellos se peinó sus cejas pobladas y fue corriendo a la tienda para recibirlo. Cuando vio a una niña desaliñada con una perra su entusiasmo se evaporó.

—Buenas tardes –dijo, ajustándose el cuello de la camisa.

—Buenas –dijo Molly, levantando la vista de una bandeja llena de joyas y bonitas horquillas de moño.

—¿Puedo ayudarte en algo? –preguntó el señor Mould.

—Sí, por favor. Me gustaría ver el péndulo que hay en el escaparate, por favor –Molly había decidido darse un homenaje. Necesitaba un buen péndulo de verdad, y sería el mejor regalo que podía hacerse a sí misma para celebrar sus logros en el arte del hipnotismo.

—Un péndulo... humm –vaciló el dependiente.

Se acercó al escaparate y se inclinó para mirar. Luego sacó una bandeja y la colocó sobre el mostrador entre él y Molly.

—Creo que aquí debo de tener algo parecido a un péndulo.

Molly miró la bandeja. Estaba llena de collares de cuentas de colores, de cadenas, de candados y de colgantes, pero el péndulo que ella quería no estaba ahí.

—Ah, yo hablo del péndulo dorado que está en la plataforma de terciopelo al fondo del escaparate –explicó.

—Mmm –dijo el señor Mould–, me temo que ese péndulo está por encima de tus posibilidades, jovencita –cogió el péndulo antiguo por la cadena y dejó que Molly lo contemplara por un lado y por el otro. Visto de cerca era aún más bonito de lo que le había parecido antes. El dorado tenía un aspecto algo desgastado, pero no tenía ningún arañazo, y la espiral estaba perfectamente grabada.

—¿Cuánto cuesta?

—Pues... humm... 550 libras. Es de oro macizo de veintidós quilates y muy antiguo. Tal vez este se ajuste más a tu presupuesto –el señor Mould cogió una cadena de estaño con una piedra marrón oscuro. Molly hizo

119

caso omiso de la pieza de estaño y estudió el péndulo de oro. Su espiral parecía girar mientras Molly la miraba. Le parecía irresistible. Tenía que ser suyo. Molly estaba harta de no poder poseer cosas. ¡De ahora en adelante, se compraría todo cuanto le apeteciese! Con un gesto teatral se llevó la mano al bolsillo y sacó su fajo de billetes.

—Me llevaré el péndulo de oro –dijo cortésmente, y contó once billetes de cincuenta libras.

El señor Mould se los quedó mirando.

—¡Parece que has tenido suerte en las carreras!

—No, he tenido suerte en el concurso de habilidades –explicó Molly.

—¡Oh! ¡De modo que tú eres la niña que ha ganado! Mi nieta me ha llamado y me ha hablado de ti. ¡Ha dicho que has estado fabulosa! –el anciano no podía disimular su sorpresa. Le parecía increíble que de una niña tan normalita, tan feúcha incluso, como Molly se pudiera decir que era "linda", "preciosa" y "bonita", que era como la había descrito su nieta–. Entonces déjame estrecharte la mano. Enhorabuena.

Estrechó la mano sudorosa de Molly.

—Bueno, parece que se desternillaron de risa contigo –dijo, con la esperanza de que Molly hiciera alguna imitación para él, o le contara un chiste.

—Humm –contestó Molly, sonriendo enigmáticamente.

—De modo que te estás comprando un regalo –el anticuario apretó el botón que abría la caja registradora con un ruidito metálico, y metió las 550 libras en el cajón.

—Pues sí.

—¿Y dónde has aprendido a actuar así?

Molly estaba tan contenta y tan nerviosa que no le importó contárselo.

120

—En un libro muy antiguo –dijo misteriosamente, dando una palmadita en el bulto grande y pesado que sobresalía de su anorak.

—¡No estás hablando en serio!

—Sí, sí que hablo en serio. Es un libro muy especial.

—Y por eso lo llevas escondido –dijo el anticuario.

—Por eso mismo –confirmó Molly.

El anticuario envolvió la compra de Molly.

—Gracias, y que disfrutes del colgante.

—Gracias. Adiós.

—Adiós.

Justo cuando Molly se metía el paquete en el bolsillo y daba media vuelta para marcharse, sonó la campanita de encima de la puerta, y entró otro cliente. Rodeado de una nube de humo, pasó deprisa junto a Molly dándole un pequeño empujón.

Molly salió de la tienda, se subió el cuello de su viejo anorak azul y volvió a ponerse las gafas de sol. El señor Mould se la quedó mirando mientras se alejaba.

El nuevo cliente le tapó la vista.

—Déjeme echar otra ojeada a las gafas que me enseñó esta mañana –exigió.

—Ah, sí, profesor Nockman –dijo el señor Mould, volviendo a ocuparse de la tienda, y sacando del bolsillo de su camisa los anteojos que había estado limpiando antes, y colocándolos sobre el mostrador–. ¡Nunca lo creería usted, pero esa niña de ahí acaba de ganar el concurso de habilidades!

A su cliente impaciente, gordo y bajo no le importaba en absoluto la vida cotidiana de Briersville. Pero sí la de hace un siglo. Ya había estado varias veces en la tienda del señor Mould desde que había descubierto que el anciano anticuario conocía la historia del famoso doctor Logan, de Briersville, y que incluso había vendido y comprado artefactos que se habían utilizado en el espectáculo itinerante de hipnotismo de Logan.

Hoy, el profesor Nockman había vuelto a la tienda a buscar los anteojos antiguos que estaban ahora sobre el mostrador. Tenían lentes negras con una espiral blanca dibujada y según decían, habían pertenecido al mismísimo doctor Mesmer.

—Según parece protegen de los ojos hipnóticos –le había explicado el señor Mould–. Son divertidos, aunque ingenuos. Pero, yo diría –había añadido esperanzado–, que resultarán muy adecuados para su colección del museo.

Los anteojos eran caros y el profesor Nockman no había decidido todavía si comprarlos o no. Los cogió y se rascó el bigote pringoso con la larga uña de uno de sus gordezuelos dedos. El señor Mould seguía con la mirada puesta en Molly y Pétula, que paseaban por la calle principal mirando los escaparates de las tiendas.

—¿Está usted absolutamente seguro de que no ha tenido alguna vez ese libro del doctor Logan? –dijo Nockman–. Porque mi museo pagaría la cantidad que fuera para incluirlo en la exposición sobre hipnotismo que estoy organizando.

—No... no, definitivamente, no –dijo el anticuario, apartando la mirada de Molly–. Al parecer sabe bailar como Ginger Rogers. ¡A mi nieta le pareció que era preciosa! Yo la encuentro bastante feúcha, la verdad. Bueno, supongo que todo depende de los ojos con que se mire.

—Sí, bueno, sí, lo que usted diga –comentó el profesor, probándose los anteojos y mirando al techo.

—Se ha comprado un hermoso colgante de oro, aunque ella lo ha llamado péndulo. Qué raro que una niña quisiera comprar una cosa así. Espero que no malgaste todo el dinero del premio.

—¿Un péndulo? –preguntó el profesor Nockman, prestando de pronto mucha atención a lo que decía el anticuario. Lo miró con los anteojos puestos–. ¿Cuánto dinero ha ganado?

—Tres mil libras, me parece. Es asombroso, ¿verdad? Parece tan normalita. Bueno, ya sabe usted lo que se suele decir, que "las apariencias engañan". Y ahora que me acuerdo, cuando le pregunté dónde había aprendido a bailar así, me dijo que en un libro antiguo muy especial. ¡Qué niña más excéntrica!

—¿Qué libro? –quiso saber Nockman, temblándole las aletas de la nariz como las de un perro que acaba de descubrir un rastro.

—Uno que llevaba.

El profesor Nockman se quitó deprisa los anteojos antiguos y, por fin, miró a la calle para ver a Molly. Estaba leyendo los anuncios que había en la puerta del quiosco de periódicos y, sujetándolo torpemente bajo el brazo, oculto por su anorak azul, se adivinaba la forma de un gran objeto rectangular. Nockman tuvo una sensación tan fuerte de haber dado en el blanco que casi le faltó el aliento. Llevaba el fin de semana entero buscando por todo Briersville a alguien que pudiera tener su libro, esperando ver algo como lo que acababa de observar ahora. Lo había conseguido. Estaba seguro. Su mente se puso a trabajar a mil por hora mientras trataba de recordar todo lo que el señor Mould le había estado contando de ella. Que había comprado un péndulo, que había ganado un montón de dinero, que todo el mundo pensaba que era preciosa, pero no lo era, y que el secreto de su éxito residía en un libro antiguo y especial. Era obvio que no quería que nadie viera ese

123

libro, pues lo ocultaba debajo de su chaqueta. A Nockman el instinto le decía que el bulto que sobresalía del anorak de la extraña niña era, sin la menor duda, su libro del hipnotismo.

Molly y Pétula desaparecían ahora tras doblar la esquina. El profesor se lanzó hacia la puerta, pero entonces se acordó de los anteojos.

—Me los llevo –afirmó–. ¿Cuánto ha dicho que costaban?

—Son absolutamente únicos –dijo el señor Mould astutamente–. 450 libras –le tendió los anteojos con montura plateada.

La mente de Nockman iba a mil por hora. Sabía que el anticuario le estaba cobrando demasiado y eso no le gustaba, pero si los anteojos eran verdaderamente antihipnóticos, podría necesitarlos y no tenía tiempo de regatear.

—Me los llevo –el profesor Nockman puso el dinero sobre el mostrador–. No se moleste en envolvérmelos. Y si consigue cualquier otro objeto relacionado con el hipnotismo, llámeme a Estados Unidos. Aquí le dejo mi número de teléfono.

—Desde luego. Adiós –dijo muy contento el anticuario. Nunca había vendido tanto en una tarde. Después de todo, había sido buena idea abrir en domingo–.

El profesor Nockman salió corriendo de la tienda, tiró su cigarro al suelo, y miró frenéticamente a izquierda y a derecha buscando a la niña. No cabía en sí de nervios mientras bajaba por la calle siguiendo la dirección que Molly y Pétula habían tomado.

Mientras tanto, Molly y la perra habían regresado al hotel donde la señorita Adderstone y Edna las esperaban obedientemente en el minibús.

Molly fue a su habitación, recogió su mochila y bajó a pagar la cuenta. Luego se dirigió al minibús y se subió. Pétula la siguió dando saltitos.

—¿Adónde vamos, señorita? –le preguntó la señorita Adderstone con su boca sin dientes (seguía sin ponerse su dentadura postiza).

—Al aeropuerto –dijo Molly con seguridad. Se echó para atrás en el asiento, acariciando a Pétula.

El profesor Nockman, que había estado buscando a la niña en otras tiendas, llegó corriendo a la puerta del hotel justo cuando el minibús se alejaba de allí. La conductora tenía mirada de loca y parecía llevar unas bragas en la cabeza. Cuando el vehículo se unió al tráfico, el profesor Nockman pudo ver durante otro segundo a la feúcha ganadora del concurso. Estaba sentada en la parte trasera del minibús como una estrella de cine, con una perrita a su lado y un gran libro de tapas color burdeos sobre las rodillas; y, por la ventanilla, vio que en la mano sostenía lo que sin ningún género de dudas solo podía ser un pasaporte.

El profesor Nockman sabía que la niña tenía el libro del hipnotismo. En un vano intento por acercarse a él, salió corriendo detrás del minibús. Pero no llegó a alcanzarlo y tropezó. Tragándose una bocanada del humo que salía del tubo de escape, le entró el pánico. Nockman cayó en la cuenta de que el libro del hipnotismo, su libro, se le estaba escapando de las manos. El libro era imprescindible para su plan –su plan secreto brillantemente ideado que iba a catapultarle a la cima de su profesión. Sin él, nunca podría lograr sus fines. Ahora había muchas probabilidades de que la niña del pasaporte tuviera la intención de llevárselo lejos, muy lejos. Nockman entró corriendo desesperado en el hotel, resollando y jadeando.

—Pídame un taxi y prepárenme la cuenta –le ordenó a la recepcionista sin la menor educación. Luego subió corriendo a su habitación, temblándole la papada.

—Qué pena que se marche usted tan pronto –comentó la recepcionista cuando volvió a bajar corriendo, con la ropa saliéndose de su maleta mal cerrada. El profesor Nockman respondió con un gruñido y le arrebató su tarjeta de crédito de un manotazo. Estaba nerviosísimo; no podía perder de vista a la niña.

—¿Dónde está mi taxi? –preguntó enfadado mientras firmaba su cuenta.

—Encontrará una parada de taxi justo a la salida del hotel –contestó la recepcionista, preguntándose si el profesor estaba a punto de que le diera un patatús–. ¿Se encuentra bien, señor?

Pero Nockman no contestó. Ya había salido de allí.

—Al aeropuerto –le dijo gruñendo al soñoliento taxista que estaba leyendo el periódico. Era una decisión un poco arriesgada, pero estaba seguro de que era allí donde se dirigía la niña.

Cuando el coche arrancó, Nockman deseó que los semáforos no se pusieran en rojo. Tenía la frente empapada en sudor. Entonces, cuando vio que el taxi avanzaba a buena velocidad camino del aeropuerto, se dio cuenta de que aún podía alcanzar a la niña y se relajó un poco.

El libro era su destino. Lo único que tenía que hacer era seguirlo.

Capítulo 13

El aeropuerto se hallaba a una hora y media de Briersville. Molly estaba sentada en la parte trasera del minibús, acariciando a Pétula, y mirando el paisaje que desfilaba al otro lado de la ventanilla. Se lo bebía todo con los ojos, pues no estaba segura de cuándo volvería a verlo, ahora que se iba a América a buscar a Rocky. No le importaba no regresar nunca. Como tampoco le importaba no saber exactamente a qué parte de América se iba. Se sentía audaz, fuerte, rica y con ganas de ver mundo.

La señorita Adderstone conducía deprisa y con furia hacia el aeropuerto. Al llegar allí, Edna y ella la ayudaron a bajar del minibús. Casi parecían dulces y tiernas ahora que se abrazaban las dos consolándose la una a la otra; la señorita Adderstone con su traje desgarrado y con las bragas en la cabeza, y Edna vestida con un impermeable ceñido de estilo italiano. Se secaban los ojos con sus pañuelos. El de Edna tenía un mapa de Italia bordado.

—Oh, Molly, te echaremos puñeteramente de menos –dijo Edna entre sollozos.

—Mucha suerte, Molly, querida –resopló la señorita Adderstone.

—Gracias –contestó Molly alegremente. Pétula le lanzó a la señorita Adderstone una desagradable mirada perruna.

—Mándanos una postal.

—No dejes de escribirnos.

Molly asintió. Entonces decidió darles a cada una un regalo de despedida. Dio una palmada y las dos entraron en un profundo trance.

—Bien, ahora escuchad las dos con atención –pidió Molly–. Os voy a crear nuevas aficiones... para que sus vidas sean más... bueno, más interesantes. Señorita Adderstone, de ahora en adelante, tendrá usted una gran pasión por... –Molly miró a su alrededor en busca de inspiración–... por los aviones y por volar. Sí, eso es. Va usted a aprender a pilotar aviones. Y a ti, Edna, te gustará aún más Italia y la cocina italiana. Te gustará la moda italiana, estooo... los coches italianos, ah, y el idioma, por supuesto, que tú aprenderás. Y de ahora en adelante, las dos serán buenas con todos los niños.

Molly se sentía satisfecha de haber sido generosa con todos los niños de Hardwick House. Dio dos palmadas y la señorita Adderstone y Edna salieron del trance. La señorita Adderstone se puso a lloriquear de nuevo.

—Oh, Molly, qué suerte tienes de que vas a coger un avión –dijo con un sollozo–. Yo siempre he querido volar.

Molly metió a Pétula dentro de su cestita. «Adiós», dijo. Dio media vuelta y el sonido de los sollozos de la señorita Adderstone y de Edna se fue desvaneciendo conforme se alejaba por la terminal del aeropuerto.

—Vaya, vaya –dijo Molly bajito.

—Quisiera un billete para el próximo vuelo a Nueva York, por favor.

La azafata miró por encima del mostrador y vio una niña pequeña y feúcha cuya barbilla llegaba justo a la altura del mostrador.

—Lo siento, pero solo podemos vender billetes a viajeros con una edad mínima de dieciséis años.

Molly se quitó sus gafas de sol y sus ojos lanzaron un brillo irresistible a la azafata.

—Yo tengo dieciséis años –dijo Molly, tendiéndole su pasaporte. De pronto la azafata vio a una chica que tenía sin lugar a dudas por lo menos dieciséis años. Molly le tendió también algo de dinero.

—Por supuesto, señorita, ¿en qué estaré yo pensando? Le ruego me disculpe. Pero me temo que tendrá que comprar el billete en ese mostrador de venta que hay allí, y además es demasiado tarde para poder incluirla en el próximo vuelo. Ya casi ha finalizado el embarque. Despega dentro de veinte minutos.

Molly acentuó el poder de sus ojos.

—Lo siento de verdad –dijo la azafata anonadada–. No sé qué me ocurre hoy. Para una persona tan importante como usted, por supuesto que lo puedo arreglar todo. Serán 450 libras. ¿Tiene equipaje?

—No.

La mujer cogió el dinero de Molly e hizo unas anotaciones en un papel antes de tenderle un billete escrito a mano y una tarjeta de embarque.

—Vaya por favor lo más rápidamente posible a la puerta veinticinco. Que tenga buen viaje –la azafata le dedicó una alegre sonrisa a Molly mientras esta se alejaba. Luego se levantó y se dirigió al mostrador de venta para dejar constancia de la transacción en metálico.

Molly se dirigió corriendo a la puerta de embarque, pasando por el control de rayos X. Tras hacerle el truco de los ojos, el guardia de seguridad dejó pasar a Molly sin inspeccionar la cesta con la perra, y Molly pasó delante de las tiendas libres de impuestos y recorrió pasillos enmoquetados hasta dar con la puerta veinticinco.

El profesor Nockman llegó, sudando y jadeando, al mostrador de venta de billetes.

—¿Acaba de comprar aquí un billete una niña pequeña? –preguntó con agresividad–. Seguramente lo ha pagado en metálico.

—Señor, cientos de personas compran billetes aquí todos los días –contestó molesta la azafata.

—Sí, sí, bueno –dijo sin ninguna educación el profesor Nockman–, pero una niña, una niña de unos diez años... que...

—Señor, no vendemos billetes a niños. Y, además, no divulgamos ese tipo de información –sonó el teléfono y la mujer se dio la vuelta para cogerlo. El profesor se inclinó y recorrió con la vista la hoja de papel que había en el mostrador, leyéndola al revés.

Le pareció ver una anotación sobre un pago en metálico para un billete a Nueva York a nombre de una tal M. Moon.

—Deme un billete para Nueva York. Quiero coger el vuelo de las veinte cero cero –exigió el profesor.

La mujer miró la lista y, enfadada, la tapó con la mano.

—Me temo que es demasiado tarde para embarcar en el vuelo de las ocho en punto, ya se han cerrado las puertas.

Y tanto que se habían cerrado. Molly había sido la última pasajera en subir al avión.

Molly le enseñó a la azafata su billete de clase turista y la miró a los ojos.

—Viajo en primera –sugirió, y la azafata la acompañó a la zona de primera clase, en la parte delantera del avión. Colocó a Pétula, escondida en la cesta, en el asiento vacío que había junto al suyo.

Mientras el profesor Nockman pataleaba furioso, Molly se abrochaba el cinturón. Cuando un guardia de seguridad sujetaba al profesor por el hombro, una azafata le traía a Molly un vaso de zumo de naranja. El profesor Nockman tuvo que conformarse con un billete para el siguiente vuelo a Nueva York, que salía cinco horas después.

Cuando el avión recorrió rugiendo la pista de despegue y se elevó en el cielo crepuscular, Molly miró por la ventanilla. Era la primera vez que viajaba en avión y le asustó la idea de estar metida en un gran pedazo de metal volante. Sus manos empezaron a ponerse pegajosas. Pero entonces se fijó en lo tranquilas que estaban todas las azafatas y se sintió mejor. Miró por la ventanilla y vio cómo se alejaban las luces parpadeantes del aeropuerto conforme el avión iba subiendo más y más. Miró al oeste, en dirección a Hardwick House. Estaba por ahí, en algún lugar, a kilómetros y kilómetros de allí. Molly suspiró aliviada. Menos mal que se marchaba. Hardwick House ya no tenía nada que ofrecerle, y aunque no sabía cómo, estaba segura de que volvería a ver a Rocky. Entonces todo iría de perlas. Tal vez pudiera hipnotizar a su familia para que la adoptara también a ella. O podrían escaparse juntos y vivir a su aire. La mente de Molly iba a mil por hora mientras pensaba en América. La había visto infinidad de veces en los programas de televisión. Pronto estaría viviendo la vida feliz que siempre había deseado. Ya no tendría que ver los anuncios para tenerla.

Molly empezó a investigar la pequeña pantalla de televisión que había en su reposabrazos.

131

Desde la galería en el último piso del aeropuerto, el profesor Nockman contempló furioso al avión al despegar.

—M. Moon –rezongó–, te tengo fichada, M. Moon... –jugueteó con el medallón en forma de escorpión que colgaba de su cuello–. Así que tienes el libro y has aprendido unos cuantos trucos. Vaya sabihonda que estás tú hecha. Pero no tanto como para haber sabido esconderte. Será mejor que te andes con cuidado, chiquilla, porque te voy pisando los talones. Y cuando te pille, ¡uy!, vas a desear de verdad no haber puesto jamás los ojos sobre ese libro.

Capítulo 14

El vuelo a Nueva York duraba ocho horas, pero Molly estaba muy cómoda en su enorme sillón reclinable. Vio dos películas, y se echó todas las muestras de crema que venían en un neceser de plástico. Pétula se portó bien durante todo el viaje, chupeteando una piedra que había cogido en el hotel de Briersville. Solo ladró una vez –cuando llegó la bandeja de la comida con guiso de pollo– pero la azafata pensó que el ruido lo había hecho Molly. Esta pidió una segunda ración, que metió en la cesta de Pétula.

Mientras el avión bajaba el tren de aterrizaje atravesando unas nubes bajas, en dirección al aeropuerto John F. Kennedy, a las afueras de Nueva York, Molly reflexionaba sobre el siguiente paso que debía dar. Solo le quedaban 1.910 libras del dinero del premio. Se había gastado cinco en el collar de Pétula, quince en su cesta, veinte en las gafas de sol, cincuenta en la tarde de hotel, 550 en el péndulo, y 450 en el billete de avión. Más de mil libras. Estaba sorprendida de lo rápido que se le había ido el dinero. Lo primero que debía hacer era cambiar sus libras por dólares. Luego tendría que coger un tren o un taxi para ir a... Molly todavía no sabía adónde. Sabía que si establecía su base en algún hotel, eso sería empezar con buen pie. Desde allí, un lugar seguro y privado, podría planear qué hacer después.

El avión aterrizó a las cuatro de la mañana, hora de Londres.

—Señoras y señores, por favor, atrasen sus relojes cinco horas –anunció el piloto–. En Nueva York son las once de la noche. Deseamos que hayan disfrutado de su vuelo y esperamos volver a verlos pronto entre nosotros.

Molly estaba tan nerviosa y entusiasmada que no se sentía en absoluto cansada. Se puso las gafas, cogió su mochila y la cesta de Pétula, y veinte minutos después, estaba fuera de la terminal del aeropuerto, en la cola de una parada de taxis, con dólares en el bolsillo: 2.298 para ser exactos. Allí, mientras Pétula hacía pipí en la cuneta, la encargada de la parada de taxis le preguntó a Molly con un fuerte acento de Brooklyn:

—¿Adónde vas?

—A Nueva York.

—Sí, pequeña, pero ¿a qué parte de Nueva York?

—Al centro –dijo Molly, con toda la seguridad que pudo.

—A la isla de Manhattan, entonces.

La mujer escribió "Manhattan" en un trozo de papel, se lo dio al conductor de un viejo taxi amarillo todo oxidado y ayudó a Molly y a Pétula a subir. La puerta se cerró y Molly se reclinó en un hundido asiento de cuero. Una vocecilla aguda grabada gritó desde debajo del asiento: «Eh, tú..., te habla el alcalde de Nueva York. Abróchate el cinturón... ¡No quiero verte en el hospital!».

134

Cuando Molly se abrochó el cinturón, una voz más grave preguntó:

—Vale, ¿adónde vamos en Manhattan?

Molly miró a la sólida mampara que la separaba del conductor. Tenía una rejilla metálica arriba, con una pequeña trampilla por la que meter el dinero. Solo veía la coronilla calva del taxista. Este la miró por el retrovisor y le dijo con un gruñido:

—Eres muy pequeña para viajar sola a estas horas de la noche. Sabes que tendrías que andarte con cuidado, esta ciudad puede ser desagradable si te metes por el barrio que no debes.

—Soy mayor de lo que aparento –contestó Molly–. Y estoy acostumbrada a estar sola. ¿Y sabe usted una cosa? Nada podría ser más desagradable que el lugar de donde vengo. Bien, quiero ir a... oh, no... ha sido un vuelo tan largo que se me ha olvidado el nombre del hotel –Molly fingió convincentemente que buscaba un papel en sus bolsillos.

—Conozco todos los hoteles de Manhattan –se pavoneó el taxista–. ¿Cómo es?

—Es el más bonito y el más antiguo; tiene que saber cuál es... Tiene estatuas y adornos de oro por todas partes, es de lo más lujoso.

—Ah, ¿te refieres al Bellingham?

—Sí... eso es –afirmó Molly muy contenta–. El Bellingham.

—Muy bien señorita, agárrate bien.

El taxi se metió entre el tráfico. Era el coche que más saltos pegaba de todos en los que había subido Molly. Ella y Pétula iban dando botes mientras el viejo vehículo se metía en la autopista, en dirección al centro de Nueva York, a la isla de Manhattan.

Molly miraba maravillada por la ventanilla. Todo era grande. Enormes camiones circulaban a toda velocidad por la autopista de seis carriles como monstruos brillantes con decenas de faros en sus gigantescos parachoques. A izquierda y derecha se extendían hileras de casas con jardín. Era una oscura noche sin luna, pero la autopista parecía un caudaloso río de luces blancas y rojas.

Después de circular dando botes durante media hora, el taxista anunció: «Aquí la tenemos». Doblaron una esquina y, de pronto, allí, por la ventanilla, apareció la ciudad del futuro más grande, brillante y colosal que Molly había visto nunca. Los edificios eran gigantescos, como si fueran de otro planeta, y todos estaban nada menos que... ¡en una isla! Pétula apoyó las patas delanteras en la ventanilla para mirar, y a Molly empezaron a sudarle las manos cuando descubrió que el camino de entrada a la isla pasaba sobre un enorme puente suspendido, lleno de lucecitas. Se le abrió la boca de sorpresa cuando empezaron a cruzar por encima del agua. Molly vio lo grandísimos que eran los edificios. Algunos tenían cientos de pisos y miles de ventanas con luces encendidas.

—¡Qué cantidad de gente está todavía despierta! –exclamó Molly.

—Sí, ¿no lo sabías? –rió el taxista–. Esta es la ciudad que nunca duerme.

Al otro lado del puente, el taxi giró a la derecha y circuló durante cinco minutos bordeando el río. A su derecha, las luces de la ciudad se reflejaban sobre el agua, y a su izquierda, las bocacalles llevaban al centro. Eran calles muy rectas con edificios altos a cada lado.

—El trazado de las calles de Manhattan es muy sencillo –explicó el taxista tocando la bocina–. Se diseñó sobre un papel cuadriculado, ¿sabes?, como el de los libros de matemáticas, así que es fácil circular por la ciudad. Todas las calles llevan números. Mira... la calle 70... la calle 71... la calle 72. Algunas están al este del parque, y otras al oeste. El parque está en el centro. Nos estamos dirigiendo hacia la parte este de la isla. Por aquí está lo que llamamos "Up Town", que va de la calle 60 Este, hasta la 90 Este. Es la parte elegante, donde está toda la gente rica. Pero no te creas, que hoy en día la gente rica también vive en el Down Town. Sí, sí, Manhattan se está poniendo carísimo, pero con todo, las calles siguen llenas de baches –el taxista giró bruscamente para evitar un gran bache. Al llegar a la calle 75 Este torció a la izquierda, y por fin se detuvo delante de un gran edificio suntuoso y antiguo.

—Este es tu hotel, señorita, y me debes 35 dólares.

Un portero que llevaba un uniforme verde con galones dorados en los hombros y unos guantes blancos se acercó y abrió la puerta de Molly. Molly pagó al taxista y le dio las gracias, y el taxi amarillo se alejó traqueteando en la noche. Ella y Pétula subieron unos escalones de mármol tambaleándose, atravesaron una enorme puerta dorada y entraron en el vestíbulo del hotel, donde se quedaron paradas contemplándolo todo.

Una pesada araña dorada colgaba del techo por encima de sus cabezas, bajo una brillante bóveda de mosaico. Bajo sus pies relucía un suelo de mármol dorado. Aquí y allá había sillas y mesas de café chinas de madera lacada negra, y al fondo del vestíbulo había un jarrón gigante lleno de flores exóticas. Molly se vio reflejada en un enorme espejo de marco dorado y pensó en lo desaliñada que parecía con su ropa vieja. Este era el lugar más lujoso y perfumado en el que había estado en su vida.

—Ejem, ejem –tosió el altanero recepcionista, mirando a Molly desde lo alto de un buen par de narices–. ¿Puedo ayudarla en algo?

Molly se dio la vuelta y se dirigió al hombre bajito y elegante que había detrás de un mostrador de cristal negro.

—Sí, por favor, quisiera una habitación.

—Me temo que es usted demasiado joven.

Molly estaba cansada, así que le costó mucho poner ojos de hipnotizadora. Pero después de un rato, el recepcionista fue tan maleable como un pedazo de arcilla. Consultó sus libros.

—Me temo, señorita, que todas nuestras habitaciones normales están ocupadas.

—¿Ocupadas? –preguntó Molly con incredulidad–. Pero si aquí debe de haber montones de habitaciones.

—Sí, y todas las 124 habitaciones normales están ocupadas.

—Bueno, ¿y qué hay de las que no son normales?

—Tenemos la suite nupcial, señora, en el último piso.

—Pues esa. ¿Cuánto es?

—Son 3.000 dólares por noche, señorita.

—¿Qué...? ¿Y tengo que pagar por adelantado?

—No, señorita. Usted pagará su cuenta cuando se marche del hotel.

A Molly solo le quedaban 2.963 dólares. Una sola noche en la suite nupcial ya estaba por encima de sus posibilidades, pero se sentía demasiado cansada como para ponerse a buscar otro hotel.

—Ah. Bien, pues la acepto.

—Su pasaporte, por favor –preguntó el recepcionista, pero Molly lo miró fijamente.

—No necesita usted mi pasaporte –dijo. No le gustaba la idea de dejar constancia de quién era, o de cuántos años tenía, en la caja fuerte del hotel.

El hombre salió de detrás del mostrador.

—Sígame, por favor.

Tomaron el ascensor hasta el piso veintiuno y siguieron un pasillo de moqueta amarilla hasta la habitación número 125. El recepcionista abrió la puerta e hizo pasar a Molly y a Pétula.

Molly se sentía como en un sueño.

La habitación era espectacular. De hecho, al tratarse de una suite, había dos enormes habitaciones, una con cortinas de seda de color crema y una gigantesca cama con dosel, y la otra habitación tenía un par de sofás y una mesa baja.

—Ambas habitaciones y el cuarto de baño tienen televisión y equipo de música –explicó el recepcionista, abriendo armarios y descubriendo televisores y cadenas de música ocultos–. Aquí está el minibar, y aquí una lista de los servicios que podemos proporcionarle: desde alquiler de limusinas hasta peluquería, incluyendo un paseo para su perra carlina. El jacuzzi es fácil de accionar y hay piscina y gimnasio en el último piso. El servicio de habitaciones funciona las veinticuatro horas del día, de modo que si necesita algo, no dude en llamar. Gracias, señorita –el recepcionista se inclinó y se marchó.

Molly se quitó los zapatos y saltó sobre la cama.

—¡Yuhu! –gritó, sintiéndose de pronto muy despierta. Pétula se subió también a la cama–. ¿No es maravilloso, Pétula? Mira todo esto. ¿Te lo puedes creer? ¡Ayer estábamos aún en la horrible Hardwick House, y hoy en el hotel más lujoso de Nueva York! –Pétula soltó un ladrido feliz a modo de respuesta y Molly saltó de la cama y abrió la nevera del minibar. Después de servirse un zumo de naranja con cubitos de hielo, y a Pétula un cuenco de agua mineral helada, abrió las ventanas que daban al balcón. Un ruido enorme se coló

139

en la habitación. Bocinas de taxi, de camionetas de reparto, el ruido del camión de la basura, sirenas de coches de policía, gritos y silbidos. Toda la ciudad bullía ruidosa y llena de vida. Molly nunca había estado en un lugar tan ruidoso y tan vivo como Nueva York. Con Pétula bajo el brazo, lo miraba todo desde su balcón.

Era medianoche, pero las calles seguían llenas de coches. A su alrededor, la ciudad se extendía hacia lo alto en una jungla de rascacielos, con coches y taxis amarillos del tamaño de insectos moviéndose por el suelo como por el de un bosque. Molly se preguntó cuánta gente viviría aquí. Y durante un segundo también se preguntó si, tal vez, en algún lugar de la ciudad, entre los millones de neoyorquinos, habría algún familiar suyo. Rocky tenía que estar en alguna parte, ¿pero dónde? Abrazó a Pétula.

—¿Dónde está tu familia, Pétula? –Pétula le lamió la mano–. Sí, Pétula, supongo que tú y yo somos familia. Hoy por hoy, es todo lo que tenemos.

Molly miró a la hormigueante ciudad. Supuso que los neoyorquinos serían tan fáciles de hipnotizar como todas las demás personas. Su truco de los ojos había funcionado con el recepcionista. Con esta habitación que costaba 3.000 dólares por noche, era vital que sus poderes hipnóticos funcionaran. Por supuesto, siempre podía mudarse a un hotel más barato, pero a Molly le gustaba este lugar tan lujoso y quería quedarse aquí. Y de todas maneras, estaba demasiado contenta como para preocuparse por nada de eso ahora.

Molly cerró las ventanas y fue a darse un baño. Puso en el agua todas las botellitas de espuma de baño y cuando la espuma subió, se metió en el agua perfumada. Con el mando a distancia encendió la televisión colocada en la pared. ¡Qué lejos estaba esto del cuarto de baño de Hardwick House lleno de corrientes de aire, donde no hacía nada de tiempo la habían castigado por darse un baño con más de diez centímetros de agua! Soltó una carcajada.

Había cientos de canales de televisión. Molly zapeó feliz. Se encontró con noticieros, debates, programas de música, programas de gimnasia, programas de religión y películas. Y anuncios todo el rato. Molly se dio cuenta de que algunos canales tenían publicidad cada cinco minutos, con casi nada de programa entre anuncio y anuncio. Algunos los repetían una y otra vez. «Compre esto... compre esto... Necesita esto... Verdaderamente necesita esto...».

Mientras Molly veía los anuncios, asombrada por la regularidad de las pausas para la publicidad, por primera vez se dio cuenta de que los anuncios eran como el hipnotismo. Un hipnotismo que convencía a la gente de que comprara cosas. Como si les comieran el cerebro. Tal vez si alguien veía un anuncio que le dijera "necesitas esto" las veces suficientes, acabaría por creer que lo necesitaba de verdad. Luego Molly vio su anuncio favorito, el de Skay, y se sintió reconfortada. Qué cerca estaba ahora de ser una de esas personas tan guays que salían en la playa. Ella también empezó a cantar.

«Con Skay eres tan guay... Con Skay nada puede salirte mal... Todo el mundo te adora porque eres tan Skay.»

El hombre de los ojos azules guiñó un ojo desde la pantalla de televisión. «Cuánto me quieren todos... Y todo gracias a Skay.»

—A mí sí que me van a querer todos –gritó Molly, tirando una toalla a la televisión y apretando el botón del jacuzzi que había en el borde de la bañera. Un

141

segundo después, casi salió despedida del agua. Molly volvió a apretar el botón y las burbujas cesaron. El jacuzzi no le convencía demasiado. Era como si diez monstruos se tirasen pedos en su bañera todos a la vez. Pero dejando de lado el jacuzzi, estaba segura de que podría acostumbrarse a este tipo de vida. La cuestión era, ¿qué iba a hacer para mantenerlo?

Después del baño, Molly se metió entre las sábanas de satén de su cama con dosel para reflexionar. Pero en lugar de eso se quedó dormida al instante, igual que Pétula, que se encontraba tumbada al otro extremo de la cama.

*

A Nockman le quedaban aún cuatro horas para aterrizar en el aeropuerto JFK. En su mente se imaginó a la niña con el libro. La niña que, según le había contado el taxista de Briersville, había actuado delante de cientos de personas y todas ellas habían pensado que era la niña más guapa y que mejor bailaba que habían visto en su vida. Nockman cayó en la cuenta, anonadado, de que los había hipnotizado. No podía creer que una niña tan pequeña pudiera aprender el arte del doctor Logan. Tenía que tener un talento excepcional. Pero su fascinación pronto se convirtió en furia. ¿Cómo se atrevía esta maldita niña a robarle su libro? Pronto le borraría esa sonrisa de la cara. Estaba deseando oír sus disculpas, y esperaba que vinieran acompañadas de lágrimas.

Rechinaba los dientes, furioso. No se le iba a escapar. Iba tras ella. Aunque no había visto bien qué aspecto tenía, estaba seguro de que si se andaba con ojo, la encontraría en Nueva York. Se sacó del bolsillo sus nuevas gafas con la espiral dibujada y las limpió con cuidado. Había leído bastante sobre hipnotismo como para saber que cuando alguien poseía el don, la gente se hallaba impotente ante su mirada. Pero había algo en la espiral de estas gafas que actuaba de escudo contra los ojos hipnóticos. Nockman esperaba que funcionasen de verdad. Otra cosa que iba a necesitar era una máquina distorsionadora de voz, y entonces también estaría a salvo de la voz de Molly.

Atusándose su grasiento bigote, el profesor Nockman se reclinó en su asiento, preguntándose de qué nombre sería inicial la M. ¿De Margaret? ¿De Matilda? ¿De Mavis? Sonrió. Tal vez fuera una buena oportunidad que esa niña hubiese encontrado el libro del hipnotismo. Tal vez ella tuviera mucho más talento del que él podría aspirar nunca a tener. Así, cuando encontrara a esa M. Moon, no tendría más que controlarla, lo cual no podía ser muy difícil. Después de todo, no era más que una niña. Y de pronto el despiadado Nockman cayó en la cuenta de que, lejos de ser su rival, esa M. Moon, quienquiera que fuese, podría ser un regalo caído del cielo. Era seguramente el cómplice perfecto para ayudarle a lograr sus ambiciones. Podía ser su escalera hasta el cielo.

Capítulo 15

Cuando a la mañana siguiente Molly abrió los ojos, la habitación del hotel le causó un buen sobresalto. Su lujo era increíble. La alfombra color crema y las pesadas cortinas de seda le daban la impresión de estar en un anuncio de chocolate. Saltó de la cama, abrió la nevera y sacó una chocolatina Paraíso, cantando la canción de la marca mientras se la comía.

Estoy en el Paraíso, el Paraíso está en mí.
Sabía que el Paraíso estaba hecho para mí.

Luego se puso el albornoz que estaba colgado detrás de la puerta del cuarto de baño. Le quedaba enorme, pero era cálido y muy suave, como las toallas de los anuncios de Dedales. Salió al balcón, esta vez para contemplar Nueva York de día. La ciudad bullía en todas las direcciones. Los edificios parecían aún más altos y Manhattan se le antojó más grande. Una enorme valla publicitaria, de cincuenta metros de altura, estaba enganchada a la pared de un rascacielos. Era una imagen gigantesca de una mujer vestida con una cazadora y unos pantalones vaqueros. Debajo ponía «Siéntete gigante... Con tus vaqueros Diva».

La mujer gigante hacía que Molly se viera extremadamente pequeña. Sintió que tenía todo un enjambre de mariposas revoloteando en su estómago. Desde Briersville se había sentido como en una nube de gloria y, con la cabeza dándole vueltas y vueltas, había llevado a cabo sus atrevidos planes y se había marchado de Inglaterra. Pero ahora, a la luz de la mañana, Molly no se sentía tan segura como el día anterior. Se dio cuenta de que no sabía nada de esta ciudad ni de sus habitantes. No sabía bien cómo abrirse camino. La gente de la ciudad era menos amable y menos paciente que la del campo. Miró allá abajo, a los neoyorquinos que caminaban resueltos. Muy pocos parecían no tener prisa, y casi ninguno se detenía. Molly decidió que debía aprender algo de este lugar antes de poner un pie en él. Pero antes de nada, tenía que desayunar algo, así que llamó al servicio de habitaciones.

Quince minutos después, un camarero muy viejo y muy delgado entró en la suite de Molly empujando una mesa con ruedas. Tenía un mantel blanco, cubiertos, y delicados platos y tazas de porcelana. Había dos jarras brillantes junto a dos bóvedas plateadas que ocultaban el desayuno de Molly. El camarero le tendió una hoja de papel. «Firme aquí, por favor», dijo con una voz temblorosa.

Molly miró la nota. ¡Su desayuno había costado cuarenta y cinco dólares! Suspiró. El camarero permaneció unos segundos en la puerta, como si Molly hubiese olvidado algo. «Oh... gracias –dijo Molly–. Adiós.» El camarero se marchó. En realidad había estado esperando para ver si Molly le daba una propina.

Molly volvió a mirar el papelito con la cuenta y se estremeció. Otro gran enjambre de mariposas amazónicas se apoderó de sus tripas. Nunca había tenido que gastar dinero antes, y ahora que lo hacía, sentía pánico. La razón principal era que se le estaba acabando.

Ya casi se había gastado todo el dinero del premio, y sabía que la cuenta del hotel se iba a comer el resto, y algo más. Sabía que hipnotizar al recepcionista para que le diera la habitación más cara de todo el hotel no había sido una ocurrencia sensata. Y no tenía ni idea de cómo se las iba a agenciar para pagarla.

Además, necesitaba dinero para la vida cotidiana. Para cosas pequeñas, como chicles, helados, caramelos y revistas. No podía ir por Nueva York hipnotizando a todo el mundo para conseguir lo que necesitaba porque, tarde o temprano, alguien descubriría lo que estaba haciendo y entonces se metería en un gran lío.

Sin embargo, Molly no sabía cómo conseguir dinero. No había pensado en ello. El día anterior, 3.000 libras le habían parecido una fortuna.

Las mariposas de Molly se convirtieron en retortijones de hambre. Decidiendo desayunar mientras reflexionaba sobre su dilema, levantó las bóvedas plateadas. Uno de los platos tenía una salchicha. Este era el desayuno de Pétula. El otro tenía cuatro sándwiches de ketchup. En la jarrita de plata había zumo concentrado de naranja que Molly se sirvió en un vaso. La jarra grande estaba llena de chocolate caliente.

Unos segundos después, Molly y Pétula estaban desayunando con avidez.

Pero el desayuno no ayudó a Molly a resolver su problema de dinero. Se relamió los labios llenos de ketchup y reflexionó. Tenía que hacer frente al problema con lógica. Tal vez la televisión pudiera ayudarla. De modo que, poniéndose sus nuevas gafas de sol, Molly y Pétula se prepararon para una sesión maratoniana de televisión, prestando especial atención a los anuncios.

Molly aprendió algunas cosas interesantes sobre cómo vivían los americanos. Vio un anuncio de mantequilla de cacahuete en el que el bote tenía una sección llena de mermelada, o de "gelatina" como la llamó la madre que salía en el anuncio. La señora de cabello amarillo chillón estaba untando generosamente mantequilla de cacahuete en una rebanada de pan.

—Es una tradición que hemos heredado de padres a hijos en nuestra familia durante generaciones –dijo, pasándole el bocadillo a su hija que abría unos ojos como platos–. Era buena para mí cuando era niña...

—Y –dijo la niña, dándole un mordisco al pan– ¡también lo será para mis hijos! ¡A todo el mundo le encanta la mantequilla de cacahuete con gelatina de la Abuela Feliz!

—Buaj –exclamó Molly–. Pues a mí no. A mí me dan ganas de vomitar –y, tomando otro sorbo de zumo de naranja, cambió de canal. Cayó sobre un programa de naturaleza. En la pantalla salía un nido con tres pajaritos dentro, piando para que les dieran de comer. El pajarito del centro era mucho más grande y piaba más fuerte que los otros dos. La voz del comentarista explicaba: «El polluelo de cuco ha salido del cascarón en el nido del tordo. Y ya está creciendo más deprisa que las crías del tordo».

La madre de los tordos volvió al nido con un gusano en el pico. Pero antes de que sus crías tuvieran tiempo de darle un bocadito, el polluelo de cuco se lo arrebató.

«Es asombroso –prosiguió el comentarista– cómo cree la madre de los tordos que la cría de cuco es suya.»

Cuando la madre se alejó volando del nido, el cuco empezó a dar saltitos. Y entonces, con un firme movimiento, empujó fuera del nido a una de las crías de tordo, y después a la otra.

Molly se quedó sin aliento. Así que era verdad que los cucos empujaban fuera del nido a los otros pájaros. Molly oyó en su cabeza la nana de la señora Trinklebury, la cual le hizo sentirse un poco rara. ¿Era ella como esas crías de tordo? Se sentía más como el cuco, por la manera en que se las había agenciado para ganar el premio del concurso de Briersville. La nana de la señora Trinklebury nunca había tenido mucho sentido para ella. Pero ahora, aún menos. Sintiendo un pequeño escalofrío, cambió de canal.

A la hora del almuerzo, a Molly le pareció que los ojos se le habían vuelto rectangulares, como la pantalla del televisor. Se había pasado tres horas zapeando, y ahora sabía mucho más sobre Estados Unidos, pero seguía sin tener ni idea de cómo ganar dinero, y en cuanto a Rocky, Molly no sabía por dónde empezar a buscarlo. Como un globo de helio agujereado, su moral iba quedando cada vez más baja. Tenía la cabeza llena de sentimientos negativos. Había sido una locura venir a Estados Unidos. Una locura tremenda aventurarse en Nueva York. Molly estaba empezando a sentir que se había embarcado en una aventura que le quedaba muy, muy grande.

Se levantó y fue al minibar para servirse algo de beber. Dentro de la nevera había todo tipo de bebidas: botellas pequeñas de whisky, ginebra y vodka, tetrabriks de zumo de naranja, de agua y también latas de Skay. «Sé guay, bebe Skay.» Molly oyó en su cabeza la cancioncilla del anuncio. Skay la ayudaría. Desde luego necesitaba relajarse, necesitaba sentirse guay. Así que cogió una lata y la abrió.

Cuando tragó, se le subieron por la nariz burbujitas con sabor a menta y a frutas. Y cuando se estaba bebiendo la lata, el anuncio de Skay apareció en la pantalla de televisión. Era una maravilla beberse por fin una lata de Skay para ella sola, y ver a la vez el anuncio en la televisión. Molly sonrió.

—Caray, el mundo parece mejor con una lata de Skay en la mano –dijo sonriendo el hombre de los dientes blancos.

—Y tanto –contestó Molly bebiéndose de un trago lo que le quedaba en la lata, y haciéndole al señor del anuncio el signo de la victoria con los dedos. De pronto el mundo sí que parecía mejor. Molly sintió la seguridad de que todo iba a salir bien. Durante un segundo, se sintió como uno de los personajes que salían en el anuncio. Luego eructó y esa sensación se desvaneció. El anuncio mostraba un barniz. Molly se quedó con una lata vacía en la mano y un montón de gas en el estómago.

Molly estaba anonadada. Había llegado a creerse de verdad que una lata de Skay podía ayudarla a resolver sus problemas. Skay y su gente. Con Skay junto a ella, había tenido la seguridad de que sería capaz de cautivar al mundo. Pero en vez de sentirse guay, se sentía acalorada, preocupada y decepcionada. Molly sentía que la gente de su anuncio favorito la había traicionado, y en un relámpago cegador se dio cuenta de que su adoración por ellos y por su mundo no había sido más que una locura. ¡Pero si eran totalmente irreales!

Mientras veía el anuncio siguiente, sobre tiritas, y en el que salía un niño con una herida en la rodilla, Molly pensó que podría trabajar como actriz. Después de todo, la gente que salía en todos esos anuncios no era real, eran actores, y había cientos y cientos de anuncios. Tenía que haber un montón de trabajo. Tal vez incluso consiguiera actuar en un anuncio de Skay. Mientras Molly daba vueltas a esta idea, empezó un nuevo programa.

Un hombre vestido con un traje naranja estaba sentado en un sofá rosa y sujetaba un enorme micrófono en la mano. A su espalda, un gran rótulo luminoso decía «El show de Charlie». El hombre tenía la voz tan grave que parecía como si todas las mañanas hiciera gárgaras con pedruscos.

—Sí, señoras y señores, como les habíamos prometido, hoy está aquí con nosotros. ¡Reciban por favor con un caluroso aplauso a la última estrella de Broadway, Davina Nuttel!

Molly estaba a punto de cambiar de canal, cuando le sorprendió ver que Davina Nuttel era una niña de unos ocho o nueve años muy maquillada. Cuando hizo su aparición en el plató, el público silbó y aplaudió. Y cuando se sentó junto al entrevistador pelirrojo, Charlie, este bramó:

—¡Hola, Davina! ¡Es maravilloso tenerte en nuestro programa!

—Hola, Charlie, para mí también es un placer estar aquí –dijo Davina con una vocecita muy dulce.

—Bien, Davina, vayamos al grano. Estoy seguro de que todos quieren saber qué se siente al ser la estrella de un musical de Broadway.

—Es una sensación fantástica –dijo Davina, con una preciosa sonrisa–. Adoro las canciones, adoro los bailes, adoro la historia. Adoro a los demás actores, adoro al público y adoro estar en Manhattan.

—Debes de tener un corazón enorme para que pueda caberte todo ese amor –dijo Charlie, y el público se rió.

—Bueno, es todo genial, y todo el mundo debería venir a ver el musical –Davina se volvió hacia el público y esbozó una enorme y convincente sonrisa. Molly dio un respingo al ver su rostro. Se parecía un poco a Hazel.

—Vamos a verlo –dijo Charlie. Entonces apareció en la pantalla una serie de imágenes. Primero salió la puerta de un lujoso teatro, con el título del musical, *Estrellas en Marte*, escrito por encima en letras de neón. Un brillante coche negro se detuvo delante y salió Davina Nuttel, vestida con un abrigo de pieles. Luego la cámara enfocó el musical en sí. El escenario parecía la superficie del planeta Marte, llena de grandes rocas. Davina Nuttel llevaba un traje de astronauta rojo y salía bailando claqué y cantando. Era un musical ambientado en el espacio. Salieron más imágenes de otros momentos del espectáculo, una en la que cuatro grandes monstruos de Marte trataban de atacar a Davina Nuttel. Pétula dejó la piedra que estaba chupando y gruñó a los marcianos.

El público del programa de televisión aplaudió, y Molly sintió algo de la excitación que había sentido en el escenario de Briersville cuando el público la había aplaudido.

—Caramba, ha sido fantástico –dijo Charlie.

—Gracias. Se lo debo casi todo a mis cariñosos, maravillosos y sacrificados papás, ¿sabe?

—Aaaaah –dijo el público.

—Y –dijo Davina– a mi manager, Barry Bragg.

—Claro –contestó Charlie–. ¡Aquí lo tenemos!

En la pantalla apareció un hombre con raya en medio y pelo engominado. Tenía las mejillas coloradas, llevaba una chaqueta a cuadros y unas gafas rojas.

—¡Hola, Davina, hola, Charlie! –exclamó.

—¡Hola, Barry! –exclamó a su vez Davina.

—¡Hola, Barry! Barrrrrrry, todos quieren saber cómo descubriste a Davina.

—Bueno, pues ella apareció en mis oficinas de Manhattan, en la calle Derry –dijo Barry entusiasmado–, y me dejó pasmado. Todos sabéis cómo baila y cómo canta, y bueno, vino a mi oficina y bailó y cantó en mi despacho con toda la magia que tiene. Para mí estaba clarísimo que iba a ser una estrella, así que se la presenté al director de *Estrellas en Marte*, y bueno, unos cuantos espectáculos, y aquí estamos.

Davina se rió, agitando juguetonamente sus rizos dorados.

—Mis estrellas de la suerte estaban en el cielo el día que te conocí, Barry –dijo la niña volviéndose hacia Charlie–. Barry conoce a todo el mundo del negocio del espectáculo.

El programa prosiguió y Molly contempló con los ojos brillantes a la gente entrar y salir del plató. Pensó que le apetecería un montón ser actriz durante un tiempo, pero no de anuncios, le parecían muy superficiales comparados con cantar y bailar delante de un público en directo. Le había gustado toda esa adulación y los aplausos en el escenario de Briersville, y le hubiera gustado volver a experimentar todo aquello. Estaba segura de que a las actrices como Davina les pagaban un montón de dinero. ¿Tal vez sería una buena idea conocer a este manager, este tal Barry Bragg? Aunque fuera todo un reto, Molly se sentía segura de poder estar a la altura, sobre todo con sus nuevas habilidades. ¿Y qué había dicho Rocky? ¿Que nunca intentaba hacer nada? Le demostraría que se equivocaba totalmente.

Se levantó y se estiró. Pétula hizo lo mismo. Molly sentía que había encontrado la solución. Este Barry

Bragg, cuya oficina estaba en la calle Derry, dondequiera que se encontrara eso, podía ayudarla a resolver
su problema.

Mientras se vestía tarareaba una canción del musical *Estrellas en Marte*. Sí que era una melodía pega-
diza, y Molly pensó en lo divertido que sería convertirse en la estrella de un espectáculo de Broadway.

Molly se puso su camiseta y su viejo jersey lleno
de rotos. Luego su gastada y pequeña falda gris, se peinó sus rizos y contempló en el espejo su extraño rostro,
arrugando su nariz de patata. Guardó el libro del hipnotismo en la caja fuerte, luego cogió su fino anorak y
silbó a Pétula.

—Venga, Pétula. ¡Vamos a comernos el mundo!

Con su propio destino muy claro en la cabeza, y
dejando atrás cualquier pensamiento sobre Rocky,
Molly salió de la habitación del hotel.

Capítulo 16

A Molly le dio un poco de miedo salir del tranquilo y lujoso hotel a las calles sucias y ajetreadas de Manhattan. Perritos calientes, cebolla, *bagels*, cacahuetes tostados, café, *praetzels*, hamburguesas y pepinillos en vinagre llenaban el aire con sus aromas. Y por todas partes había movimiento de gente y de tráfico. Molly nunca había visto una mezcla así de gente en un mismo sitio; de todos los tipos y colores. Las personas más grandes y gordas que había visto en su vida pasaban al lado de las más delgadas. Los neoyorquinos parecían vestirse exactamente como se sentían, sin importarles nada lo que pensaran los demás. Molly vio a un tipo vestido con perneras de vaquero pasar tambaleándose junto a una enorme mujer con unos pantalones muy cortos de un rosa brillante. Molly se imaginó a la señora Toadley con unos iguales, y sonrió, y pensó también en que la señorita Adderstone podría pasear por aquí con su traje lleno de tijeretazos, sus bragas sobre la cabeza, y la gente solo pensaría que era una nueva moda.

Durante un segundo, Molly se sintió muy pequeña e insegura, pero entonces apareció a sus espaldas uno de los porteros del hotel, con su uniforme dorado y verde.

—¿Taxi, señora?

—Esto... sí, por favor –pidió Molly. El portero abrió la puerta de otro taxi amarillo destartalado, conducido esta vez por un tipo con pinta de mexicano, con un gran bigote negro.

—¿Dónde te llevo, cielo? –preguntó.

—A la calle Derry –dijo Molly con la voz más firme que pudo. Pétula y ella subieron al taxi, y una voz grabada diferente a la del día anterior salió de debajo del asiento y dijo: «Miauuuu, los gatos tienen siete vidas, pero tú no, así que ponte el cinturón». Molly no necesitaba que se lo recordaran, porque este taxista conducía como un loco. Salieron derrapando de la calle del hotel y tomaron por una de las avenidas principales que atravesaban Manhattan en dirección Sur. «Madison Avenue», se leía en un cartel, y el taxista mexicano bajó por ella haciendo eslalon como si estuviera en un juego de ordenador, riéndose como un loco cada vez que por poco chocaba con otro coche. Molly se agarró al asiento y Pétula clavó sus uñas en la tapicería de cuero.

Por encima de ellos, a cada lado, se elevaban los rascacielos, enormes paredes de acero y cristal. Al nivel de la calle, grandes nubes de vapor salían de rejillas colocadas en las aceras.

Molly miró el mapa que había en la parte trasera del asiento del conductor. Era un plano de Manhattan, y vio que casi todas las calles tenían números en lugar de nombres, salvo en la parte sur de la isla, donde tenían nombres como en las otras ciudades que conocía.

Diez minutos y trece dólares más tarde, Molly y Pétula llegaron al laberinto de esas calles, y el taxi las dejó en la que se llamaba Derry. Era una calle llena de edificios de piedra rojiza, de un tamaño más parecido al de los de Briersville, aunque seguían teniendo un aire de gran ciudad. Molly y Pétula avanzaron por la calle, mirando los nombres que había sobre los timbres. Por fin llegaron a una brillante placa de bronce donde se leía: «Agencia Barry Bragg». Molly sintió alivio al ver lo fácil que había sido encontrar al señor Bragg, aunque eso también significaba que ahora no había excusa para no verlo. Se alisó la falda, respiró hondo, y llamó al timbre.

—¿Sí? –por el telefonillo se oyó por fin una temblorosa voz de mujer–. ¿En qué puedo ayudarle?

—He venido a ver al señor Bragg.

—Suba a la quinta planta –la puerta se abrió con un zumbido. Molly y Pétula entraron en un vestíbulo oscuro y cubierto de espejos que olía a esencia de naranja y vainilla. Atravesaron unas brillantes baldosas hasta un pequeño ascensor. Enseguida llegaron a la quinta planta.

—Buenos días –dijo la recepcionista, que parecía una muñeca Barbie. Puso sus ojos de negras pestañas sobre Molly, percatándose de su ropa desaliñada. Luego vio a Pétula–. Ah, es un número con perro, ¿no?

—No.

La recepcionista consultó la agenda del señor Bragg.

—No esperaba a nadie esta mañana –comentó–. ¿Tienes una cita?

—Sí –dijo Molly, pensando en cómo podría conocer al señor Bragg después de verlo en la televisión–. Sí, concerté una cita en persona con el señor Bragg, esta misma mañana.

—Ah, entiendo –dijo la recepcionista. No se le pasó por la cabeza la idea de que Molly pudiera estar mintiendo–. El señor Bragg saldrá dentro de un minuto. Siéntate, por favor.

Molly se sentó a esperar. Ella y Pétula contemplaron fascinadas a la secretaria, que sacó una caja de maquillaje del tamaño de una caja de herramientas, y se pasó diez minutos pintándose su boquita de piñón.

—Bueno, pues gracias por venir –se oyó decir a Barry Bragg con su voz melosa. Su brazo, vestido con un traje color púrpura, abrió la puerta de su despacho para hacer salir a una visita. Un chico con una gran marioneta en forma de pájaro salió con sus padres. Todos sonreían.

—Bueno, gracias por recibirnos –replicó la madre–. ¿Le llamo yo?

—Ha estado fabuloso, fabuloso, fabuloso –dijo Barry Bragg–. Pero no me llame, ya la llamaré yo... Necesito unos cuantos días.

—Gracias, señor –dijo el niño, y el pato dijo–: ¡gacias, jefe!

—Oh, Jimmy... No hay quien lo haga callar –comentó su padre con orgullo.

—Ya lo veo –contestó Barry Bragg, con una sonora carcajada–. Bueno, adiós, y sigue ensayando.

La visita se fue. Barry Bragg se aflojó el nudo de su corbata de pajarita y soltó un suspiro de alivio.

—Madre mía, anda que no está ya vista esta actuación –entonces se percató de que Molly estaba allí–. ¿Has venido a verme a mí? –preguntó, frunciendo el ceño. Miró inquisitivamente a su secretaria.

—Me ha dicho que había concertado una cita con usted –explicó la recepcionista, dándose cuenta entonces de que le habían tomado el pelo.

Molly asintió, armándose de valor para lo que estaba a punto de hacer.

—¿No vienes con... tus padres? –preguntó Barry.

—No –contestó Molly.

—¡Bueno, pues qué novedad más refrescante! –exclamó Barry Bragg–. Déjame que te diga una cosa, lo peor de este trabajo son los padres. Padres prepotentes. Son la pesadilla de mi vida. ¡Caramba, una niña sin padres es siempre bienvenida! ¡Entra!

Esta era la primera vez que no tener padres había estado a favor de Molly. «Gracias, señor Bragg», dijo, entrando en el despacho dorado y púrpura.

—Y bien –comenzó Barry Bragg, echándole un vistazo al aspecto desaliñado de Molly mientras la rodeaba para sentarse a su mesa–, ¿qué tipo de actuación tienes? ¿Algo en plan Cenicienta? ¡Me gusta tu andrajoso atuendo, está muy conseguido, parece real! –abrió una caja de puros. Cuando levantó la tapa, se oyó una voz que cantaba: «Tienes que coger un puñado o dos». Eligió un puro corto y grueso, mordió una punta, que luego escupió por encima de su hombro, y cogió un encendedor con la silueta de Charlie Chaplin. Salió una llama del sombrero de Charlot y, tras inhalar y exhalar el humo del puro, continuó–: Bien, veamos lo que sabes hacer.

Cuando el humo se disipó, dirigió sus ojos azules hacia Molly. Esta tenía un péndulo en la mano, que hacía oscilar despacio de un lado a otro, de un lado a otro, mientras decía con voz suave: «Mire esto».

—Anda, de modo que es hipno... –Barry Bragg trató de terminar su frase, pero no pudo recordar lo que iba a decir. El péndulo era tan hermoso de contemplar... En el centro había una extraña espiral que atraía su mirada–. Es precio... –parecía que ya no podían salir más palabras de su boca, pero no le importaba en absoluto.

Molly dejó de mover el péndulo despacio y sugirió tranquilamente: «Míreme a los ojos».

Y no fue necesario más. Los ojos verdes de Molly amodorraron a Barry en cuestión de segundos. Los ojos del agente se volvieron vidriosos y Molly se puso manos a la obra.

—Barry, ahora está bajo mis órdenes, y hará todo cuanto le diga, ¿está claro? –Barry asintió. Molly sonrió–. Para empezar, quiero que apague ese puro...

*

Media hora después, Barry estaba hablando entusiasmado por teléfono. «Como te lo cuento, Rixey, es fabulosa. Tienes que pasarte a verla.»

Tras un rápido trayecto en taxi desde su apartamento, la productora y directora de *Estrellas en Marte* llegó a la oficina de la calle Derry. Se llamaba Rixey Bloomey y era una de las personalidades más importantes de Nueva York. Tenía 36 años, y era la mujer vestida con la ropa más cara que Molly había visto en su vida. Llevaba un traje de pantalón de cuero negro, botines de piel de cebra, y un bolso a juego. Su cabello tenía tanto volumen como si acabara de salir de un anuncio de champú, sus labios eran carnosos y brillantes (se los había llenado de silicona uno de los mejores cirujanos plásticos de Nueva York), y sus ojos eran intensamente azules. Miró a Molly con recelo.

—Bueno, Barry, sé que me trajiste a Davina –dijo Rixey Bloomy–, pero cariño, esta niña no es ninguna belleza. Mira qué piernas más blancuzas tiene. Encanto, me parece que estás perdiendo el ojo que tenías.

—Es fantástica, es fantástica –insistió Barry–. Hasta Molly reconoce que no es ningún bellezón, pero, ¿no te das cuenta de que tiene algo especial? Tiene magia –Barry Bragg estaba empezando a sudar de puro contento.

Rixey Bloomey parecía anonadada.

—¿Quiere que le enseñe lo que sé hacer? –sugirió Molly.

En lo que se tarda en sacar punta a un par de lápices, tanto Rixey como Barry la estaban mirando con los ojos vidriosos.

—Bien, lo que quiero –ordenó Molly–, es un papel en un gran musical, o en una obra, aquí en Nueva York, y uno que esté bien pagado. ¿Qué tienen?

—Nada –contestó Rixey Bloomey, negando con la cabeza–. Todas las-obras-que-llevamos-nosotros tienen-papeles-para adultos.

Molly se mareó. Tenía que haber algún buen papel para ella. Quería uno. Más que eso, necesitaba uno. No tenía más remedio que ganar algo de dinero.

Entonces vio en la pared la foto de Davina Nuttel. Le volvió a recordar a Hazel. Davina tenía la misma mirada desdeñosa. Recuerdos de Hazel portándose mal con ella cruzaron por su mente.

—Muy bien, pues entonces me quedo el papel de Davina Nuttel en *Estrellas en Marte* –dijo.

Hubo un silencio.

—Eso podría ser posible.

—Si tú lo dices –dijo Rixey.

—Bien –contestó Molly–. Me aprenderé sus canciones, sus bailes... ah, y quiero que mi perrita salga en el musical.

—No hay-papeles-para-perros en-el-espectáculo; está-ambientado-en-Marte –dijo Rixey Bloomy.

160

—Bueno, pues invéntenle un papel –replicó Molly–. Y diséñenle unos cuantos trajes de astronauta –Pétula miró a Molly como si le gustara la idea–. Y necesito que paguen todas mis facturas del hotel –prosiguió Molly–. Quiero cobrar el doble que Davina Nuttel. Y... ¿eso cuánto sería?

—Cuarenta-mil-dólares-al mes.

—Mmm –acertó a decir Molly–, sí, bueno, eso es lo que deben pagarme. Y quiero muchísima ropa nueva, porque como pueden ver, la mía es un poco cutre, y me gustaría un coche con chófer que me espere a todas horas, y ya que estamos, quiero que sea un Rolls Royce. Y quiero un abastecimiento inagotable de caramelos. Más tarde le diré cuáles son los que prefiero. Y otra cosa muy importante: tengo que conocer una por una a todas las personas que intervienen en el espectáculo, antes de que empecemos a actuar, y a todas las personas que trabajan entre bastidores, y cuando digo a todas, es a todas... ¿Ha quedado claro?

Los dos neoyorquinos asintieron.

—Y por último, no quiero conocer a Davina Nuttel. ¿Tienen algún otro espectáculo donde puedan meterla?

—No.

—Oh, bueno, da igual... ¿Y por qué quiero todo esto? –preguntó Molly, echándose para atrás en su asiento para mirar con orgullo a las dos marionetas que había creado.

—Porque eres la niña con más talento que ha pisado Broadway –suspiró Barry.

—Porque eres un genio –asintió Rixey Bloomy.

Molly se estremeció. Este iba a ser un desafío colosal. Esperaba estar a la altura.

Capítulo 17

¡Todo había resultado tan fácil!

A las cuatro en punto de aquella tarde, Molly estaba bailando en su habitación de hotel, comiendo gominolas y cantando al son de la música de *Estrellas en Marte*. Las canciones eran fáciles de aprender.

Esparcidas a su alrededor había cajas abiertas llenas a rebosar de ropa nueva. Rixey la había elegido y la había mandado al hotel, y Molly se había pasado la tarde probándose chaquetas, vestidos, pantalones y zapatos. La mesita de café era ahora una mesita de golosinas, con dos grandes contenedores llenos de caramelos de todas las clases, y otro lleno de nubes de mil colores.

Pétula se había puesto a vigilar el balcón, ladrando a las escuálidas palomas cada vez que se posaban. Tras la última canción, Molly apagó el radiocasete y se tumbó en la cama, con sus vaqueros nuevos y una camiseta preciosa con una brillante luna dibujada. Deseaba poder contarle a alguien todo aquello. Especialmente a Rocky. A lo mejor ya había llamado a la señorita Adderstone y le había dejado su nueva dirección. En Inglaterra serían cinco horas más tarde –las nueve de la noche– con lo que la señorita Adderstone todavía no se habría acostado. Molly cogió el teléfono y marcó el número. Tras tres timbrazos, contestaron:

—Buenas noches, Orfanato Hardwick –dijo la voz conocida de Gerry.

—Hola, Gerry –dijo Molly.

—¡Molly! Molly, ¿dónde estás? ¡Adderstone dijo que te habías ido en un avión! ¿Ha sido chulo?

—Estoy en Nueva York –contestó Molly, pensando en lo impresionante que sonaba aquello–. Y el avión molaba un montón. Pero oye, ¿puedo hablar con la señorita Adderstone?

—Adderstone se ha ido.

—¿Se ha ido de compras? ¿Se ha ido a que le quiten los juanetes? ¿Cuándo vuelve?

—Ya no va a volver más –contestó Gerry, susurrando de pronto–. Se ha ido, y Edna también. Adderstone dijo que de ahora en adelante querían ser buenas con los niños, así que nos dejaban solos para que no tuviéramos a nadie que nos mandara y pudiéramos hacer todo lo que nosotros quisiéramos.

Esta era la peor noticia que Molly esperaba oír.

—¿Y por qué susurras, Gerry?

—Porque Hazel está cerca, en el pasillo. Ahora la que manda es ella, ¿sabes?, y... me tengo que ir... ¡adiós!

La línea se cortó. Molly volvió a marcar, pero esta vez daba comunicando. La idea de que Hazel estuviera ahora al cargo del orfanato era horrorosa, pero entonces se imaginó que la señora Trinklebury lo supervisaría todo, y se quedó tranquila. Se preguntaba dónde habrían ido la señorita Adderstone y Edna, y se sintió responsable. Esperaba que no estuvieran haciendo nada peligroso. Se imaginó a la señorita Adderstone cortándole la ropa a la gente, y a Edna pegando a todo el que no le gustara Italia.

Pero peor que la idea de que se hubieran perdido la señorita Adderstone y Edna era el hecho de que ahora Molly tal vez no encontrara nunca Rocky, a no ser que este llamara al orfanato y preguntara por ella. Molly volvió a llamar una vez más.

Gerry volvió a coger el teléfono.

—Hola, soy Molly.

—Hola, Molly –dijo Gerry en un susurro–. Mira, Molly, lo que pasa es que se supone que yo no debo coger el teléfono. Hazel se enfada mucho. Tengo que colgar enseguida.

—Gerry, espera, antes de que lo hagas, quiero darte mi número aquí en Nueva York. Por si llama Rocky. Es importante. ¿Tienes un boli?

—Esto... sí, creo que tengo uno en el bolsillo, junto a mi ratón. No, no, Dentón, tú te quedas aquí... perdona, Molly, es que casi se me escapa Dentón... Ah, sí, aquí tengo un boli y, bueno, un trozo de papel.

—Vale –dijo Molly, y empezó a darle su número en el Hotel Bellingham. Se oyó un ruido en la línea–. Y si llama Rocky, dale este número, o dáselo a Hazel, para que si habla con Rocky, pueda...

—Tengo que colgar, Molly. Hazel no está de buen humor, y no quiero que me pille. Adiós –se oyó un clic.

—Adiós –dijo Molly, nada convencida de que Gerry le diera bien su recado a nadie.

Pero su preocupación no duró mucho. Molly miró una caja de ropa y se maravilló de lo rápido que se estaban haciendo realidad sus sueños. Estaba a punto de hacerse rica. Pronto sería también muy famosa y, a los ojos de los demás, incluso guapa.

*

Pétula miró por un hueco de la balaustrada de piedra del balcón, para ver cómo empezaban a encenderse las luces de noviembre en la ciudad. Si hubiese tenido ojos mágicos con rayos X, habría visto que a veinticinco manzanas de allí, en una habitación barata y desastrosa, donde solía pasar gran parte de su tiempo, el sospechoso profesor Nockman estaba tumbado en una cama, roncando, bajo la única luz de una bombilla que colgaba del techo. Su casa estaba justo al lado de una vía férrea y la bombilla temblaba cada vez que pasaba un tren. Había periódicos por todo el suelo de la habitación y encima de la cama. El profesor Nockman se apostaba cualquier cosa a que, quienquiera que fuera esa M. Moon, tarde o temprano saldría en todos los periódicos por haber hecho algo extraordinario. Y como un perro sabueso (aunque con mucha peor pinta) estaba dispuesto a seguirle la pista. Se había pasado el día buscando en los periódicos y en la calle historias de una niña increíble, e incluso había visitado algunos hoteles, pero en cada ocasión le habían pedido que dejara de acechar en el vestíbulo y que se marchara.

En sueños volvía a ver a la niña, sentada en la parte de atrás del minibús, con el libro del hipnotismo en su regazo y a su lado una perrita. El profesor Nockman gruñía cuando tenía ese sueño.

En el balcón, Pétula husmeó el aire. En algún lugar de la ciudad, muy lejos de allí, alguien estaba pensando en ella, lo sabía. Y no le gustaba ese pensamiento. Pétula ladró, luego se estremeció y entró en la habitación. Saltó sobre la cama de Molly, y metió el hocico entre las sábanas para encontrar una de sus piedras.

Molly tuvo una pesadilla. Soñó que era un gran cuco feo, perdido en el bosque y sin amigos. A su alrededor,

resonaba entre las ramas la nana de la señora Trinklebury, como si los árboles la estuvieran cantando.

Perdonad, pajaritos, a ese cuco marrón
que os empujó fuera del nido.
Es lo que su mamá le enseñó
Ella pensaba que era lo debido.

Todos los otros pájaros no hacían caso a Molly y
se escondían de ella. Algunos tenían las caras de los
niños más pequeños del orfanato. Cuando Molly avanzó hacia ellos, salieron volando. En el sueño Molly se
sentía desesperadamente sola. Buscaba a Rocky e intentó llamarlo en voz alta, pero lo único que salió de su
pico fue un chillido.

Al día siguiente, sin embargo, olvidó enseguida la
tristeza de su sueño porque tenía mucho trabajo que
hacer, y mucho dinero que ganar. Empezaban ya los
ensayos para *Estrellas en Marte*, y Molly no tenía tiempo de añorar a su amigo.

Capítulo 18

El Teatro Manhattan, donde se representaba *Estrellas en Marte*, cerró de pronto sus puertas. Ninguno de los periódicos sabía la razón. Habían puesto de patitas en la calle a Davina Nuttel, y habían hecho jurar mantener el secreto a todo el personal del teatro. Molly se aseguró muy bien de que nadie abriera la boca, y se pasó toda su primera mañana reuniéndose en privado con ellos. Molly conoció e hipnotizó a todas y cada una de las personas que trabajaban en el musical: el director de la orquesta, los músicos, los que vendían las entradas, los que vendían helados, los técnicos de luces, los tramoyistas, los maquilladores, los demás actores y el chico que barría el escenario. Todos pensaban que Molly era maravillosa.

Entonces empezaron los ensayos.

Para su sorpresa, Molly descubrió que eran verdaderamente divertidos. Y estaba decidida a poner cuanto estuviera en su mano para hacerlo bien. Por supuesto, hiciera lo que hiciera, el resto del elenco pensaba que era fantástica. Cuando desafinaba, nadie se daba cuenta.

Cuando se equivocaba en los pasos de baile, a nadie le importaba. Bailaba fatal claqué, pero todos pensaban que lo hacía genial.

Pétula también se lo pasaba bien. Estaba preciosa vestida con un traje de astronauta rojo, y ella también bailaba. Pero no era de extrañar que no le gustaran nada los monstruos marcianos. Eran gigantescos, como enormes pimientos verdes con antenas, del tamaño de árboles de Navidad, y andaban, porque dentro había actores. Para Pétula no eran más que problemas, especialmente cuando atacaban a Molly. Les ladraba sin parar, y luego mordió a uno en el tobillo. Se decidió a mantener a Pétula lejos de los monstruos marcianos, tanto dentro como fuera del escenario.

Los ensayos empezaban todas las mañanas a las diez, con una breve pausa para almorzar, y luego continuaban toda la tarde. Molly tuvo que aprender su lugar en el escenario, a bailar, a cantar, y a recitar su papel.

Y de pronto, el tercer día de ensayos vino alguien a quien Molly no esperaba.

Estaba en su camerino cuando oyó una horrible voz chillona que preguntó en el pasillo:

—¿DÓNDE ESTÁAAA?

—Está ahí dentro, señorita Davina –dijo comprensivamente una chica del coro vestida de lentejuelas–. Pero, Davina, no te pongas así... Cuando la conozcas comprenderás por qué... Quiero decir que te gustará.

—¿QUE ME GUSTARÁ? –gritó furiosa la voz–. ¿QUE ME GUSTARÁ...? ME HA ARRUINADO LA CARRERA. Me ha robado lo que es mío. ¿Qué os pasa a todos? A Rixey, a Barry, a todos vosotros... Sabéis que yo hice que este espectáculo fuera lo que es.

La corista gimió: «Perdona, Davina, pero...».

Cuando Davina entró como una fiera en el camerino de Molly, esta estaba preparada para recibirla.

—Bueno –dijo Davina, cerrando la puerta con un sonoro portazo, y dando una patada en el suelo con su bota de tacón alto–. ¿Quién te crees que eres? ¿Cómo te atreves? –entonces se quedó boquiabierta–. ¿Tú eres Molly Moon? –preguntó incrédula.

Molly miró a Davina, el prodigio de la canción y del baile, la estrella cuyo espectáculo gustaba a todo el mundo, y quedó fascinada. Porque, vista de cerca, Davina no parecía nada especial. Sin maquillaje su cara era pálida y enfermiza. Su cabello era rubio, pero lacio y grasiento. Sus ojos eran saltones y tenían ojeras grises. Pero su ropa sí llamaba la atención. Iba vestida de terciopelo color púrpura, con botas de ante púrpura y tacón alto, y al cuello llevaba un collar con piedras verdes. Molly llevaba un traje de astronauta que se estaba probando para ver si le quedaba bien de talla.

—Pe-pero si eres de lo más corriente –dijo Davina, atónita.

—Tú también –contestó Molly, igual de pasmada.

—Me dijeron que eras muy, muy especial –siguió diciendo Davina, demasiado anonadada como para oír la respuesta de Molly–. ¿Cómo puede alguien tan corriente y con esa nariz de patata quedarse con mi papel? –Davina Nuttel se quedó sobrecogida un momento. Entonces, rechinando los dientes, dio un paso hacia Molly y dijo con una voz tranquila y cautivadora–: Ese es mi traje, creo que sería mejor que me lo devolvieras –sus ojos miraban fijamente a los de Molly.

Molly le devolvió tranquilamente la mirada y se percató de pronto de que las pupilas de Davina Nuttel eran enormes. De hecho, más que enormes, eran oscuras y en forma de espiral, como remolinos negros girando. Molly se sintió incómoda, como si el suelo estuviera desapareciendo bajo sus pies. Se concentró rápidamente y lanzó a Davina una heladora mirada con sus ojos hipnóticos. Pero a Molly le sorprendió comprobar, mientras aumentaba al máximo la intensidad de su mirada, que los ojos de Davina la atraían con mucha fuerza. Empleando cada gramo de su habilidad, Molly se mantuvo firme, hasta que volvió a sentir el suelo bajo sus pies.

Qué enorme sorpresa. Davina tenía el don. También sabía bailar y cantar, pero además, tenía el don. Tenía el don sin saber muy bien lo que era. No lo tenía tan afinado como Molly, pero era obvio que utilizaba su poder con otras personas, para influenciarlas y cautivarlas. Molly casi sintió que le apetecía hacerse amiga de Davina. Podría enseñarla, y entonces se harían compañeras. ¡Serían invencibles! Pero esas ideas desaparecieron de su cabeza cuando oyó lo que decía Davina:

—Eres tan corrientucha, tan fea incluso... No eres el tipo de niña que a la gente le gusta ver bailar sobre un escenario, te va a salir todo muy mal, así que, ¿por qué no abandonas? No estás hecha para el estrellato, eres demasiado sosa, no tienes ningún carisma y tu perra es repugnante.

Pétula gimió, y Molly aumentó la potencia de sus ojos. Pero Davina le devolvió una mirada furiosa. Era una lucha entre unos ojos azules y otros verdes. A Molly empezaron a sudarle las manos. Se estaba concentrando tanto en su mirada, que no podía ni pensar en emplear la voz. Empezó a preocuparse de que no consiguiera ganar. Y cuando ese pensamiento negativo invadió su mente, se volvió más débil. Se preguntó qué pasaría si Davina conseguía hipnotizarla a ella. Podría robarle todos sus poderes y dejarla sin nada. Molly se imaginó a sí misma como una vagabunda, en las calles de Nueva York, perdida y confusa, con una mente que

Davina habría dejado en blanco. Era un futuro demasiado horrible y sintió tanto miedo, que el propio susto le dio un arranque de energía. Con una tremenda mirada que hizo que se le pusieran todos los pelos de punta, la tensión se disolvió y Molly ganó.

Davina apartó la mirada. Con una voz temblorosa, dijo:

—No sé cómo lo has hecho. Tal vez hayas vencido a todos los demás, pero a mí no me vencerás. No eres más que una paleta fea y llena de granos –estallando en sonoros sollozos, y sabiendo que había perdido, Davina se alejó tambaleándose.

Molly estaba agotada del enfrentamiento y anonadada. Nunca se había imaginado conocer a alguien que tuviera el don, y estaba sorprendida consigo misma por no haber estado preparada. Debería haberse imaginado que existían otras personas así. Molly se preguntó cuántas personas habría en Nueva York que, como Davina, utilizaban sin saberlo sus poderes en bruto para salirse con la suya y conseguir cosas. Entonces, Molly se preguntó cuántas habría que sí sabían exactamente lo que estaban haciendo. Especuló sobre cuántos ejemplares del libro de Logan habría. Tal vez había personas hipnotizando por la ciudad, y quizás eran aún mejores que Molly. Todos estos pensamientos le hacían sentirse muy insegura. Pero afortunadamente, llamaron a la puerta, y esa distracción la alivió un poco. Rixey asomó en el camerino su cara que parecía de plástico. Esbozó una dulce sonrisa:

—¿Estás preparada para ensayar, mi queridísima Molly?

*

Aquella noche, el *New York Tribune* tenía unos sorprendentes titulares.

PELEA EN BROADWAY
Davina Nuttel deja paso a una nueva estrella

El profesor Nockman se compró un periódico y lo leyó con avidez apostado en una esquina. De modo que se llamaba Molly Moon y actuaba en un musical de Broadway. ¡Fantástico! Nockman sintió como si acabara de encenderse una luz verde que lo invitaba a avanzar. Por fin ya no tendría que buscarla a tientas en la oscuridad. Sobre esta Molly Moon brillaba una luz tan grande que ya no podría volver a perderla de vista. ¡Era genial! El profesor Nockman estaba impaciente por conocerla.

No le llevó mucho tiempo descubrir que la señorita Molly Moon estaba viviendo a lo grande en el Hotel Bellingham. Aparcando su camioneta blanca y oxidada al otro lado de la acera del hotel de Molly, se sentó muy erguido, comiéndose sus largas uñas a causa de los nervios mientras esperaba para sorprender a su presa.

Para cuando Molly apareció, ya tenía todas las uñas mordisqueadas. Llevaba toda la noche en esa ruinosa camioneta, acurrucado debajo de su pelliza, tratando de calentarse con una pequeña estufa que había conectado al enchufe del encendedor de coche. Durmió a trompicones, espiando obsesivamente la puerta del hotel.

Cuando empezó a despuntar el día, un Rolls Royce aparcó delante del hotel. Nockman se desperezó y limpió el vaho de las ventanillas para ver mejor. El portero le estaba abriendo a alguien la puerta del hotel. Nockman entrecerró los ojos y por fin vio a Molly Moon.

Bajaba los escalones dirigiéndose a su coche. Llevaba un suave abrigo de armiño blanco, con un gorro de piel a juego, y unas botas de piel sin tacón de color crema que le llegaban hasta las rodillas. Parecía una estrella de cine, muy diferente a la niña desaliñada que Nockman había visto en Briersville.

Nockman empezaba a respetar a esa niña provinciana. Estaba asombrado e impresionado de la velocidad a la que había triunfado. Tenía un talento excepcional y estaba seguro de que era la única persona de Nueva York que conocía su secreto.

Desde esa mañana, el profesor Nockman no perdió de vista los movimientos de Molly por la ciudad. La siguió cuando se fue de compras acompañada por sus guardaespaldas, y vio cómo se iban amontonando en su Rolls Royce las bolsas y los paquetes. La esperó mientras pasaba el día en parques de atracciones gastándose una fortuna. Esperó en la puerta de restaurantes fabulosos mientras Molly probaba las cocinas de todo el mundo con Rixey o con Barry. Y cuanto más la miraba, más convencido se sentía de que estaba en lo cierto sobre el poder hipnótico. Era obvio que esta Molly Moon tenía a todo el mundo cautivado.

Nockman llevaba años deseando aprender a hipnotizar, desde que una anciana señora rica a la que había conocido en un café le había hablado del libro del hipnotismo. Había descubierto que la nonagenaria era pariente del doctor Logan, el gran hipnotizador, y lo que es más, había heredado todo su dinero. En su suntuoso piso, le había enseñado una intrigante carta de la bibliotecaria de Briersville en la que describía el libro del hipnotismo.

«Si ese libro cayera en las manos equivocadas», había dicho la anciana, «quién sabe lo que podría ocurrir en el mundo.» Desde ese momento, Nockman esperaba que esas manos equivocadas fueran las suyas. Se convenció de que, si podía hacerse con el libro, podría llevar a cabo los delitos más ambiciosos de su carrera, que llevaba ya cierto tiempo planeando. Porque Nockman no era ningún intelectual interesado en estudiar la hipnosis. No era un verdadero profesor, sino un granuja profesional. Con mucha experiencia a sus espaldas.

Nockman tenía horas que matar en su camioneta; horas en las que saborear lo contento que estaba de que todos sus esfuerzos hubieran dado su fruto. En cierta manera, que Molly Moon hubiera encontrado el libro había sido una buena cosa. Porque ahora, si la atrapaba, podría muy pronto lanzarse a la Súper Liga del Crimen. Nockman se lamió glotonamente los labios. Ahora sabía que se iba a convertir en el delincuente más grande de todos los tiempos.

Mientras dormitaba en su camioneta, se imaginó la cantidad de dinero que estaría ganando Molly Moon, y soltó un murmullo de aprobación. Se dormía y se despertaba, fantaseando que él también tenía poderes hipnóticos, soñando con lo poderoso que podría ser. Se veía a sí mismo vestido para jugar al golf, en un campo junto a una enorme mansión, con una doncella trayéndole el té. Se veía a sí mismo en un lujoso yate, con una tripulación de diez hombres con uniforme, navegando alrededor de Nueva York. Se imaginaba a sí mismo durmiendo sobre un montón de billetes, abrazado a *El Libro del Hipnotismo*.

Un día, al amanecer, Nockman se despertó y vio que estaban colocando una enorme valla publicitaria en una pared del rascacielos al lado del Hotel Bellingham. En la valla había una fotografía gigante de una

174

Molly Moon de cincuenta metros de estatura, vestida con un traje de astronauta, con su perra en brazos, que también iba vestida con un traje espacial. Nockman se rió contento. ¡Esa niña era un genio! Y cuanto mejor se le diera el hipnotismo, mejor sería para él.

Capítulo 19

Después de su encuentro con Davina Nuttel, Molly dio estrictas instrucciones de que no se dejara pasar a nadie durante los ensayos. Por supuesto, sus instrucciones fueron diligentemente obedecidas.

Siempre que Molly se marchaba del teatro, o llegaba al Hotel Bellingham, había un corrillo de periodistas disparando flashes. Molly sonreía enigmáticamente detrás de sus gafas oscuras mientras entraba o salía de su Rolls Royce con chófer, pero nunca les dirigía la palabra.

Por toda la ciudad se hablaba de la misteriosa Molly, especulando sobre quién era y de dónde venía. El misterio que la rodeaba la hacía aún más interesante, y todo el mundo quería ver fotos suyas en los periódicos. Uno de ellos la bautizó "El Cuco", porque le había robado el papel a Davina, y los programas de televisión mandaban periodistas para que intentaran entrevistarla, aunque sin éxito.

Davina Nuttel salió en la televisión para quejarse de lo mal que la habían tratado.

Charlie Chat llamó una y otra vez a la agencia de Barry Bragg para suplicar que le concedieran una entrevista exclusiva con esta tal Molly Moon en su show televisivo. Barry Bragg dijo que tal vez fuera posible si estuvieran dispuestos a pagar bien.

Mientras la imaginación de Nockman se disparaba dentro de su camioneta, el sarpullido se le extendió por todo el cuello y la cara. Se sentía impaciente por atrapar a Molly.

Pero estaba resultando muy difícil acercarse siquiera a ella.

Siempre había gente dondequiera que fuera. Era exasperante. Lo único que podía hacer era observar y esperar a que surgiera su oportunidad. Tal vez después de la noche del estreno Molly empezara a conceder entrevistas y él pudiera hacerse pasar por un periodista. Trató de relajarse, pero Nockman era impaciente por naturaleza y la situación lo estaba sacando de sus casillas. Le preocupaba que alguien más descubriera el secreto de Molly. Permanecía sentado en su camioneta blanca, fumando, comiendo galletitas de queso y mirando con recelo a otros coches aparcados. La camioneta estaba llena de desperdicios, y los envoltorios de toda la comida basura que había estado tomando olían mal. Él olía peor que nunca. Ahora, además del olor a grasa, a pescado y a tabaco, estaba la peste a loción de afeitado barata que se había puesto para disimular su olor a sudor. De vez en cuando volvía a su habitación junto a las vías del tren para darse una ducha; pero no demasiado a menudo, porque odiaba perder de vista a Molly ni siquiera un momento. Conforme iban pasando los días, pensaba en ella de forma más obsesiva.

Tenía sentimientos contradictorios hacia ella. Estaba celoso porque Molly había encontrado primero el libro del hipnotismo y había aprendido los trucos para hipnotizar, pero también porque se estaba pegando la gran vida, mientras él vivía de forma miserable en una camioneta ruinosa. Al mismo tiempo le maravillaba su talento; y puesto que la consideraba de su propiedad, también saboreaba su salto hacia la fama. Para mantenerse cuerdo, acariciaba el escorpión de oro que colgaba de su cuello y repetía una y otra vez un mantra que decía:

Cuanto mejor le vaya a ella, mejor me irá a mí.
Cuanto mejor le vaya a ella, mejor me irá a mí.
Cuanto mejor le vaya a ella, mejor me irá a mí.
Cuanto mejor le vaya a ella, mejor me irá a mí.

En cuanto a su perra, la odiaba. Esa carlina era un animal tan petulante, una perra fea y altiva que la seguía trotando a todas partes. Nockman pensó con envidia en la cama lujosa de Pétula y en sus buenas cenas. Caramba, esa perra era la compañera de Molly Moon y su mejor amiga. Seguro que era capaz de hacer cualquier cosa por ella... Y entonces, cuando Nockman pensaba en Pétula, se le empezó a ocurrir una idea genial. Su naturaleza manipuladora se llenó de gozo, ayudando a su pensamiento. ¿Por qué no había visto antes el valor de la perra? ¡Pero bueno, si la perra era la llave para llegar al corazón de Molly! Nockman sonrió acariciándose la papada. Se rascó el sarpullido del cuello, disparando escamas de piel sobre el salpicadero de la camioneta. Entonces, pensando en Molly, esparció las escamas por la superficie de plástico mientras su mente ideaba un malvado plan. Por fin veía la manera de progresar.

Capítulo 20

Noviembre dejó paso a diciembre y las temperaturas en Nueva York cayeron en picado mientras el invierno iba hincándole el diente a la ciudad. Molly no había tenido tiempo de pensar en Rocky pues, cuando no estaba trabajando duro en el musical, estaba ocupada disfrutando de su fama y su fortuna. No había parado de hacer cosas en la ciudad, siempre con un par de guardaespaldas que mantenían a los periodistas alejados de ella. Molly se lo había pasado pipa yendo de compras, al cine, y haciendo turismo por Nueva York. Había ido a una peluquería exclusiva donde le habían cortado muy bien el pelo, con lo que ya no parecía una niña de orfanato, y había ido diez veces a una estilista, que la había llenado de cremas y potingues hasta que su piel quedó radiante. Aunque seguían sudándole las manos, tenían mucho mejor aspecto después de caras sesiones de manicura. Sus uñas tenían ahora una forma perfecta de media luna.

Molly adoraba su nueva vida. Le encantaba que le hicieran tanto caso y la trataran con reverencia. Ya no entendía cómo la gente podía vivir de otra manera. Era mucho más fácil cuando todo el mundo te adoraba. Y cuanto más vivía Molly esta vida, más pensaba que se la merecía. Es más, empezó a pensar que la gente no solo la admiraba porque la hubiera hipnotizado. Sospechaba que tenía de verdad "madera de estrella". Lo único que pasaba era que en Hardwick House todos eran demasiado ignorantes para darse cuenta de ello.

Después de dos semanas de ensayos a todas horas y de no parar de practicar, llegó la noche del estreno de la nueva producción de *Estrellas en Marte*. El letrero rosa fluorescente en la puerta del teatro indicaba:

ESTRELLAS EN MARTE
CON LA ACTUACIÓN DE
MOLLY MOON
Y
SU PERRA PÉTULA

Entre bastidores, Molly estaba sentada en su camerino atiborrado de cosas, muerta de nervios, con Pétula sobre su regazo. Ambas llevaban monos plateados de cosmonauta. Molly tenía la cara llena de maquillaje, para que no le brillara bajo los potentes focos del escenario. Tenía los ojos perfilados de negro para que resaltaran, y le habían aplicado colorete en las mejillas. Habían cepillado bien a Pétula, y a las dos les habían puesto purpurina en el pelo. El resto de su vestuario, monos espaciales de neopreno, y sus trajes de baile con lentejuelas, estaban colgados de una barra de acero. En cada rinconcito libre había jarrones con flores; los habían mandado todas las personas que querían a Molly. Rixey llamó a la puerta y asomó la cabeza.

—El telón se levanta dentro de veinte minutos, Molly. ¿Cómo estás?

—Bien, bien –mintió Molly.

—Bueno, pues buena suerte, aunque no la necesitas, eres una estrella, Molly, una brillante estrella, y todos lo verán esta noche. Nueva York te va a adorar.

—Gracias –dijo Molly, dándole un vuelco el estómago. Rixey desapareció.

—Caray, Pétula, ¿qué he hecho? –gimió Molly. Ahora, la idea de hacer fortuna actuando en un musical de Broadway no le parecía nada divertida. Estaba mil veces más nerviosa que antes del concurso de habilidades de Briersville. Le aterraba pensar en el público que acudiría esa noche. Un público formado por neoyorquinos cosmopolitas, difíciles de contentar y dispuestos a mostrar su desdén. Sabía que el público de esa noche sería escéptico, crítico, agresivo y muy, muy difícil de entusiasmar... y mucho, peor que eso, difícil de hipnotizar. Molly recordó lo duro que había sido vencer a Davina. Tal vez habría expertos hipnotizadores entre el público. Ese tipo de hipnotizadores terapéuticos que ayudan a la gente a dejar de fumar. Molly trató de animarse. ¿En qué estaba pensando? Claro que sería mucho mejor que ellos. Solo esperaba que la nueva escena que había incorporado al principio del musical, con los nuevos accesorios escénicos, le pusiera las cosas más fáciles.

—Quince minutos para que empiece la función –anunciaron por los altavoces.

Molly se sacó el péndulo del bolsillo y se quedó mirando su espiral negra. «Lo voy a hacer, lo voy a hacer», se repetía a sí misma, una y otra vez, y besó el péndulo para que le diera suerte metiéndoselo de nuevo en el bolsillo de su mono espacial.

181

Molly y Pétula recorrieron el pasillo y subieron las escaleras que daban a un lateral del escenario. A través del telón Molly podía oír el murmullo del público. Empezaron a sudarle las manos, y a latirle muy rápido el corazón. «Buena suerte, buena suerte», oyó decir a la gente. Se colocó en la carlinga de un cohete espacial que había en el centro del escenario, lista para despegar. «Diez minutos para que empiece», le susurró alguien. A Molly se le encogió el estómago. Resultaba difícil concentrarse.

La orquesta empezó a tocar la obertura; pequeños fragmentos musicales de canciones del espectáculo. El público calló para escuchar. Molly bajó la cabeza, que sentía abotargada y como llena de algodón. «Vamos, Molly, tú puedes hacerlo», se dijo a sí misma en voz baja y temblorosa.

Entonces la obertura terminó, y por mucho que Molly deseara que el tiempo se detuviera, el espectáculo comenzó. Con un redoble de tambores, el telón se levantó.

El público contenía la respiración y se comía con los ojos a Molly Moon. "El Cuco". Ahí estaba por fin, la nueva estrella del espectáculo, en la carlinga de un enorme cohete espacial, con la perrita Pétula sentada junto a ella.

Una voz profunda retumbó por el altavoz:

—Aquí control de tierra llamando a la comandante Wilbur, ¿me recibe? Todo listo para despegar.

La comandante Wilbur, con los ojos cerrados, contestó: «Preparada».

Entonces, lentamente, una enorme ventana de cristal empezó a bajar delante del cohete.

Esta era la nueva parte del espectáculo que había añadido Molly, porque esta ventana no era una ventana normal y corriente, sino una enorme lupa que el teatro había encargado especialmente a la NASA, la agencia aeroespacial norteamericana, y le había costado una fortuna. Y mientras caía despacio delante de Molly, la agrandó tanto que se convirtió en una gigante. El centro de la lupa era la parte de más aumento, y cuando Molly se inclinó hacia el centro, sus ojos cerrados se volvieron ochenta veces más grandes.

Ese detalle quedaba bien, y los murmullos de aprobación llenaron el teatro. Al público neoyorquino le gustó esa sorpresa y se relajó, mientras todo el escenario se oscureció, salvo un foco que iluminaba los ojos de Molly.

—Diez –la voz del controlador retumbó por el altavoz.

—Nueve... ocho...

—Motores preparados –dijo la comandante Wilbur.

—Siete... seis... cinco... –respondió el control de tierra.

—Ignición –dijo la comandante Wilbur.

—Cuatro... tres... dos... uno... Despegamos.

El rugido de los motores del cohete inundó el teatro. Se encendieron unas luces naranjas alrededor de la carlinga que imitaban el fuego de los motores del cohete, y entonces, los ojos de Molly, tan grandes como una enorme pantalla de televisión, se abrieron. Molly por fin había logrado calmarse y sus ojos enormes recorrieron las caras del público como un rayo láser. Desde la última fila del patio de butacas, hasta la última fila de la platea, la extraña y poderosa mirada de Molly se posó sobre cada una de las personas allí sentadas, que cayeron atrapadas en el torbellino hipnótico de sus ojos.

Molly sintió como una corriente de electricidad en el aire que le puso todos los pelos de punta, de la cabeza a los pies. Era la sensación de fusión, pero a una escala enorme. Molly paseó su mirada despacio de izquierda a derecha, llegó hasta la última fila de asientos, y de ahí hasta la primera. Y conforme la sensación de fusión se fue haciendo cada vez más fuerte, los nervios de Molly desaparecieron. Se sintió poderosísima, estaba segura de que todos habían sucumbido a su mirada y sabía que los porteros del teatro tenían órdenes de no dejar entrar a nadie. Estaba a salvo.

—Mírenme... todos... –dijo, por si acaso había alguien que todavía no lo hubiera hecho–. Mírenme... todos... –repitió despacio, y su voz era como un imán vocal.

Molly había compuesto una canción con sus instrucciones hipnóticas. La cantó entonces sin acompañamiento musical, con un tono sencillo y cautivador.

Este espectáculo... os dejará... boquiabiertos
Será tan bueno... que no os querréis... marchar
Mis bailes y mis canciones... os maravillarán
Mis chistes os harán... llorar de risa
Este espectáculo... será un éxito... de taquilla
La estrella... del siglo veintiuno... soy... YO.

Molly chasqueó los dedos y el rugido de los motores del cohete inundó el teatro.

—Sí –dijo Molly, mientras su rostro ocupaba el centro de la lupa–, hemos DESPEGADO –la lupa se levantó y desapareció, y entonces empezó el verdadero musical.

Durante dos horas, el público contempló el espectáculo embelesado, cautivado por el baile y las canciones de Molly. Sabía bailar ballet, claqué, jazz, y *breakdance*. Saltaba sin esfuerzo por el aire. ¡Volaba! Y cuando cantaba, al público se le ponía la carne de gallina y el pelo de punta. Era fascinante.

Mientras que en realidad, el baile de Molly era torpe y sin ninguna coordinación. Se hacía un lío con los pasos de claqué, y no tenía ningún ritmo para bailar jazz. Pero Molly se lo estaba pasando genial bailando y se volcó con la escena de la batalla entre los marcianos. Su voz era débil y desafinada, pero a nadie le importaba. Los otros actores eran fantásticos y la ayudaban siempre que se le olvidaba la letra de las canciones, aunque daba igual si eso ocurría; el público la adoraba hiciera lo que hiciera. Y Pétula también les parecía maravillosa, aunque lo único que hacía era estar tumbada en medio del escenario, chupando una piedra con expresión aburrida.

Los helados se deshacían sobre el regazo de las personas, pues se olvidaban de comérselos.

Cuando el espectáculo terminó, el teatro irrumpió en aplausos, y cuando Molly avanzó para hacer una reverencia, el público entero se puso de pie para aplaudir, silbar y vitorearla. Le tiraron flores. La gente le tiraba cualquier cosa bonita que tuviera: dinero, relojes, joyas, pañuelos elegantes... Fue una muestra de aprobación como no se había visto nunca antes en Nueva York. El telón se bajó y se levantó cuarenta veces. Todos aplaudieron y aplaudieron hasta que le dolían las manos. Y entonces se bajó el telón por última vez.

Molly se sentía en la cresta de la ola, segura de que todos habían visto lo que ella había querido que vieran.

Una única persona escapó a su red. Un niño del público no había sido hipnotizado, simplemente porque no había estado mirando ni escuchando. Había estado leyendo un tebeo con una linterna, y estaba demasiado enfrascado en *Superman* como para mirar a los ojos de Molly. De modo que, después, cuando dejó el tebeo, fue el único que vio el verdadero talento de Molly.

—Mamá, tampoco era tan buena –dijo cuando salieron del teatro–. Hasta en mi cole hay niños que lo hacen mejor que ella.

Pero su madre sí había sido hipnotizada.

—¿Cómo puedes decir eso, Bobby? Era fabulosa. Preciosa. Y tú, Bobby, recordarás esta noche durante el resto de tu vida. Esta noche has visto nacer una estrella.

Bobby y su madre discutieron sobre el musical durante todo el trayecto hasta su casa y al final, la madre llegó a la triste conclusión de que su hijo necesitaba un sonotone, o unas gafas, o que lo llevaran a un psicólogo.

Nockman había evitado el espectáculo. No había querido arriesgarse a entrar en el teatro, por si lo obligaban a quitarse sus gafas antihipnóticas. Y de todas maneras, para que su plan funcionara necesitaba estar al otro lado de la puerta del teatro cuando terminara el musical.

Había empezado a llover. Nockman se guarecía con su pelliza, oculto entre las sombras de un edificio a pocos metros de la puerta del teatro. La lluvia caía salpicando sobre su coronilla calva y su melena grasienta. Las gotas de agua resbalaban por su cuello y por la punta de su nariz.

Justo después de las diez y media, la muchedumbre empezó a arremolinarse alrededor de la puerta del teatro, esperando conseguir algún autógrafo. Veinte minutos después, se abrieron las puertas y ahí estaba Molly Moon, sonriendo y saludando con la mano, con un fornido guardaespaldas a cada lado.

Los gritos y los aplausos de sus admiradores la distrajeron por completo. Molly no estaba pensando en Pétula.

Pétula salió bajo la lluvia y se alejó de la multitud para poder respirar. Olisqueó una farola y se dispuso, por fin, a orinar. Entonces llegó hasta su nariz el interesante olor a piel de una pelliza. Trotó hacia una pared entre sombras para investigar. Y en cuanto se alejó de la luz de la farola, una fuerte mano oculta en un guante la agarró y la cubrió con un paño, mientras otra mano le cerraba la boca. Pétula se encontró bajo el brazo de un hombre bajo, gordo y maloliente que se alejaba deprisa por una bocacalle. Se retorció y forcejeó, pero no logró zafarse de sus garras. La pobre Pétula estaba aterrorizada, mientras sentía y olía que Molly iba quedando cada vez más lejos.

Nockman abrió la puerta trasera de su camioneta blanca y metió a Pétula en una jaula. Antes de que le hubiera dado tiempo a reponerse del susto, el hombre ya había cerrado la puerta de la jaula y de la camioneta. Entonces saltó al volante, puso en marcha el motor y se alejó de allí.

Capítulo 21

Cuando Molly terminó de firmar lo que le parecieron mil autógrafos, silbó para llamar a Pétula. Cuando esta no vino, se imaginó que se habría escabullido dentro del teatro, alejándose de la multitud que gritaba y daba empujones. Pero Pétula tampoco estaba dentro. Molly buscó en todos los lugares preferidos de la carlina: el cojín debajo del tocador, donde guardaba sus piedras; el montón de trapos debajo de la mesa de accesorios escénicos; el hueco debajo de la butaca de pana azul. Luego miró en el cuarto de baño, en el escenario, e incluso en el camerino de los monstruos marcianos. Pero Pétula no estaba en ningún sitio. Pronto se puso a ayudarla el resto del reparto. Miraron dentro de los armarios, detrás de las cortinas y en el guardarropa. No estaba en el vestíbulo del teatro, ni en la taquilla, ni en el bar. Pétula se había perdido. A Molly le dio un tremendo vuelco el corazón cuando se imaginó lo peor. El portero del teatro miró en todas las cunetas de las calles adyacentes para ver si algún coche había atropellado a la perrita. Después de mirar en todas partes, solo pudieron llegar a la conclusión de que alguien se había llevado a la carlina.

Molly estaba angustiada. ¿Quién se la podía haber llevado? Se estremeció al imaginarse a la pobre Pétula en una casa extraña, sola y asustada.

—Te diré una cosa –dijo Barry Bragg para tranquilizarla–, la persona que se la ha llevado, lo ha hecho porque le gustaba la perra, y si le gusta, no la va a tratar mal –para sus adentros, en realidad estaba pensando en toda la publicidad que el robo de Pétula le daría al espectáculo–. ¿Sabes lo que deberíamos hacer? Deberíamos sacar por televisión una entrevista pidiendo ayuda. Alguien la verá. La gente se da cuenta de cuándo sus vecinos tienen mascotas nuevas. Alguien nos dará noticias de Pétula.

Llegó la policía. Molly habló en privado con el sargento y, utilizando sus poderes, lo persuadió de que encontrar a Pétula era una de las misiones más importantes de toda su vida. El sargento llamó a su jefe y se preparó un equipo de veinte policías para buscar a la perrita perdida.

A primera hora de la mañana, Molly llegó a los estudios del canal de televisión Sunshine, donde la maquillaron y la pusieron delante de unos brillantes focos para hacerle una entrevista. Charlie Chat estaba sentado frente a ella, todavía vestido de etiqueta, porque el productor del espectáculo lo había mandado llamar cuando este se encontraba en una sala de fiestas.

A Molly le resultó muy difícil concentrarse para poner su mirada hipnótica, pues no dejaba de pensar con angustia en Pétula, pero entonces se dio cuenta de que estaba haciendo esto por ella, y se esforzó todo lo que pudo para parecer verdaderamente cautivadora.

Al día siguiente, domingo por la mañana, mientras

189

desayunaban galletas, tortitas y copos de avena, los neoyorquinos vieron por televisión la entrevista de Molly
con Charlie Chat.

—Es tan triste –dijo Charlie Chat, que ya había
caído bajo los poderes de Molly–, que esta catástrofe
enturbie una noche tan gloriosa como la del estreno.
Que tu perrita, que tengo entendido estuvo maravillosa
en el espectáculo, desaparezca de esta manera –la voz
grave de Charlie Chat adoptó un tono lastimero–. Di-
nos, Molly, tú qué crees, ¿que han robado a Pétula o
que la han secuestrado?

Todos los hogares de la costa este de Estados Unidos vieron a la nueva niña estrella y escucharon su
súplica de ayuda.

—Si alguien cree haber visto a una carlina como
esta –Molly mostró una foto de Pétula vestida con su
traje de cosmonauta–, que me lo diga, por favor. Espero
que puedan imaginársela sin el traje espacial... es la
única foto que tengo de ella... es del musical... Le gusta
mordisquear piedras... Si hay alguien que sepa su pa-
radero, póngase por favor en contacto con el Teatro
Manhattan. Hay una recompensa de 20.000 dólares
para aquella persona que me dé alguna información
que pueda llevarme hasta Pétula. Saben, conozco a la
perrita desde que era muy pequeña. Su madre la abandonó cuando era un cachorrito, así que yo no la puedo
abandonar ahora. Que lo abandonen a uno dos veces
en la vida es demasiado. Bueno, resumiendo, es muy
especial para mí. Es mi mejor amiga, aunque... –de repente, Molly pensó en Rocky, que estaba en Nueva
York, y se preguntó si veía la tele alguna vez mientras
desayunaba– ...aunque también tengo un amigo muy
bueno que no es un perro, y si me está viendo ahora,
me gustaría saludar a Rocky, y quisiera verlo pronto.

Pero este mensaje es sobre todo para Pétula, porque está perdida y tal vez en peligro. Así que por favor ayúdenme si pueden.

La gente que estaba viendo el programa sintió muchísima lástima de Molly. Transmitía a través de las ondas un cierto encanto hipnótico, y los televidentes se sintieron atraídos por su mirada. No es que fuera enormemente atractiva, pero decididamente, esta niña tenía algo especial. Millones de norteamericanos se fueron a trabajar pensando en Molly, atentos a cualquier ladrido, con mil ojos por si descubrían una perra carlina negra.

A lo largo de todo el día, la televisión volvió a retransmitir regularmente la entrevista con Molly, y ningún perro carlino de la ciudad estaba a salvo, pues muchas personas con buena intención, o con ganas de llevarse la recompensa, arrebataron los perros a sus verdaderos dueños y se los llevaron a las comisarías. Estas eran un verdadero caos, abarrotadas de perros ladrando y dueños peleándose. Los dueños se peleaban con los rescatadores de Pétula, y estos a su vez con los policías. La Policía de Nueva York investigó cada perro y cada informe, pero ninguno de ellos era Pétula.

Después de la entrevista, a Molly ya no le quedaba nada que hacer más que regresar al hotel. Era domingo, así que no había función por la noche, y se sentía muy sola en su habitación sin Pétula. Molly pensó en todas las aventuras que habían pasado juntas, y miró las fotos del espectáculo en las que salía Pétula con sus trajes espaciales. Molly no sabía qué hacer sin ella. Se sentía tristísima al pensar en las suaves orejitas aterciopeladas que estaba deseando volver a acariciar. Una y otra vez se odiaba a sí misma por haber perdido de vista a Pétula, por haber sido una vanidosa que quería firmar autógrafos. Y entonces sonó el teléfono.

—Diga —contestó Molly esperanzada.

—Tengo a tu perra —dijo una voz profunda al otro lado de la línea.

—¿Qué...? ¿Dónde...? ¡Oh, gracias! ¿Está bien? —exclamó Molly aliviada.

—Escúchame —dijo la fría voz de Nockman—. Si quieres recuperarla, tendrás que hacer todo lo que te diga. Lo primero es que no tienes que decir ni una palabra al teléfono. Si dices algo, cuelgo —se imaginó que Molly podría intentar hipnotizarlo con su voz y no quería correr ese riesgo—. Solo puedes decir que estás de acuerdo... ¿De acuerdo? —ordenó.

—De acuerdo —susurró Molly. Estaba sorprendida y asustada. Este hombre era un lunático. No quería disgustarlo.

La voz prosiguió:

—Si no sigues exactamente mis instrucciones, mataré a la perra, ¿entendido?

A Molly se le heló la sangre en las venas.

—De acuerdo —volvió a decir. Las palabras "mataré a la perra" retumbaban en su cabeza como una fuerte sirena de alarma, y empezó a temblarle tanto la mano que el auricular del teléfono le golpeaba la mejilla.

—Bien —prosiguió el hombre—, nos encontraremos en el quiosco de música de los *boy scouts* en Central Park a las seis y media. Yo vendré solo. Tú también. No llevaré a la perra, pero sí su collar, para que veas que la cosa va en serio. Si vienes acompañada de alguien, o si avisas a la poli, te lo advierto: mataré a la perra. ¿De acuerdo?

—De acuerdo —Molly se quedó mirando la pared, sin apenas creer que esta pesadilla estuviese pasando de verdad—. De acuerdo.

—Yo pondré mis condiciones. Si las aceptas, volverás a ver a la perra, ¿de acuerdo...? ¿De acuerdo?

—De acuerdo –repitió Molly, aunque se sentía tan confusa que apenas se enteraba de lo que estaba aceptando. La comunicación se interrumpió. En su confusión, Molly mordió el auricular, tratando de asimilar lo que le acababa de decir el hombre. De todas las personas crueles que Molly había conocido en su vida, ninguna era tan siniestra ni tan amenazadora como esa desconocida voz. Se sintió como una estúpida. Debería haber sabido que algo así podía ocurrirle, y tendría que haber estado más preparada. Después de todo, esto era Nueva York, y en las calles de esta ciudad vivía todo tipo de criaturas peligrosas y repugnantes. A Molly se le pusieron los pelos de punta cuando comprendió que estaba a punto de conocer a una de ellas. Entonces recuperó la calma. ¿De qué se estaba preocupando? Era una hipnotizadora. ¿Es que se le había olvidado? Nada malo podría pasarle... ¿verdad? Una oleada de duda la invadió al recordar la resistencia de Davina. Pero, reflexionó, y ese hombre era un forajido. Si tuviera los poderes de Davina, no estaría secuestrando perros.

Molly consultó su reloj despertador. Ya eran las seis menos cuarto. Central Park estaba cerca de su hotel, ¿pero cómo se llegaba hasta allí? Rápidamente abrió las puertas de su balcón, miró a la calle, y para su desesperación vio que allí la estaban esperando cuatro fotógrafos. Molly pensó con rapidez.

Hurgó en el fondo de uno de sus armarios y encontró sus pantalones vaqueros, un jersey gris y su viejo anorak que, afortunadamente, no había tirado a la basura. Poniéndose toda esa ropa ya no llamaba tanto la atención. Entonces, con un fajo de billetes en un bolsillo, y el péndulo en el otro, salió de la habitación y se dirigió sigilosamente al cuarto del personal de limpieza, al final del pasillo. Había visto que las camareras llevaban a ese cuarto montones de sábanas, y las tiraban por una trampilla que comunicaba con la lavandería mediante un tobogán. Tendría que arriesgarse a seguir ese mismo camino...

Molly se deslizó atropelladamente y a toda velocidad por el oscuro tobogán hasta llegar al sótano del hotel, donde aterrizó sobre un montón de ropa sucia. Se quitó de la cabeza un calcetín maloliente. Como no había moros en la costa, no le resultó difícil escabullirse hasta la puerta de servicio del hotel. Fuera encontró la bicicleta de un repartidor y se subió a ella, pero como estaba hecha un manojo de nervios, y la bici era demasiado grande, se cayó dos veces y se raspó el tobillo con la cadena hasta que por fin logró mantener el equilibrio. Pero pronto comenzó a pedalear, alejándose de la puerta trasera del Hotel Bellingham, con su cabello castaño y rizado volando al viento y una expresión de determinación en la cara. Avanzando sobre el asfalto, Molly se intentaba convencer a sí misma de que no había motivos para tener miedo, que ese hombre sería una víctima más de sus poderes. Cruzando Madison Avenue, Molly se dijo a sí misma que tenía que ser fuerte, y que entonces, muy pronto volvería a ver a Pétula. Mientras pedaleaba por la Quinta Avenida, bordeando Central Park, trató de animarse. Pero cuando llegó a la entrada del parque, volvió a atenazarla el miedo. Con un dedo tembloroso recorrió los caminos que salían en el mapa del parque, y vio que el quiosco de música de los *boy scouts* no quedaba muy lejos. Se preparó. Sabía que Central Park por la noche estaba lleno de tipos raros, y ese era uno de ellos. Mientras pudiera mirar a los ojos a todo el que intentara asaltarla, estaría a salvo. De modo que, respirando bien hondo, entró en el parque.

Estaba precioso. La luna había salido de detrás de las nubes, arrojando su luz sobre los enormes árboles sin hojas. Una húmeda bruma se filtraba por el césped, calando a Molly hasta los tobillos. Entonces volvió a subirse a la bici y, teniendo cuidado de mirar todo el rato a los lados, para que nadie pudiera sorprenderla por detrás, pedaleó decidida hasta el centro del parque. Por muy valiente que intentara ser, cada crujido de una rama, cada murmullo entre los arbustos hacía que le diera un vuelco el corazón. De vez en cuando pasaba deprisa a su lado algún patinador o alguna persona haciendo *footing*; pero la mayor parte del tiempo, Molly se encontraba sola en la oscuridad. Cuando llegó al quiosco de música allí no había nadie. Apoyó su bici contra la pared, subió los escalones y permaneció en la plataforma helada del quiosco. Un reloj rompió el silencio, marcando las seis y cuarto, y luego las seis y media. Empezó a llover. Molly esperó y esperó, tratando de recuperar la calma. Le latía el corazón con tanta fuerza que tuvo miedo de que se le rompieran las costillas. De pronto apareció una pequeña silueta redonda que apenas reconoció, corriendo de arbusto en arbusto. Entonces, levantando la vista, se dirigió deprisa por el camino hasta el quiosco donde estaba Molly.

Capítulo 22

El hombre empezó a subir los escalones del quiosco de música. Molly sentía tanta angustia y tanto miedo que empezaron a castañetearle los dientes. Cerró las mandíbulas con fuerza, pero entonces se dio cuenta de que le temblaba la cabeza. Una ráfaga de viento helador de diciembre trajo en su dirección el olor del hombre. Era una peste a grasa, sudor y tabaco rancio, y Molly sintió náuseas. Conforme se iba acercando el hombre, Molly pudo ver que llevaba unos auriculares en los oídos y unas extrañas gafas oscuras con una espiral dibujada en el centro de cada lente. En una mano llevaba un maletín, y en la otra, un micrófono. Este estaba conectado a una máquina que llevaba enganchada en el cinturón. Vestía una zamarra de piel y Molly decidió que era un tipo muy, pero que muy raro. Pero, por muy nerviosa que se sintiera, con gran determinación y mucho control, Molly se concentró en poner su mirada hipnótica. Cuando el hombre llegó al centro del quiosco y se colocó justo debajo de la tenue luz de una bombilla, Molly levantó los ojos hacia él con la mirada hipnótica a toda potencia.

—Buenas... tardes... –dijo despacio, decidida a sumir a esa rata desagradable en un trance muy, muy profundo. Pero, en lugar de pararse en seco, el hombre siguió avanzando hacia Molly y le plantó el micrófono delante de la cara.

—Lo siento, señorita Moon, pero tus ojos hipnóticos no tienen ningún poder sobre mí, pues llevo las lentes antihipnóticas que diseñó el propio doctor Logan. En cuanto a tu voz hipnótica, no la estoy oyendo. Esta máquina está procesando tus palabras y distorsionando tu tono de voz... A través de estos auriculares, tu voz parece provenir del espacio exterior.

Molly estaba anonadada. Entonces vio el escorpión de oro que colgaba del cuello del secuestrador. La luz de la luna se reflejó en su ojo de diamante y soltó un destello, y para su gran sorpresa, reconoció el feo rostro del profesor gritón de la biblioteca de Briersville.

En ese momento, y por raro que pareciera, los miedos de Molly se disiparon. Se sintió incluso aliviada de ver al profesor, pues se imaginaba que en su lugar se iba a encontrar con un terrorífico secuestrador maníaco. Y Molly se sintió también extrañamente reconfortada al ver a alguien que conocía Briersville. Era casi como ver a un viejo amigo. Molly trató de pensar con lógica y rapidez. El profesor no podía ser un secuestrador, así que el secuestrador tenía que estar en alguna otra parte. Tenía que avisar al profesor. ¿O sabía este ya de la existencia del secuestrador? Durante un momento, Molly se sintió confundida. Pero entonces, su mente volvió como un rayo a la biblioteca de Briersville. Vio con una horrible claridad al profesor gritando agresivamente a la bibliotecaria. Estaba exigiéndole un libro que había perdido. Un libro escrito por el doctor Logan. El libro que Molly había robado. Molly miró el extraordinario equipo del profesor. En un abrir y cerrar de ojos, cayó en la cuenta de que estaba metida en un buen lío.

—Vayamos al grano –empezó diciendo el profesor–. Me sé tus trucos, Molly Moon. ¿O debería llamarte señorita Cuco? Sé exactamente cómo operas. Sé de dónde vienes, y lo que has hecho. Ese libro del hipnotismo que encontraste era mío. Pagué por él. Era de mi propiedad. Sé de la existencia del libro del hipnotismo de Logan desde antes de que tú llevaras pañales.

Desde detrás de sus extrañas lentes, Nockman miró a Molly y sintió que estaba muy nervioso. Pues lo cierto era que, en lo más hondo de su corazón, Nockman se sentía cautivado por Molly. Todos los demás estaban cautivados porque ella los había hipnotizado, pero Nockman lo estaba de verdad. A sus ojos, Molly tenía un talento maravilloso. La había visto ponerlo en práctica y la respetaba. En su opinión, la propia Molly tenía madera de gran delincuente, y era para él un placer conocerla. Entonces, sintiendo que se parecían mucho el uno al otro, le habló en un tono más amable.

—Como ves, me has causado muchas molestias, señorita Moon. Perseguirte por todas partes ha sido extremadamente cansado; aunque, a veces, también ha resultado entretenido. Ha llevado mi paciencia hasta un límite. Supongo que entenderás que te diga que espero de ti alguna recompensa por los... disgustos que me has causado.

A Molly le dio un vuelco el corazón. Esta situación le ponía los nervios de punta. Deseaba alguien que pasara por allí, y miró a su alrededor en busca de ayuda. Nockman dijo inmediatamente:

—Si quieres volver a ver a tu perra, ni se te ocurra involucrar a nadie en este asunto. Quieres volver a ver a tu perra, ¿verdad?

—Sí –asintió Molly, sintiéndose muy desgraciada.

Nockman se sentó en el banco del quiosco y se llevó la mano al bolsillo.

—Aquí tienes el collar –dijo, lanzándole a Molly una correa de cuero rojo.

Molly se mordió el labio.

—Bien –prosiguió el hombre–, esto no va a ser nada doloroso, te lo prometo. De hecho, puede incluso que te guste lo que voy a pedirte que hagas, Molly Moon. Pero te lo advierto una vez más, tienes que seguir mis órdenes. Porque si no lo haces, te aseguro que no volverás a ver a tu perra, y mucha, mucha gente de Nueva York se enterará de tu pequeño secreto. Digámoslo así: estoy seguro de que a mucha gente le disgustaría saber cómo has llegado a la cima a base de trampas. De hecho, un tribunal podría condenarte por fraude. Un delito por el que podrías ir a la cárcel. Por supuesto, una persona de tu edad no iría a la cárcel, sino a una institución para delincuentes menores de edad, pero tengo entendido que esas instituciones no son lugares muy agradables; son mucho peor que los orfanatos malos –Nockman sonrió con un brillo siniestro en la mirada.

—Pe... pero Pétula –tartamudeó Molly–, ¿está bien?

—Luego hablaremos de ella.

—¿Qué es lo que quiere? –estalló Molly–. ¿Dinero? Tengo montones. Dígame lo que quiere –la mente de Molly funcionaba a mil por hora. ¿Cómo había podido encontrarla ese sórdido hombre manipulador? Lo odiaba.

—¿Dinero? –preguntó el profesor Nockman con una risa malvada–. De manera indirecta, sí, quiero dinero. Hay un asunto –dijo, abriendo su maletín–, sí, hay un pequeño asunto que requiere tu colaboración

–Nockman sacó un gran sobre de su maletín y se lo pasó a Molly con su mano enguantada–. Este sobre contiene todo lo que necesitas saber para ayudarme. Quiero tomar prestadas tus habilidades... solo por un día... Es un pequeño favor que me debes por la gran suerte que te ha traído mi libro del hipnotismo.

—¿Qué quiere que haga? –preguntó Molly, cogiendo el sobre como si pensara que le fuera a estallar en la mano de un momento a otro.

—Quiero –suspiró Nockman perezosamente–, bueno, lo primero que quiero es el libro del hipnotismo, claro está. Eso es obvio. La segunda cosa, esto del favor que te he dicho, es lo siguiente... Quiero que me ayudes a robar un banco.

Capítulo 23

—¿Robar un banco? –dijo Molly, atragantándose con las palabras, y Nockman se rió condescendientemente.

—¿No se te había ocurrido, señorita Moon, que pudieras utilizar tus habilidades para robar un banco? Ahí estabas, aprendiendo pasos de baile para ganarte las lentejas, cuando podías haber ganado millones de dólares visitando un banco.

—No, nunca se me había ocurrido –dijo Molly atónita.

—Venga ya –dijo Nockman con incredulidad–. No tiene que darte vergüenza. Muestras todas las señales de ser una gran delincuente. Deberías sentirte orgullosa de ti misma.

—Pero yo nunca robaría un banco –insistió Molly.

—Oh, sí, sí que lo harías. Y lo harás. Y pienso que cuando vuelvas al Bellingham y abras este sobre, te quedarás muy impresionada –Molly se dio cuenta de que Nockman parecía muy satisfecho de sí mismo.

—Dentro encontrarás planes que harán que la cabeza te dé vueltas. Verás, chiquilla, cómo se delinque a lo grande –respiró pesadamente–. Quiero que robes el Banco Shorings. Tal vez hayas oído hablar de él. Está en el barrio de las joyerías de Nueva York, en la calle 46. Es el banco donde todos los comerciantes de joyas y los grandes propietarios guardan sus piedras. El lugar está hasta arriba de rubíes, zafiros, diamantes. Dime una piedra preciosa y seguro que las hay a montones en Shorings. No es un banco de lingotes de oro, y no tiene mucho dinero en metálico. No, lo que tiene es joyas. ¿Y por qué guarda todo el mundo sus joyas allí? Porque Shorings es el banco más inexpugnable del mundo. Forzar la entrada es tan difícil como viajar hasta el centro de la tierra, si entiendes lo que quiero decir. Robar el Shorings es el sueño de todo delincuente, y yo tengo ese sueño desde que era niño.

—¡Pero usted es un profesor! –exclamó Molly, y en cuanto lo dijo, le sonó muy ñoño.

—Venga, Moonie –se burló Nockman–. Despierta y bájate de la nube. No soy ningún profesor... Bueno, un Profesor del Delito, tal vez –se rió de su propio chiste–. Y llevo mucho tiempo estudiando este trabajo. ¿Es Shorings inexpugnable? Sí. Pero no para un genio del delito como yo. Estaba decidido a robarlo, así que trabajé allí de empleado de la limpieza.... y limpié de maravilla, para que no tuvieran ningún motivo para echarme. Fregué suelos, limpié letrinas; pero durante todo ese tiempo, lo que hacía de verdad era investigar el lugar, y ver cómo funcionaba todo. Pero después de mi trabajo, seguía sin saber exactamente cómo iba a robarlo. Entonces descubrí lo del libro del hipnotismo, y después de eso, me enteré de que existías tú.

Molly se había quedado boquiabierta por la sorpresa.

—Iba a robar el banco yo mismo –dijo Nockman–. Pero ya que me has robado el libro y me has hecho perder tanto tiempo, he pensado que podría dejar que lo robaras tú por mí.

—Gracias –dijo Molly débilmente.

—Así que lo dejo todo en tus hábiles manos –Nockman se envolvió bien en su zamarra–. Deberías considerar esto como un privilegio. Es tu oportunidad de tener algo que ver con el mejor robo a un banco de todos los tiempos. Ya verás. Pasaremos a la historia.

Dicho esto, Nockman se dio la vuelta para marcharse. Se sentía bien. Nunca le había hablado a nadie de sus ambiciones ni de su trabajo. Le había parecido genial.

—Te llamaré –añadió–. Y no se te ocurra hacer ninguna tontería como llamar a la poli... Recuerda que tengo a tu perra –y se alejó andando como un pato.

El encuentro había terminado. Molly se quedó sola, con el sobre en la mano, horrorizada. No había robado ni un caramelo en toda su vida. La idea de robar millones de dólares en joyas del Banco Shorings le daba náuseas y un miedo tremendo. Pero si no lo hacía, entonces Pétula moriría. De pronto sintió que todo había escapado de su control.

Molly bajó del kiosco y empujó su bici por el camino. Ahora se sentía culpable por haber cogido la bici. Se sentía como una ladrona. Entonces pensó en lo que había dicho Nockman, lo de que era una farsante. Era cierto. Pensó en el dinero que había ganado en el Concurso de Habilidades de Briersville, y en cómo había echado a Davina Nuttel del musical *Estrellas en Marte*. Molly estaba horrorizada consigo misma. Davina bien podía ser una advenediza estúpida y caprichosa, pero por lo menos se había trabajado su fama.

Mientras que Molly había conseguido la suya a base de estafar a todo el mundo. ¿Cómo podía Molly despreciar a Nockman porque quisiera robar un banco, cuando ella, a su manera, también había estado robando?

Entonces Molly se imaginó lo que pasaría si robaba el Banco Shorings. La atraparían, por supuesto. Los bancos, a diferencia de los teatros, perseguían a los ladrones. Tenían todo tipo de tecnología para ello: alarmas, cámaras. La detendrían y la llevarían ante un tribunal, y luego la mandarían a un reformatorio. Se imaginaba cómo les gustaría a los periódicos esa noticia. Su foto saldría en todas las primeras planas y la gente la odiaría. Las noticias tal vez llegarían incluso hasta Briersville, y todos sabrían lo que Molly había hecho. Se imaginó lo decepcionada que se sentiría la señora Trinklebury, y que lloraría haciendo sus pasteles de chocolate. Molly se vio a sí misma en una celda de cemento, sentada en una cama, sola y abandonada por todos. La señora Trinklebury estaría demasiado lejos para poder venir, y no dejarían entrar a Pétula. ¿Y Rocky? ¿Vendría él a visitarla?

Molly sintió que le escocían los ojos. Echaba de menos un amigo con el que hablar. Necesitaba a Rocky. Molly recordó su cara y, por primera vez en varias semanas, se le llenaron los ojos de lágrimas. Cayó en la cuenta de que, si no hubiera estado tan pendiente de sí misma, hace tiempo que podría haberlo encontrado. Se sintió fatal por haberlo olvidado, y por haber perseguido la fama y la fortuna en lugar de buscarlo. Esas cosas le parecían ahora una tontería comparadas con su valiosa amistad con Rocky. Lo quería como a un hermano y ahora necesitaba su amistad desesperadamente.

Las lágrimas resbalaban por sus mejillas cuando pasó por delante del pozo de los deseos que había en el parque. Se acordó entonces de la letra de una vieja canción: *Uno nunca echa en falta el agua hasta que se le seca el pozo.* Su pozo de la amistad se había secado por completo.

Se llevó la mano al bolsillo y sacó su péndulo. Resplandecía incluso en la oscuridad. Molly pensó que el péndulo era como todas las cosas que había perseguido en Nueva York. Era caro, bonito y brillante, pero al final, no era más que una cosa inútil. Molly no lo necesitaba para nada. Ahora prefería su viejo péndulo hecho de jabón y cuerda.

Dio vueltas en su mano al pesado objeto dorado y entonces, con un gesto repentino, lo tiró al pozo. Cuando lo hizo, deseó con todas sus fuerzas encontrar a Pétula y a Rocky. Con un plof, el péndulo cayó al agua y se hundió.

Molly regresó al Hotel Bellingham pedaleando bajo la lluvia, dándole vueltas y más vueltas al problema en su cabeza. Si se negaba a robar el banco, Nockman contaría su secreto y ella terminaría en la cárcel. Pero peor que esto, Nockman se desharía de Pétula. La mente de Molly se llenó de horrorosas imágenes de la perra carlina muriéndose de hambre en un sótano, o de la perra en el fondo de un río, o cayendo al vacío desde lo alto de un rascacielos. Molly despreció a Nockman y sintió una rabia muy violenta hacia él. Le daban ganas de tirarlo a él por un rascacielos. Le daban ganas de darle en la cabeza con una pesada pala. Su preocupación por Pétula y su odio por Nockman se mezclaban con su nostalgia de Rocky y su confusión general. Cuando Molly llegó a la puerta de servicio y se escabulló hasta su habitación, empapada y despeinada, se sentía francamente abatida.

De vuelta en su habitación, se sentó tristemente en su cama y abrió el sobre. Lo primero que sacó fue un mapa. Era un plano del interior del Banco Shorings. Una parte mostraba la distribución del piso de abajo, y otra la del sótano. Allí era donde estaban todas las cajas fuertes y las salas de depósito. Molly gimió al ver que Nockman había escrito: "Vacía todas estas salas".

Una de las salas de seguridad se llamaba «Sala de depósito de pequeños clientes». Molly pensó en las pobres viejecitas que guardaban en el banco sus valiosas joyas de familia. Les daría un ataque al corazón cuando se enteraran de que las habían robado. De que las había robado Molly. No podía hacerlo. Vio una nota al final de la página:

> *El trabajo es sencillo. Quiero todas las piedras preciosas y las joyas de las salas de seguridad. Olvídate del oro y del dinero. Tengo una lista de todas las joyas que hay en el banco, y la utilizaré para comprobar que no falta ni una.*

Molly sacó otros documentos del sobre. Había una hoja con los nombres de todas las personas que trabajaban en el banco y dónde lo hacían. La última página se titulaba: "Operación hipnobanco". Decía así:

1. *Hipnotiza a todo el personal del banco: empleados, secretarias, director, guardias de seguridad.*
2. *Hipnotiza a los clientes que estén dentro del banco.*
3. *Dale instrucciones al director de que cierre el banco y apague todas las cámaras internas y todas las alarmas.*

4. Fuerza la entrada a las salas de seguridad del sótano.
5. Roba.
6. Carga el furgón en el garaje del banco.
7. Borra las mentes de todos los trabajadores del banco.
8. Hipnotiza al conductor y lleva el furgón hasta el almacén. (La dirección te la daré más adelante.)

¿Y dónde iba a estar Nockman mientras ocurría todo esto? A kilómetros de allí, por supuesto, donde nadie pudiera nunca sospechar de él. Molly siguió leyendo. Tenía que acompañar al furgón lleno de joyas hasta un almacén, donde encontraría un camión marrón. El conductor hipnotizado tenía que descargar todas las joyas y volver a cargarlas en el camión marrón, y luego ella debía despedirlo metiéndole en la cabeza una historia para explicar dónde había estado. Y solo una vez hecho todo esto, llegaría Nockman para llevarse su camión y su tesoro robado. Una vez que se hubiera ido de allí, a un lugar lo suficientemente lejano, y una vez que hubiera comprobado que el camión contenía todo lo que había en el banco, entonces, y solo entonces, llamaría a Molly al almacén para decirle dónde podía encontrar a Pétula.

Cuando haya comprobado que todo está en orden, te llamaré por teléfono y te daré la dirección de dónde está tu perra, y la encontrarás sana y salva.

Molly gimió. ¿Y si Nockman no le devolvía a Pétula? ¿Y si se la quedaba y obligaba a Molly a robar

207

otro banco? ¿O si se iba con el botín sin decirle a Molly dónde estaba Pétula? Molly se preguntó si debería llamar a la policía. Pero las palabras de Nockman resonaron en sus oídos: «Si metes en esto a la poli, te lo advierto, mataré a tu perra».

Molly fue al cuarto de baño a echarse agua en la cara para tratar de calmarse un poco. Se miró fijamente en el elegante espejo. Quería hipnotizarse para convencerse de que controlaba la situación.

Pero en lugar de cambiar, su rostro permaneció igual. No la invadió ninguna sensación de fusión. El espejo le devolvió la imagen de su cara triste y llena de lágrimas, y por mucho que lo intentara, no conseguía ver a una Molly segura de sí misma. Se dio cuenta de lo perdida que estaba. Tan desesperada que parecía estar olvidando sus poderes. Era horrible.

Molly se alejó del espejo y volvió a la habitación. En su teléfono brillaba una lucecita. Alguien había dejado un mensaje. Se le encogió el corazón cuando pensó que seguramente sería Nockman con la dirección del almacén. Molly pulsó el botón.

—¡Hola, Molly! –Era la voz de Barry Bragg–. Solo quería decirte que anoche en el espectáculo estuviste fantástica, pero fantástica de verdad ... Llámame, soy Barry.

Piiiiiiiiii.

—Molly, soy el jefe de policía Osman. Llámeme, por favor, nos gustaría comentarle otras maneras de encontrar a su perra. Mi teléfono es el 713 7889.

Piiiiiiiiii.

—Molly, soy la señora Philpot. Barry Bragg me ha dado tu teléfono. Me ha dicho que a lo mejor te interesarían unos cachorritos que tengo... Llámame al 678 2356.

208

Piiiiiiiiiii.

—¡Hola, Molly! Adivina quién soy –Molly se incorporó... ¡Era la voz de Rocky!–. Estoy en Nueva York, en el vestíbulo de tu hotel, pero no estás en tu habitación. Voy a esperar aquí hasta las ocho menos cuarto, y luego volveré a mi hotel... El número es el 975 3366.

Molly miró el reloj. Eran las ocho menos veinte. Salió corriendo de la habitación, llamó al ascensor, y segundos después, estaba bajando a toda velocidad al vestíbulo. Cuando se abrieron las puertas del ascensor Molly miró frenéticamente a todas las personas que se movían por la sala. Entonces vio una cabeza de pelo rizado negro que sobresalía por detrás del respaldo de una silla negra lacada.

—¡Rocky, me has encontrado! –Molly no podía creérselo.

La fantástica cara negra de Rocky se volvió a mirarla sorprendida. Molly nunca se había alegrado tanto de ver a alguien.

—¡Hola, Molly!

Los dos amigos corrieron el uno hacia el otro y se abrazaron como hermanos. Molly se alegraba tanto de ver a Rocky que, durante un segundo, se olvidó de todas sus preocupaciones. Era como haber recuperado un pedazo de sí misma.

Luego se separaron y se miraron incrédulos. Cada uno había pensado que tal vez no volviera nunca a ver al otro. Molly se bebió la cara de Rocky. Parecía tan alegre como siempre. Se había cortado el pelo y llevaba una cazadora vaquera nueva. A parte de eso, era el mismo de siempre.

Se quedaron ahí de pie mirándose con una sonrisa de oreja a oreja. Entonces Molly dijo:

—Vamos, sube a mi habitación y aléjate de toda esta gente –pulsando el botón del ascensor susurró–:

No sabes cuánto me alegro de verte. De verdad, Rocky, no lo sabes bien...

—Lo mismo te digo –contestó Rocky.

—Oh, Rocky, ¿de verdad? Tengo tantas cosas que contarte. ¿Cómo me has encontrado? No podrías haber llegado en mejor momento. He estado rezando y rezando por encontrarte. Me siento tan feliz de que estés aquí. ¿Cómo sabías que me alojaba en este hotel? ¿Te lo ha dicho Gerry?

—¿Gerry? No, te he visto en la televisión esta mañana, cuando le estabas diciendo al mundo entero que Pétula se había perdido –explicó Rocky–, y entonces me dijiste hola. ¡Fue surrealista! No podía creerme que estuvieras en Nueva York. Pero me puse muy contento porque no sabía dónde estabas, Molly. Cada vez que llamaba a Hardwick House, contestaba Hazel, y ella tampoco tenía ni idea de adónde habías ido. No sé dónde estaba la señorita Adderstone. A propósito, Hazel me dijo que habías ganado el concurso de habilidades. Vas a tener que contármelo...

—Te lo contaré más tarde –dijo Molly, esperando que Rocky no se disgustara cuando le dijera cómo había ganado. Se metieron en el ascensor cogidos del brazo.

—Estaba desayunando, tomándome un vaso de leche, y casi me ahogo al verte en la tele. He escupido toda la leche encima de la mesa... Me he llevado una sorpresa tan, tan grande...

—Lo siento –Molly se echó a reír.

El ascensor se detuvo en el piso veinticinco.

—¡No podía creer que fueras tú, mi vieja amiga Molly Moon saliendo por la tele americana!

—¡Guau! Esto es fabuloso... –dijo Rocky cuando entró en la supersónica suite de Molly–. Es increíble. Tienes

210

que contarme todo lo que te ha ocurrido, Molly. Esto es genial. ¿Es todo tuyo?

—Mmm, bueno, era mío y de Pétula.

Rocky cogió el traje de cosmonauta de la carlina y suspiró.

—Estoy seguro de que la encontrarán –dijo–. Todo el mundo la está buscando... Has estado muy convincente en esa entrevista... Mis nuevos padres pensaron que eras preciosa... Decían cosas como: «Oh, pero qué linda es Molly Moon... Es como Shirley Temple... Es adorable...».

Un horroroso pensamiento sacudió de pronto a Molly. ¿Habría hipnotizado a Rocky por televisión? No podría soportar que su único amigo de verdad la quisiera porque estaba hipnotizado, como todos los demás.

—Rocky –dijo rápidamente– antes de que empieces a pensar nada de mí, para ahora mismo, porque te voy a contar cómo conseguí todo esto, cómo conseguí salir en *Estrellas en Marte* y todo lo demás, así que no decidas que me aprecias hasta que te lo haya contado. Y te lo aviso, puede que no me aprecies cuando te enteres de lo que he hecho, pero tengo que contarte la verdad, porque si no, no sabrás quién soy en realidad.

—Tranquilízate, Molly –dijo Rocky, frunciendo el ceño y sentándose en el sofá. Cogió una nube de azúcar del enorme cuenco que había en la mesa.

—Vale, ya me tranquilizo –dijo Molly, respirando hondo–. Primero, tengo que enseñarte algo –Molly se acercó a un armario y lo abrió–. Es lo que me ha cambiado la vida... Es lo que me ha ayudado a llegar hasta aquí –Molly marcó una combinación y abrió la pesada puerta de acero de la caja fuerte. Sacó el libro del hipnotismo envuelto en papel de seda blanco y se lo llevó a Rocky–. Dentro de este paquete está el libro más increíble. Y no lo digo en broma, Rocky, de verdad es algo especial. Este libro es lo que me trajo a Nueva York. Lo que me ha proporcionado todo este éxito... pero todo ha terminado de forma desastrosa.

Mientras Molly servía una lata de Skay para compartir, Rocky abrió el paquete. Y durante la hora siguiente, Molly estuvo contándole toda su historia. Desde que se habían peleado en la carrera de cross en Briersville, hasta el momento en que acababa de oír la voz de Rocky al teléfono. Le enseñó el sobre con las instrucciones de Nockman y el collar rojo de Pétula. Cuando terminó, Molly trató de mirar a Rocky a los ojos con valentía.

—Bueno, ahora ya sabes lo que he estado haciendo. Lo peor es que estaba tan pendiente de mí y tan enfrascada en mi fama, mi dinero y mis cosas chulas que casi me olvido de ti. Entonces, cuando también perdí a Pétula, me di cuenta de lo horrible que es no tener amigos. Supongo que ahora querrás marcharte, pero tenía que contártelo todo.

Rocky se quedó pensativo. Hizo rodar en la palma de su mano un trozo de papel dorado del envoltorio de una chocolatina hasta hacer con él una pequeña bola.

—Mira que eres tonta –dijo–. No me voy a marchar. Acabo de encontrarte. ¿Por qué iba a querer dejar a mi mejor amiga, a la que ha sido casi imposible encontrar y a la que he echado de menos como un loco? –Rocky levantó en el aire la bolita dorada y la giró para que brillara a la luz–. Quiero decir, puede que ella esté medio chiflada y que haya hecho algunas cosas que no debería haber hecho, ¿pero y qué? Sigue siendo la mejor persona que conozco. A ver, mira esta bolita. Si fuera la única cosa valiosa que tienes, y si la hubieras tenido desde siempre, no la tirarías sin más solo porque se hubiera oxidado un poco, ¿verdad?

Molly negó con la cabeza y miró la bolita dorada.

—Puedes relajarte, Molly, no pienso irme a ningún sitio. Me voy a quedar aquí, a tu lado, ¿de acuerdo? Así que puedes relajarte y sentirte bien.

Y tanto que Molly se sintió bien. Mejor de lo que se había sentido en mucho tiempo. Era maravilloso que Rocky volviese a estar junto a ella. Le estaba hablando, pero ella no oía lo que le decía. Solo escuchaba su cálida voz amable, dándose cuenta de lo mucho que la había echado de menos. Le hacía sentirse como en su casa. Pero seguía teniendo remordimientos.

—¿Qué voy a hacer con lo de Pétula, Rocky? No sé cómo salir de esta trampa. Nockman me está chantajeando. Por mi culpa, Pétula está en algún lugar, sola y asustada. Estaría mejor si siguiera con náuseas por las galletas de chocolate de la señorita Adderstone. Porque ahora podría morirse, de verdad podría... Debería haberme quedado en Hardwick House y haberme conformado con la vida que tenía allí. Podía ser mala en todo y caerle mal a todo el mundo, pero por lo menos Pétula habría estado a salvo y a mí no me estarían ahora chantajeando para que robe un banco... De hecho, ojalá estuviera ahora allí... Ojalá no hubiese encontrado nunca este estúpido libro del hipnotismo... Ojalá pudiese retroceder en el tiempo y que todo esto desapareciera.

De repente, Rocky dio una palmada y en un abrir y cerrar de ojos, la habitación de hotel desapareció. En su lugar había un bosque. El bosque junto al recorrido de la carrera de cross, en Briersville. Rocky y Molly estaban sentados en un banco, como la tarde en que se habían peleado. Molly y él iban vestidos de chándal, y llevaban zapatillas de deporte. Llovía y estaban empapados.

Capítulo 24

Molly se llevó un susto de muerte. Miró a su alrededor, presa del pánico. De verdad estaban sentados en un banco, junto a la pista de atletismo de la escuela de Briersville, bajo la lluvia.

—¡Ay! ¿Qué está pasando? ¿Dónde está Nueva York? –exclamó.

Rocky sonrió. Sonó un trueno por encima de sus cabezas.

—Tu estancia en Nueva York nunca ha existido –dijo tranquilamente–. Todo ha sido un producto de tu imaginación y de la mía.

—Pero... ¿cómo? –consiguió balbucear Molly, que todavía estaba atónita.

—Te he hipnotizado –contestó Rocky.

—¿Que tú me has hipnotizado a mí? –preguntó aterrada.

—Pues sí.

—¿Que tú me has hipnotizado a mí? –repitió Molly–. Pero... pero... ¿cuándo? –Molly se sentía desorientada y confusa. La lluvia empezó a arreciar.

Rocky suspiró como pidiendo perdón.

—Lo siento, ahora mismo, aquí en Briersville. Has dicho: odio este lugar, no se me ocurre ningún otro lugar peor que este en todo el mundo. Mi vida es HORRIBLE.

Molly no entendía nada.

—¿De verdad? No recuerdo haber dicho eso.

—Acabas de decirlo, al final de nuestra discusión –dijo Rocky.

—¿Qué discusión? –preguntó Molly, totalmente anonadada.

—Lo siento –dijo Rocky–. Tendré que explicártelo mejor. Estás de mal humor desde esta mañana, porque la señora Toadley se ha puesto desagradable contigo después del examen de ortografía y porque la señorita Adderstone lleva castigándote toda la semana, haciéndote lavar los retretes con tu cepillo de dientes.

—Pero –cortó Molly–, pero... no me lo puedo creer... es increíble... –ya no le salían las palabras porque empezaba a comprender en qué lugar del mundo estaba y cuándo.

—Has dicho –prosiguió Rocky– que no se te ocurría ningún lugar peor que este en todo el mundo, y que tu vida en Briersville era horrible. Así que te he hipnotizado y te he hecho ver que sí había un lugar peor en el mundo: una situación imaginaria en una Nueva York imaginaria.

—¿Así que Pétula está bien? –preguntó Molly, saliendo de su estado de *shock*.

—Sí –contestó Rocky–. Probablemente ahora mismo estará acurrucada en el regazo de la señorita Adderstone.

—¿Así que Nockman no existe?

—No.

—¿Y la señorita Adderstone sigue en Hardwick House?

—Sí.

—¿Y no hace sonar su dentadura postiza como si fueran castañuelas?

—No.

—¿Y no te han adoptado?

—No.

—¿Y yo sigo siendo la Molly Moon de siempre, feúcha y con pocos amigos?

—Ya lo has entendido.

—Vaya... –dijo Molly. La preocupación por Pétula y por tener que robar un banco se desvaneció. Su estómago se relajó y se sintió mil veces mejor–. Vaya –repitió Molly, todavía mareada del susto y sin creerse del todo que estuviera de vuelta en su viejo mundo–. ¡Vaya, Rocky! ¿Pero dónde has aprendido a hipnotizar? ¡Vaya! Esta historia ha sido asombrosa. ¿Te la has inventado tú?

—Sí –dijo Rocky.

—Pero Rocky, seguro que podrías llegar muy alto hipnotizando de verdad. Quiero decir, que eres francamente bueno. A mí esto me ha parecido completamente real. De verdad me he sentido como si estuviera en Nueva York, durante semanas y semanas –unas gotas de lluvia se estrellaron sobre las zapatillas de deporte de Molly–. No me puedo creer que yo pensara de verdad que era una hipnotizadora, cuando desde el principio el hipnotizador eras tú.

—Aha –asintió Rocky.

—Ha sido alucinante –dijo Molly, recordándolo todo–. De verdad he sentido que estaba actuando en ese musical –Molly se estremeció–. Y Nockman era tan real. Buaj, era horrible, y me he sentido de verdad fatal

217

cuando se llevó a Pétula. Rocky, tienes una imaginación desbordante. No me puedo creer que te lo hayas inventado todo. ¿Y desde cuándo sabes hacer todo esto? ¿Cuándo lo has aprendido? ¿El libro existe de verdad? ¿Por qué no me lo habías dicho? –Molly miró a Rocky con recelo–. ¿Por qué no me has hipnotizado antes? ¿O sí que lo has hecho?

—Será mejor que regresemos –cortó Rocky–. Me pregunto qué habrá para cenar.

—Pues supongo que el pescado de siempre que hace Edna con salsa de queso y nueces –contestó Molly, pensando en la comida del Bellingham que en su imaginación le había parecido tan deliciosa–. Oye, Rocky, había muchas partes de esta historia que te has inventado que estaban muy bien –Molly se relamió–. La comida del hotel era fantástica, y esa habitación era tan lujosa... Con servicio de habitaciones... Eso sí que me gustaba, y también la vista desde la habitación, y aunque no debería haberle robado el papel a Davina, me gustaba actuar en *Estrellas en Marte*, y me gustaba Nueva York, ah, y me gustaba un montón tener dinero –Molly se rió–. Sería genial que fuera todo verdad, todo menos Nockman. Él lo ha estropeado todo. Aunque supongo que yo misma estaba empezando a sentirme un poco culpable de ser tan falsa. Pero quitando eso, todo estaba... muy bien –Molly volvió a reírse. Luego un rayo surcó el cielo y Rocky dio otra palmada.

Capítulo 25

Un rayo iluminó los cielos de Nueva York. Molly se encontró de nuevo en la habitación del Hotel Bellingham con Rocky.

—¿Qué...? ¿Por qué...? ¡Rocky! ¿Qué está pasando? Oh, Rocky, ¿qué estás haciendo? ¿Por qué estamos otra vez aquí? –Molly estaba asustada. Ya no sabía lo que era real, y esa sensación no le gustaba en absoluto–. Rocky –dijo despacio–, no entiendo... ¿Qué es real: esto, o los bosques de Briersville? O sea, ¿hace un momento estábamos en Briersville, o era solo mi imaginación?

—Nueva York es real. Briersville era un producto de tu imaginación.

—¿Seguro?

—Sí. Nueva York es real, y todo lo que has estado haciendo aquí es real –explicó Rocky.

—¿Estás seguro? –preguntó Molly, que todavía no sabía qué creer.

—Sí, estoy seguro –confirmó Rocky–. Te acabo de hipnotizar, empleando mi voz y esta bolita de papel dorado –Rocky levantó el envoltorio de la chocolatina–. Te he hecho creer que todavía estábamos en la carrera de cross. Quería que pensaras que todo esto –señaló por la ventana el paisaje de rascacielos de Nueva York– nunca había ocurrido. Perdona.

—Pero me sentía mojada... por esa lluvia. Era todo tan real –dijo Molly.

—Bueno, ese es el poder del hipnotismo –comentó Rocky.

—¿Pero por qué... por qué lo has hecho?

—Lo siento –volvió a decir Rocky–. Pero bueno, estabas diciendo que ojalá no hubieras encontrado nunca ese libro del hipnotismo... así que quería demostrarte lo afortunada que eras de haberlo encontrado, y quería demostrarte que yo también sé hipnotizar.

—¡Así que tú también eres un hipnotizador! No puedo creerlo –dijo Molly, dándole aún vueltas la cabeza por el viaje mental que le estaba dando Rocky, y totalmente anonadada de su talento–. Así que esto es lo que se siente cuando te hipnotizan... ¡Una sensación muy agradable! ¿Y cómo aprendiste?

Rocky sonrió.

—Adivina.

—No lo sé, ¿tus nuevos padres son hipnotizadores? –sugirió Molly.

—No.

—Me rindo.

—Vale –Rocky se llevó la mano al bolsillo de su cazadora de cuero y sacó cuidadosamente dos paquetitos envueltos en pañuelos de papel–. ¿Reconoces esto? –preguntó, tendiéndole a Molly el más abultado. Molly abrió el papel, y dentro encontró un trocito de cuero duro de color burdeos. Le dio la vuelta y al otro lado descubrió una gran letra mayúscula de color dorado:

H

—¡La "H" que faltaba! –exclamó asombrada y, cogiendo el libro del hipnotismo, colocó con cuidado la H en su lugar correspondiente. Encajaba perfectamente, y la extraña palabra IPNOTISMO se convirtió de nuevo en HIPNOSTISMO.

Entonces Rocky le pasó el otro paquete. En este había unas hojas amarillentas muy bien dobladas. Molly las desdobló.

—¡No me lo puedo creer! ¡Así que tú eres el que arrancó estos capítulos!

—No pude resistirme –dijo Rocky–. Capítulo siete: "Cómo hipnotizar solo con la voz", y Capítulo ocho: "Hipnotismo a larga distancia". Son mis especialidades.

—Y yo que creía que la que había robado el libro era yo –dijo Molly.

—Yo fui el primero en coger el libro –explicó Rocky–. Lo encontré en la sección de consulta de la biblioteca, así que lo leí ahí.

»Me llevó siglos leérmelo. Cada vez que tenía un ratito libre, me escapaba a la biblioteca. Creo que pensaste que ya no me caías bien, porque no hacía más que desaparecer. La verdad es que estaba tratando de aprender a ser un hipnotizador porque tenía un plan. Quería conseguir que tú y yo nos marcháramos de Hardwick House hipnotizando a la pareja americana que vino al orfanato. Quería hipnotizarlos para que vieran lo fantástica que eres. Quería que te dijeran lo mucho que te apreciaban porque todos los demás eran siempre muy malos contigo. Quería que los americanos te devolvieran tu confianza en ti misma. Por eso nunca te dije nada del libro. Y cuando lo estaba leyendo, ese trocito de la portada se cayó, así que me lo guardé. Y decidí... mmm... coger prestadas estas páginas. ¿Pero sabes una cosa? Creo que debería devolverlas ya a su sitio.

Rocky cogió las páginas, las alisó bien y, abriendo el libro sobre hipnotismo, volvió a colocarlas en su lugar.

—Habéis vuelto a vuestro hogar dulce hogar –dijo, y luego le dio el libro a Molly.

—Pegaremos la H que se cayó –indicó, envolviéndola junto con el libro en los pañuelos de papel. Guardando el libro en la caja fuerte, se imaginó a Rocky practicando las lecciones del doctor Logan, como lo había hecho ella–. ¿Hipnotizaste a algún animal? –preguntó muy intrigada.

—Sí, a un ratón en la biblioteca.

—¡Me tomas el pelo!

—Nunca había visto a un ratón dar tantas volteretas –dijo Rocky riéndose.

Molly también se echó a reír.

—¿Y personas? ¿A quién hipnotizaste?

—Bueno, las personas no me resultaron fáciles –recordó Rocky–. Podía hipnotizar a medias a la gente, pero nunca me salía bien del todo. ¿Recuerdas cuando Edna te reemplazó en tu castigo de lavar los platos?

—Sí.

—Bueno, pues conseguí hipnotizarla para que se ofreciera a ayudarte, pero mis poderes no eran muy fuertes, y eso es todo lo que logré obligarla a hacer. ¿Y te acuerdas de la discusión que tuvimos, en la carrera de cross, cuando puse esa cara de pez?

—Sí –dijo Molly sonriendo.

—¿Y que tú me dijiste que tenía cara de tonto?

222

—Sí –dijo Molly, riéndose al recordarlo.

—Pues bien –prosiguió Rocky–, estaba tratando de hipnotizarte para que te tranquilizaras, porque estabas de un humor de perros.

Molly sonrió al recordarlo.

—¿Y entonces cuándo empezó a dársete bien lo de hipnotizar? –preguntó.

—Bueno, algo cambió el día que los Alabaster vinieron a Hardwick House, por lo menos lo suficiente para que cayeran bajo mis poderes. Yo estaba estupefacto. No me lo podía creer cuando vi que querían llevarme a su casa con ellos. Volvieron otra vez el sábado por la mañana, y querían que me fuera con ellos inmediatamente, y claro, la señorita Adderstone estaba encantada de librarse de mí, y no tuve tiempo de estar otro rato con ellos a solas para convencerlos de que te adoptaran también a ti.

—Pero Rocky, a lo mejor sí les gustabas de verdad –interrumpió Molly.

—Bueno, sí, a lo mejor –admitió Rocky–. A lo mejor. Bueno, total, lo que ocurrió, Molly, es que tú estabas arriba, enferma, y yo quería despedirme de ti y explicarte que volvería a buscarte a ti y a todos los niños pequeños. ¡Guau! Tenía un plan fantástico... Pero la señorita Adderstone no me dejó verte. Dijo que tenías una enfermedad muy contagiosa y que estabas dormida, y yo sabía que no iba a poder hipnotizar a la señorita Adderstone, y los Alabaster dijeron que como tenía que viajar, era mejor que no me contagiara de tu enfermedad; y era horrible porque no quería hacer una escena por si acaso se arrepentían de adoptarme, pero sabía que tú te pondrías muy triste, así que te escribí una nota, pero supongo que la señorita Adderstone nunca te la dio y... oh, Molly, lo siento –Rocky calló, sin aliento, y se tomó un sorbo de Skay.

223

—No pasa nada –dijo Molly–. Me imaginaba que tenía que haber pasado algo así.

—Pero ahora ya se me da mejor el hipnotismo –dijo Rocky, sonriendo astutamente–. El hipnotismo empleando solo la voz es mi punto fuerte. Y funciona casi siempre.

—Humm –dijo Molly, muy impresionada, y poniendo la voz de una experta, añadió–: Yo nunca he conseguido dominar la técnica del hipnotismo empleando solo la voz porque no pude encontrar las lecciones que la explicaban. Mi especialidad es el hipnotismo empleando solo los ojos, con un poquito de voz para rematar la faena. ¿Te imaginaste que había encontrado el libro cuando me viste en la tele?

—Pues claro que me lo imaginé –contestó Rocky.

Molly se reclinó en su asiento y sonrió. Era genial haber recuperado a Rocky y tener a alguien con quien hablar.

—Los amigos de verdad son lo mejor que hay –dijo–. Mejor que la popularidad, la fama o el dinero. Rocky, me alegro tanto de que me hayas encontrado. Pero, ¿qué vamos a hacer con lo de Pétula? ¿Y con lo de Nockman y el robo del banco?

—Bien –dijo Rocky asintiendo despacio–. Ahora las cosas son un poco distintas porque Nockman no sabe nada de mí.

—Espero que no –dijo Molly bajito.

—¿Cuándo crees que te pedirá que robes el banco?

—¿Quién sabe? –contestó Molly–. Es tan avaricioso..., ¿tal vez mañana?

—¿Tan pronto? En ese caso, tenemos el tiempo justo para prepararnos. Creo que sé lo que podemos hacer. Tengo una idea. Un poco arriesgada, tengo que reconocerlo, pero a lo mejor funciona.

Capítulo 26

Un rayo iluminó la celda de Pétula. Odiaba las tormentas, y allí sola estaba aún más aterrorizada. Se estremeció en el rincón del húmedo sótano en el que Nockman la mantenía encerrada.

Tras secuestrarla, se la había llevado lejos del teatro, y habían pasado la noche metidos los dos en su camioneta blanca; él tumbado en la parte trasera, y ella metida en su jaula. Detrás de los barrotes, Pétula había estudiado la cara de morsa de Nockman y su escorpión de oro; y mientras lo oía roncar, se había estado preguntado por qué se la habría llevado ese hombre que olía tan raro. Había conseguido alcanzar con la pata un bocadillo medio empezado de salchicha ahumada, el cual había introducido en su encierro. Entonces, con el estómago lleno, se había quedado dormida. Al día siguiente, el hombre había llevado la camioneta a la nave industrial vacía y fría en la que estaban ahora. Había aparcado la camioneta dentro de la nave, junto a un gran camión y luego, con manos enguantadas, había llevado la jaula con Pétula dentro hasta ese sótano. Había abierto la puerta de la jaula, le había quitado su collar sin ninguna delicadeza, la había dejado allí y se había marchado. Afortunadamente, en la habitación había una tubería que goteaba agua, así que sed no iba a pasar, pero no tenía nada que comer.

Pétula dio vueltas y más vueltas sobre un viejo sofá roto que olía a humedad tratando de encontrar una postura cómoda. Echaba de menos una piedra para chupar. Quería que pararan los relámpagos.

Ese mismo rayo iluminó la acera mientras Nockman se escabullía bajo la lluvia. Estaba recorriendo deprisa unas calles oscuras de la zona sur de Manhattan, alejándose de Central Park, donde acababa de encontrarse con Molly Moon en el kiosco de música. Tenía los pies empapados de meterse en los charcos y su sombrero chorreaba agua, pero por dentro se sentía eufórico. Había chantajeado a Molly de forma maravillosa y perfecta. No podía rechazar sus exigencias de ninguna manera. En pocos días sería el más rico de todos los delincuentes de la historia de la delincuencia. ¡Cómo amaba a esa perra!

De vez en cuando, Nockman se detenía en un portal para recuperar el aliento y para controlar que Molly no hubiera llamado a ningún poli. Cada vez que lo hacía, el único sonido que le llegaba era el de la lluvia cayendo pesadamente sobre el suelo. Y de nuevo se ponía en camino, corriendo por callecitas y callejones, dirigiéndose hacia su almacén. Llegó quince minutos después y con unas manos temblorosas buscó las llaves. Dentro se dejó caer pesadamente sobre una silla, latiéndole todavía el corazón por la velocidad de su carrera. Unos minutos más tarde se levantó y se sirvió un buen whisky, y, cinco whiskys después, se quedó dormido.

Nockman tuvo un sueño agitado y se despertó a las seis de la mañana del día siguiente, con la boca seca y una resaca terrible por todo el whisky que se había tomado. Se levantó para coger una botella de agua y mirando bien en el oscuro almacén, se dio cuenta de que nadie lo había seguido, y eso le hizo sentirse mucho mejor. A las ocho ya estaba en una cabina telefónica marcando el número de Molly. Para no correr ningún riesgo, llevaba puestos sus auriculares distorsionadores y acercó el micrófono al teléfono.

Molly se sentó en la cama para contestar al teléfono.

—Buenos días, Molly —dijo Nockman—, te felicito por no haber hecho ninguna tontería. Tu perra sigue bien.

Molly hizo frenéticas señales a Rocky de que estaba hablando con Nockman. Rocky se incorporó rápidamente.

—¿Doy por hecho que aceptas realizar el trabajo? —preguntó.

—Sí —contestó Molly, y su voz sonaba como la de un extraterrestre a causa de la máquina distorsionadora.

—Bien. ¿Tienes un bolígrafo?

—Sí.

—Pues yo tengo la dirección del almacén al que debes llevar el furgón del banco, una vez que esté lleno de joyas. Encontrarás la puerta abierta.

Molly anotó la dirección del almacén. Estaba en el lado oeste de Manhattan, en la calle 52, junto a los muelles, donde había muchos edificios abandonados.

—Vale, entonces llevo el furgón del banco hasta la puerta del almacén, conducido por un guardia de seguridad hipnotizado –recapituló Molly–, ¿y luego qué?

—Por Dios, Molly –se impacientó Nockman–, está todo en las instrucciones que te di. Espero de verdad que estés a la altura del trabajo.

—Sí, sí –dijo Molly–. Lo siento, es solo que estoy un poco nerviosa.

—Será mejor que no estés tan nerviosa como para fastidiarla, Molly. Porque no trataré muy bien a tu perra si haces las cosas mal.

—No, lo siento mucho –se disculpó Molly–. Lo recuerdo todo. El guardia de seguridad carga las joyas del furgón en su camión. Mando al guardia de vuelta al banco, con la mente en blanco, y luego viene usted a buscar el furgón, y cuando se lo haya llevado lo bastante lejos, me llamará, y me dirá cómo recuperar a Pétula.

—Correcto. Ah, Molly, y no llamaré hasta que esté totalmente seguro de que has robado toda la mercancía. Hasta la última esmeralda.

—¿Y cuándo quiere que haga el trabajo? –preguntó Molly.

—Hoy. Esta mañana.

—¡Esta mañana!

—Sí –dijo Nockman. Había decidido que era mejor presionar a Molly antes de que pudiera cambiar de opinión. Si le daba tiempo, tal vez lo persiguiera, o ideara alguna manera de frustrar sus planes. Además, estaba muy impaciente por sentir entre sus dedos todos esos rubíes.

—Estas son tus últimas instrucciones. Quiero que las personas que se encuentren en el banco estén en trance hasta las dos y media. Recogeré mi camión del almacén de la calle 52 antes de que alerten de que han robado el banco. Me llevaré la mercancía a las dos menos cuarto.

—¿A las dos menos cuarto de la tarde de hoy? Pero... De acuerdo –convino Molly.

Nockman colgó el teléfono y se quitó su equipo antihipnótico. Luego salió de la cabina y volvió a su helador almacén. Tiró su pelliza a la parte trasera de la camioneta, dio una palmadita a su camión marrón, que muy pronto estaría lleno de un precioso botín, y bajó las escaleras para llevarse a Pétula.

La habitación de la perrita olía fatal. La pobre Pétula se había orinado en el suelo, y eso que ella era una perrita muy bien educada. Cuando Nockman entró trató de ofrecer resistencia, pero este llevaba guantes otra vez, así que sus mordiscos no le hicieron ningún daño. Además, Pétula se sentía débil. Nockman la cogió por la piel del cuello y la metió en la jaula. Pétula se sentía abatida y tenía mucha, mucha hambre.

Con la jaula dentro de la camioneta, Nockman atravesó la isla de Manhattan, cruzó el puente de Brooklyn, hasta llegar a una pequeña zona industrial llena de árboles donde tenía otro almacén un poco más grande. A lo largo de los años, el negocio delictivo de Nockman le había proporcionado una cierta riqueza, que le había permitido comprarse dos almacenes. Eran útiles para su negocio. Ese segundo almacén era donde Nockman guardaba toda su mercancía robada. Estaba lleno hasta reventar de cajas y bolsas llenas de objetos robados, que iban desde vasos de cristal y cubiertos hasta estatuas de enanos de jardín, pasando por máquinas cortacésped; cualquier cosa que Nockman pudiera robar y luego revender.

Entró en el almacén, aparcó la camioneta, salió y, muy contento de sí mismo, le dio una patada a uno de los sonrientes gnomos de jardín. La "Operación hipnobanco" estaba en marcha. Nockman ya casi se había catapultado a la Súper Liga del Delito. ¡Ya casi estaba ahí! Para él ya se había acabado la delincuencia a pequeña escala. Pronto estaría revolcándose en dinero. El próximo paso era meter en alguna parte a esa estúpida perra y prepararse para volver a Manhattan a recoger su botín. Nockman estaba en tensión. Se tomó una rápida copa de whisky para calmarse.

*

En la habitación de Molly había una mesa del servicio de habitaciones con los restos de dos desayunos. Molly miró a Rocky y se tiró del pelo.

—¡Hoy! No puedo creer que quiera que lo hagamos hoy mismo. Ya son las ocho y cuarto, y quiere que todas las joyas estén en su primer almacén, cargadas en su camión, antes de las dos menos cuarto. Eso nos deja...

—Cinco horas y media... –calculó Rocky– para robar el banco, cargar el botín en el furgón, llevarlo hasta su almacén, y luego cargarlo en su camión.

—Pero no nos hemos aprendido los planes de memoria.

—Nos los llevaremos con nosotros.

—¿Pero eso es posible?

—Tendremos que intentarlo.

—Más que intentarlo –corrigió Molly–, tenemos que hacerlo al cien por cien bien.

—Es cierto –convino Rocky.

Ambos permanecieron unos momentos en silencio pensando en la ingente tarea que tenían por delante. Entonces Molly dijo:

—¿A qué estamos esperando? Acabemos con esto de una vez.

Capítulo 27

A las ocho y cuarenta Molly y Rocky, vestidos con vaqueros y anoraks, se encontraban en la puerta del Banco Shorings. Era una fortaleza enorme y austera, de paredes altas y sólidas como la ladera de un pequeño acantilado. En dos balcones había jardineras llenas de bayas rojas de acebo. Escondidas en las bayas había cámaras que filmaban la entrada al banco. No abría sus puertas hasta las nueve.

Molly y Rocky se sentaron en un banco al otro lado de la calle, ocultos detrás de un arbusto. Tapando los planes de Nockman con tebeos, se estaban haciendo preguntas el uno al otro sobre la distribución del banco, tratando de visualizar dónde estaba cada cosa, y dónde estarían todas las personas que trabajaban en el banco. Por entre los arbustos miraban a los neoyorquinos que se encaminaban deprisa a sus lugares de trabajo. A doscientos metros de allí veían a los guardias de seguridad del banco vigilando la entrada, alertas a cualquier ladrón. Molly y Rocky tiraban piedras a la cuneta esperando a que pasaran los últimos minutos.

—Solo espero que todos sean fáciles de hipnotizar –dijo Molly–. Y tú sabes hacerlo, ¿verdad, Rocky? Mira, no quiero ser borde contigo, pero como me dijiste que te funcionaba casi siempre... ¿Más o menos cuántas te funciona? El problema es que si lo haces mal, y se enteran de que los estamos hipnotizando, entonces la habremos fastidiado...

—Te hipnoticé a ti, ¿no? –dijo Rocky.

—Eso es verdad –reconoció Molly–. ¿Pero estás seguro de que sabes hacerlo aunque estés nervioso?

—Sí. Bueno, creo que sí.

—¿Ahora estás nervioso?

—Sí.

—Yo también.

Molly no las tenía todas consigo con respecto a Rocky, pero sabía que lo haría lo mejor posible, y necesitaba un cómplice, así que trató de no pensar en las cosas que podían salir mal.

—Rocky, ¿no te dará por desaparecer por ahí una vez que estemos dentro, verdad? No me dejes sola justo cuando tengamos que irnos o hagas cualquier otra cosa rara.

—Tranquila, Molly –dijo Rocky–. Te están entrando los nervios de última hora. Podemos hacer esto. Siempre y cuando recuerdes todo lo que planeamos anoche, ¿vale?

—Vale –contestó Molly, tratando de tranquilizarse.

Un reloj que había en una de las paredes del banco dio las nueve, pegándoles un buen susto a los dos. Y entonces se abrieron las pesadas puertas de hierro del banco.

—¿Tú crees que todas las personas que trabajan allí ya estarán dentro del banco? –preguntó nerviosa.

Rocky se encogió de hombros.

233

—Supongo –metió los planos del banco en la mochila de Molly junto con el libro del hipnotismo que estaba ya bien envuelto para entregárselo a Nockman.

Los dos amigos salieron de su escondite y se acercaron despacio al banco. Cuanto más cerca estaban, más grande les parecía el edificio, y más vueltas les daba el estómago por culpa de los nervios.

—Tengo mariposas en el estómago –dijo Rocky.

—Qué suerte tienes –dijo Molly secándose las manos en los vaqueros–, yo tengo medusas.

Subieron con cautela los escalones de entrada. Cuando atravesaron las enormes puertas, Molly se fijó en los grandes candados que cerraban la entrada por la noche, y en los dos guardias de seguridad que parecían gorilas, y que la miraron de arriba abajo.

Dentro del banco hacía fresco y reinaba el silencio. De los altos techos colgaban ventiladores de cobre y lámparas verdes, y el suelo era de mármol negro y brillante. Molly levantó la vista a las altas ventanas de barrotes y vio cámaras, como amenazadoras moscas negras, agazapadas en las paredes. Aquí y allá había elegantes mesas recubiertas de cuero, que tenían balanzas para pesar, y detrás de las cuales se sentaban los empleados del banco. También había mesas donde los clientes podían disponer rubíes y piedras preciosas sobre unos pañitos blancos para que los empleados las inspeccionasen con lupas. A lo largo de toda una pared había cabinas de cristal que separaban a otros empleados de los clientes del banco, y de un lado a otro de la sala se extendían cordones rojos separados por postes dorados. Ya había varios clientes haciendo cola. Sonaban teléfonos y los empleados contestaban. El lugar bullía de actividad.

—Uf –susurró Molly, perdiendo la seguridad en sí misma–. Mira las cámaras. Esto va a ser difícil.

—No si sigues paso a paso nuestro plan –dijo Rocky para animarla–. Ya verás, todo va a salir bien... y... buena suerte, Molly.

Molly tragó con dificultad y asintió.

—Igualmente –contestó, y Rocky fue a sentarse en una silla que había junto a la pared.

Molly se dirigió a una mesa en un rincón de la sala. Se sentó frente a un empleado joven con pecas en la cara.

—Buenos días –saludó Molly–, quisiera depositar unos rubíes.

—Cómo no, señorita –dijo el empleado, levantando la mirada inocentemente. El pobre muchacho fue una víctima fácil. Cayó en la red de Molly como un insecto ciego.

Pronto Molly llegó a sus instrucciones finales.

—De ahora en adelante, harás exactamente lo que yo te diga, o lo que te diga mi amigo. Hasta las diez de la mañana te comportarás con normalidad con los otros clientes. Luego, a las diez, te presentarás en la entrada del banco y esperarás nuevas instrucciones.

El empleado asintió con la cabeza.

—¿Y cuándo querría traer esas joyas? –preguntó, comportándose con normalidad.

—Muy bien, así me gusta –aprobó Molly–. Y ahora llévame por favor a ver al director del banco.

El empleado acompañó a Molly por una puerta de seguridad. Fingiendo la mayor naturalidad posible, miró hacia adelante, sin hacer caso de quien la pudiera estar mirando, y siguió al joven de pecas por un largo pasillo hasta que llegaron a una puerta con una placa dorada que decía: «Señora V. Brisco. Directora».

El empleado llamó y entraron. Esto sobresaltó a la secretaria que dejó de teclear y miró irritada a estos intrusos que no habían anunciado su visita, pero tras mantener unos segundos la mirada de Molly, también ella cayó atrapada en la red, y habló a la señora Brisco por un interfono.

—Perdone que la moleste, señora Brisco, ha venido a verla una persona llamada...

—Soy la señorita... esto... –Molly recorrió la habitación buscando desesperadamente algo que la inspirase–. La señorita Yuca –dijo al ver una planta de pinchos en el alféizar de la ventana, y estremeciéndose por dentro al escuchar el estúpido nombre que salía de sus labios.

—La señorita Yuca –repitió la secretaria–. Creo que debería verla.

—Hágala pasar –respondió fríamente la directora.

La directora del banco era una mujer bajita de unos cincuenta años, con manos temblorosas y rasgos desdibujados. Recibió a Molly con un gesto de impaciencia, examinándola por detrás de unas gafas de montura de carey y preguntándose qué diablos querría esa niña.

—Me temo que no organizamos visitas guiadas del Banco Shorings para colegios. Pero puedes coger folletos explicativos para tu trabajo escolar. Estoy segura de que bastarán para lo que necesitas. Buenos días.

—No –dijo Molly–. Por favor, quería que me ayudara usted personalmente en mi trabajo escolar.

Como directora de un banco, la señora Brisco había aprendido a desconfiar mucho de la gente, con lo que fue difícil hipnotizarla. Molly la encontró sorprendentemente resistente a sus poderes. Era como un perro que tira de su correa, negándose a ir donde quiere su amo, pero era inevitable que la señora Brisco acabara cediendo, pues la que sostenía la correa era Molly. Se retorció y se retorció, y trató de defenderse, pero no pudo resistirse a los ojos hipnóticos de Molly. Al cabo de treinta segundos, Molly ya la tenía totalmente desorientada.

Poco después, la señora Brisco había accedido a hacer todo lo que le pidiera Molly.

Sin perder un segundo más, mandó venir a su despacho a todos los empleados del banco, uno a uno, y Molly los fue hipnotizando. Les dio las mismas instrucciones a todos; que siguieran trabajando con normalidad hasta las diez, y luego se reunieran en el vestíbulo y aguardaran nuevas instrucciones. Molly quería que el banco siguiera funcionando con normalidad el mayor tiempo posible. Ya eran más de las nueve y media.

Mientras tanto, Rocky permanecía en la puerta del banco, vigilando a todo el que entraba. Veía a los clientes entrar y salir. Los empleados que estaban al otro lado de las mamparas de cristal dejaban sus mesas y regresaban un rato después, con los ojos vidriosos.

Desde el despacho de la directora, una vez que Molly terminó con todos los guardias de seguridad, incluidos los dos gorilas de la puerta y los demás empleados del banco, se concentró en las cámaras, que espiaban desde todos los rincones. Descubrió que algunas estaban escondidas en papeleras. Ya debían de haberlos filmado a ella y a Rocky más de veinte cámaras. Era muy importante borrar estas pruebas, y solo entonces podrían reanudar su trabajo. La señora Brisco la acompañó a la sala de vídeo, y apagó todas las cámaras.

—Ahora –dijo Molly dejando escapar un suspiro de alivio–, quiero que rebobine las cintas y borre todo lo que se ha filmado esta mañana.

—Imposible –contestó la directora–. La-filmación se-realiza-electrónicamente-desde la-oficina-central.

—¿Qué? –exclamó Molly con incredulidad. No podía creer lo que estaba oyendo. ¡Rocky y ella grabados en una cinta, en la oficina central! Era terrible. ¡Reconocerían a Molly! Hasta el detective más tonto sospecharía al verla paseándose por los despachos internos del banco. Las notas de Nockman no decían nada de nada de una oficina central. Molly estaba furiosa y a la vez presa del pánico–. Espere aquí un momento –ordenó. Con el estómago dándole vueltas por los nervios, corrió a buscar a Rocky.

—Rocky –gruñó–, tenemos un problema. Nos han filmado y no se puede borrar porque la grabación llega automáticamente a la oficina central... No podemos seguir con el plan, nos cogerían enseguida. Pero Rocky, si no lo hacemos, ¿qué pasará con Pétula?

Rocky se preocupó.

—Llévame a la sala de vídeo –dijo–. No te prometo nada, pero tal vez consiga solucionar esto.

Tras encontrar en la agenda de la señora Brisco el número de teléfono del director de la oficina central, Rocky se instaló con el teléfono y trató de concentrarse. Solo había hipnotizado por teléfono un par de veces antes, así que estaba nerviosísimo porque no sabía si sería capaz de volverlo a hacer ahora. Era muy difícil relajarse con Molly al lado suspirando y mordiéndose el labio. Entonces respiró hondo y se lanzó.

Concentrándose como si su vida dependiera de ello, marcó el número. Contestó una operadora con voz de tonta, y como la persona no se lo esperaba, a Rocky le resultó mucho más fácil de lo que pensaba hipnotizarla a larga distancia. Poco después, la operadora había borrado toda la filmación de la mañana. Sintiéndose mucho más seguro de sí mismo, Rocky llamó a la empresa de seguridad del banco y obligó al director a desconectar la alarma del Banco Shorings.

—Caray –susurró Molly–. ¡Has estado genial, Rocky!

—He tenido suerte –contestó Rocky, respirando mejor ahora–. Por un momento pensé que no funcionaría. Pero esto demuestra –señaló– que los planes de Nockman resultan anticuados. Espero que no nos aguarden más sorpresitas desagradables.

Molly asintió muy nerviosa. Entonces pudieron proseguir con el plan.

La señora Brisco mandó llamar a su despacho a los dos guardias de seguridad de la entrada. Cuando los tuvo delante, con sus miradas vidriosas y sus lenguas colgando de las bocas, Molly pensó que parecían hombres prehistóricos.

—¿A cuál de los dos elegimos como conductor? –le preguntó a Rocky–. ¿Cuál crees que parece más inteligente?

—Yo diría que ninguno de los dos tiene el cerebro más grande que el de un mosquito –contestó Rocky–, pero quizás el de la izquierda parezca un pelín menos tonto.

—¿Por qué te lo parece?

—Porque no está intentando comerse el cuello de la camisa.

El guardia de seguridad que eligieron era el más fornido y también el más peludo. Rocky se llevó al hambriento de vuelta a la puerta del banco, y Molly se dejó acompañar hasta el garaje por el más listo. Estaba en la parte trasera del edificio, al otro lado de un estrecho pasillo, al final del cual había una salida de incendios con la puerta negra y un picaporte metálico. Al otro lado de la puerta había un balcón de acero y unos escalones que bajaban al suelo de cemento de un garaje tan grande como una cancha de tenis. Ahí estaba el furgón. Un furgón gris, del tamaño de un pequeño elefante. Molly se imaginó subida a lomos del animal.

239

—¿Es este el único furgón que tienen? –preguntó preocupada de que no cupiera en él toda la mercancía de Nockman.

—Grrsígrr –gruñó el guardia.

—¿Cree que cabrá el contenido de las salas de seguridad del banco?

—Grrsígrr.

—¿Qué le hace estar tan seguro? –preguntó Molly, esperando que el cerebro de mosquito del guardia funcionara.

—Porque las piedras no son *mu* pesadas, son *mu* caras pero no son *mu* pesadas.

—Vale –dijo Molly mirando las ventanillas pequeñas y oscuras del furgón, y las puertas blindadas. Esperaba que el hombre estuviera en lo cierto.

Molly volvió al vestíbulo y, sin llamar la atención, hipnotizó a los trece clientes que estaban ahí. Pronto se encontraban en fila como soldaditos de plomo pasando revista. Y cuando el reloj dio las diez, se cerraron las puertas del banco. Alguien colgó un letrero en el exterior.

Cerrado durante cuatro horas y media,
debido a un cursillo de formación del personal.
Rogamos disculpen las molestias.

Unos clientes muy disgustados que querían entrar tuvieron que quedarse en los escalones, quejándose. Luego, los empleados hipnotizados empezaron a llenar el vestíbulo, y pronto ellos también se pusieron todos en fila como soldaditos de plomo.

—Esto es como un sueño –susurró Rocky.

Durante un momento él y Molly permanecieron quietos. Era extraño estar ahí, con todo el personal a su merced.

240

El timbre de un teléfono sobresaltó a Molly, pero enseguida contestó una recepcionista que, siguiendo las instrucciones que había recibido, dijo: «Me temo que en este momento no se puede poner. Ya le llamará, adiós».

—Bien –dijo Rocky–, a por el sótano.

La señora Brisco los llevó por un pasillo gris hasta un ascensor. Allí, marcó un código de diez dígitos en una cajita plateada. Las puertas se abrieron con un susurro, y Molly y Rocky entraron con ella en el ascensor. Mientras bajaban, Molly empezó a sentir mucha claustrofobia. Ella y Rocky estaban verdaderamente metidos hasta el cuello en el asunto. Habían hipnotizado a treinta y cinco personas que se precipitarían a llamar a la policía si salían del trance. Y esas personas permanecían todas arriba, mientras Rocky y ella estaban cumpliendo con su trabajo abajo, en el sótano. Si cualquiera de los empleados despertaba del trance, Rocky y ella estarían perdidos. Molly expulsó ese pensamiento de su mente y trató de concentrarse en lo que tenía que hacer. Le temblaban las rodillas y se estremecía de nervios; y para colmo, el miedo hacía que cada dos por tres le dieran ganas de ir al baño, aunque sabía que en realidad no necesitaba ir. Se dio cuenta de que el rostro oscuro de Rocky estaba muy pálido. Molly se acordó de las miles de veces que él la había sacado de un apuro en Hardwick House. Se sintió culpable de haberle metido ahora en todo ese lío.

—Lo siento –susurró cuando se abrieron las puertas del ascensor.

—Olvídalo –le contestó Rocky con una sonrisa nerviosa.

Habían llegado al sótano. Molly reconoció las puertas de las salas privadas para contar las joyas, tal y como indicaban los planos de Nockman. Molly fue quedándose algo rezagada mientras la señora Brisco los conducía por el estrecho pasillo de techo bajo que llevaba a las salas de seguridad donde estaban las cajas fuertes con las joyas. Tenía curiosidad por ver cómo eran esas salas para contar joyas, y también quería comprobar que dentro no hubiera ningún guardia que aún no estuviera hipnotizado. De modo que, separándose de Rocky y de la señora Brisco, se metió en una de ellas. Menos mal que lo hizo.

Un hombre con cara muy seria y un grueso traje de rayas levantó la mirada. Delante de él, sobre la mesa, tenía una caja fuerte, y estaba acariciando un enorme diamante.

—¿Qué diablos hace una niña aquí abajo? –preguntó, entrecerrando los ojos y frunciendo la nariz agresivamente. Rápidamente, Molly lo hipnotizó y le quitó el diamante. La piedra era pesada, dura y grandísima. Brillaba en la palma de su mano.

—Caray, esto debe de valer una fortuna –dijo maravillada.

—Y tanto –gruñó el hombre con pinta de gángster–. Lo he-robado-hoy.

—¿De dónde? –preguntó Molly, anonadada y fascinada por el ladrón.

—Se-lo-he robado-a-otro-granuja.

Molly se estremeció, metió el diamante en el bolsillo de su anorak, y se unió a Rocky que estaba tres puertas más adelante, con la señora Brisco junto a las salas de seguridad.

Rocky tenía una cara como si le acabaran de decir que habían hecho picadillo a Pétula.

—¿Qué ocurre?

—Las cerraduras –contestó con voz ronca–. Ese estúpido de Nockman no sabe nada de este lugar. Lo han actualizado todo desde que él estuvo aquí trabajando.

No podemos entrar de ninguna manera en estas salas de seguridad, ni abrir las cajas fuertes con las joyas.

—¿Por qué no?

—Porque la señora Brisco me ha dicho que ella sola no puede abrirlas. Para abrirlas tienen que estar presentes los clientes que guardan en ellas sus joyas, además de la señora Brisco. Hay cinco salas de seguridad, con ochenta cajas fuertes cada una. Eso suman cuatrocientas cajas, y cuatrocientos clientes que tienen que estar presentes.

—¿Pero por qué? –preguntó otra vez Molly.

—Porque –contestó la señora Brisco– tenemos una-nueva-máquina que solo abre las cajas con-la-información-adecuada-que le doy-yo y el cliente-autorizado.

—¿Qué tipo de información?

—Información del iris.

A Molly de pronto le temblaron las piernas. ¿De qué estaba hablando la señora Brisco?

—Enséñeme la máquina.

La señora Brisco la llevó hasta una caja negra que había en la pared. Tenía un panel con botones que iban del cero al nueve, y una pantalla electrónica donde aparecían los números en verde. En ese momento, en la pantalla se leía cero, cero, cero. A la derecha de los ceros había una luz amarilla del tamaño de una bola de billar.

—Explíqueme cómo funciona –ordenó Molly.

—Primero marco-el-número de-la-caja-fuerte que-hay-que-abrir. Luego la-máquina compara-mi-iris con el-que-tiene grabado-en-la-memoria. Posteriormente lee el-iris-del cliente y lo compara con el que-tiene-en-la-memoria. Si toda la información de-los-iris-concuerda, el ordenador-de-la-máquina-sabe que estoy presente y que también-lo-está-el cliente. La máquina entonces au-

toriza que se-abra-la-caja-fuerte. Funciona así para que-
nadie que quiera robar-las-joyas pueda abrir la-caja.

Molly hizo una mueca. No se esperaban esto en
absoluto. Miró a Rocky que parecía estar a punto de
vomitar.

—¿Y qué es un iris exactamente? ¿Algún tipo de
huella dactilar?

—En cierta manera es como una-huella-dactilar,
porque no hay dos-iris-humanos-iguales. Por eso funciona la-máquina.

—Sí, vale, ya sé por qué funciona –dijo Molly, sabiendo que habían perdido–. Solo quiero saber qué es
un iris.

La señora Brisco contestó monótonamente como si
estuviera leyendo la respuesta en un aburrido libro de
texto.

—El iris es la-parte-coloreada-del-ojo. La parte que
señala-de-qué-color-son los ojos de-una-persona. El iris
tiene músculos que-contraen-y-dilatan la-pupila negra
que está en-el-centro-del-ojo. Todos tenemos iris distintos. Los tuyos son preciosos son-de-un verde-muy-bo-
nito.

Un destello de esperanza brilló en los ojos de
Molly. Hizo una seña a Rocky:

—Tal vez funcione –le dijo.

Un minuto después, Rocky pulsó el número uno en
la máquina lectora de iris, para abrir la caja fuerte
número uno, y la señora Brisco se inclinó para que la
máquina leyera sus iris.

Entonces le tocó a Molly. Se inclinó hacia delante
y pegó su ojo al agujero amarillo. Miró al interior de
la máquina lectora de iris y la máquina, a su vez, miró
al ojo de Molly.

Ahí estaba el ojo de Molly, como una gran rueda
verde con rayos color esmeralda. La máquina empezó

a leer los conjuntos de diminutos músculos y venas, memorizando el diseño. Dejaba escapar pitiditos conforme iba procesando la información.

Entonces, de pronto, el ojo que estaba leyendo cambió. La máquina volvió a empezar su proceso, soltando pitiditos mientras leía el nuevo iris. Cuando el ojo volvió a cambiar, más rápido que antes, la máquina volvió a empezar una vez más. El ojo cambiaba, la máquina cambiaba. Entonces la pupila del ojo se agrandó, y la máquina se adaptó al nuevo tamaño. La pupila se encogió, y la máquina encogió sus datos. El iris en forma de rueda empezó a girar. La máquina estaba desorientada. No estaba programada para leer ojos que giraban. Y ahora las pintitas de los ojos de Molly lanzaban chispas. La temperatura de la máquina subió mientras buscaba en su memoria electrónica nuevas instrucciones que le dijeran qué debía hacer. El ojo empezó a palpitar, el ordenador trabajó a más velocidad, el ojo empezó a girar y a palpitar a la vez, y el ordenador empezó a perder el norte. Su temperatura aumentaba, el chip se estropeaba, el lector de iris se... se... de repente, el ordenador ya no recordaba dónde estaba el lector de iris, ni lo que era. De pronto lo único que podía calcular era lo perfecto que era el ojo que tenía delante. Su chip se sintió a gusto y nuevecito, como recién salido de la fábrica donde lo habían fabricado. Al ordenador le gustaba ese ojo. Le gustaba su iris. Era mejor que todos los iris que había leído en su vida, mejor que todos ellos juntos. El ordenador se relajó y se dio instrucciones a sí mismo de abrirse completamente.

PIN CLAC, PIN CLAC, PIN CLAC, PIN CLAC, PIN CLAC, PIN CLAC, PONG PONG PONG PONG.

Cuatrocientas cajas fuertes se abrieron a la vez. Y, simultáneamente, se abrieron también cinco puertas de barrotes de acero que antes impedían el paso a las salas de seguridad.

Molly apartó el ojo de la máquina y admiró su obra.

—A esto lo llamo yo tener estilo –dijo.

—A esto lo llamo yo tener una suerte tremenda –contestó Rocky.

Acompañó a la señora Brisco por las escaleras de subida –la salida alternativa del sótano– y volvió al vestíbulo del banco. Allí ordenó a las treinta y cinco personas hipnotizadas que hicieran una cadena humana que fuera desde las cajas de seguridad hasta el furgón aparcado en el garaje. La señora Brisco dio a Molly y a Rocky unos sacos de yute del tamaño de balones de fútbol, y un montón de grandes sobres marrones. Los dos se pusieron manos a la obra inmediatamente.

Las salas de seguridad estaban repletas de una sobrecogedora cantidad de tesoros. Cada una de las salas tenía ocho columnas de diez cajas, así que había ochenta cajas en cada sala. Cuatrocientas cajas en total.

Cada caja tenía dentro una bandejita metálica extraíble, y Molly y Rocky descubrieron que no había dos bandejas iguales. Unas tenían grandes rubíes cuidadosamente colocados sobre un pañito de terciopelo. Otras tenían paquetitos de rubíes del tamaño de una uña, apretados dentro como sardinas en lata. Había bandejas llenas de collares de perlas, y otras con sortijas de diamante. Algunas tenían bolsitas de cuero, seda o ante. Cada bolsita estaba llena de gemas. Había bandejitas con caras joyas antiguas y con piedras especialmente talladas. Molly y Rocky vaciaron cada bandeja, metiendo el contenido de cada una en un sobre marrón diferente, procediendo columna por columna. En cada saco de yute cabían diez sobres llenos de joyas.

Finalmente pasaron el último de los sacos a la cadena humana, que lo transportó hasta el garaje. Allí, el gorila los cargaba en el furgón.

Era un trabajo agotador. Joyas por valor de millones y millones de dólares salieron de las cajas. Pero por fin empaquetaron y cargaron hasta la última gema del banco. La parte trasera del furgón estaba llena de sacos bien repletos que aguardaban expectantes el siguiente paso del plan.

Molly y Rocky reunieron a los sudorosos empleados hipnotizados y les dejaron la mente en blanco.

—Os despertaréis todos cuando oigáis que el reloj da las dos y media –anunció Molly–. Todos diréis a la policía que una banda armada de atracadores con medias en la cabeza ha robado el banco, y cada uno de vosotros tendrá su historia que contar. Unos diréis lo asustados que estabais, lo que os dijeron los ladrones, bueno, esas cosas, y... hasta que sean las dos y media, podéis sentaros todos en el suelo y... cantar canciones. Una última cosa: no tendréis ningún recuerdo de mí ni de mi amigo.

Los hipnotizados se sentaron todos obedientemente y se pusieron a cantar. Molly pensó que estaban todos muy monos, parecían niños sentados en el suelo en una guardería. Entonces ella y Rocky se subieron a la cabina del furgón con el conductor hipnotizado, la puerta se abrió, el furgón salió, y la puerta se cerró a su paso.

El trayecto desde el Banco Shorings hasta el almacén de la calle 52 Oeste les puso los nervios de punta porque el gorila no controlaba del todo el furgón. Pero, al llegar a los muelles, pronto localizaron el edificio destartalado del almacén de Nockman. Molly trató de leer las pintadas que cubrían sus paredes mientras Rocky bajó a abrir las viejas puertas.

Empezó el trasvase. Había que volver a cargar los sacos en el camión marrón de Nockman. Cuando terminó el trabajo, el peludo guardaespaldas se sentó, con la cara colorada por el esfuerzo, y Molly le sirvió algo de beber.

—Muchísimas gracias –le dijo Rocky, que sentía un poco de lástima por él–. Ahora tiene que llevar el furgón vacío de vuelta al banco, pero hasta las tres en punto no llegará allí ni se despertará. No recordará esta dirección. A todo el que le pregunte, le dirá que le obligaron a descargar la mercancía del furgón en un montón de coches robados distintos, Mustang, Cadillac, y Sedan. Y dirá que después, lo ataron y le vendaron los ojos; y que cuando por fin logró liberarse, se encontró en... en... la calle 99, y desde allí volvió al banco con el furgón.

El gorila gruñó, y luego bebió un sorbo de agua, tirándose la mitad sobre la camisa. Al poco rato se marchó.

A las dos menos veinte, Molly se sentó en una silla, esperando nerviosa a que llegara Nockman.

Capítulo 28

A las dos menos cuarto exactamente se abrió la puerta del almacén. Nockman entró, vestido con su pelliza y equipado con su máquina antihipnótica. Cerró la puerta tras de sí. Tiritaba ligeramente, pues había pasado frío caminando desde la parada de metro, y le temblaban las manos por culpa de los nervios. No se fiaba de Molly. Sin embargo, tenía que hacerle ver que controlaba perfectamente la situación. Soltó un profundo suspiro ronco.

Ahí estaba Molly, sentada en una silla. No la veía muy bien porque llevaba las gafas antihipnóticas, pero seguro que era ella. El sonido de sus pasos le llegaba distorsionado a través de los auriculares, y cuando oyó su propia voz, le pareció la de Mickey Mouse.

—Ya está el camión cargado, ¿no?

—Sí. Con todas las joyas de las cajas fuertes. Hasta la última perla.

Nockman estaba impresionado. Esa niña era aún mejor de lo que se había imaginado. Pero no dejó que se notara su asombro.

—¿Y todo ha salido según lo previsto?

—Totalmente. Todos piensan que les ha atracado una banda de delincuentes armados. Y su camión tiene la mercancía completa, ya lo verá –Molly estudió al falso profesor como se estudia un insecto con un microscopio. Verdaderamente era un cochino piojo, y miraba a Molly como miraría un piojo a un humano al que estuviera a punto de chupar la sangre; sin compasión.

—Bien –dijo–. Estás aprendiendo. La próxima vez podrás robar un banco tú sola, sin mi ayuda. Bueno, ¿y qué hay del libro? Eso también era parte del trato.

Molly cogió el paquete envuelto en papel de seda que tenía detrás de la silla y se lo tendió a Nockman. Este lo cogió y quitó el envoltorio sin miramientos para asegurarse de que no le daban gato por liebre.

—Mío –dijo avariciosamente, como un niño mimado. Ahora estaba impaciente por marcharse de allí.

Subió deprisa al camión. El vehículo se estremeció cuando Nockman arrancó el motor, y el almacén se llenó de humo que salía del tubo de escape.

—Te llamaré cuando haya terminado de comprobar la mercancía –dijo deprisa–. Ahora abre la puerta.

—¿Cómo está Pétula? ¿Está bien? –preguntó Molly, poniéndose de puntillas para hablar con él a través de la ventanilla del camión.

—Bien, bien –mintió Nockman–. Le he dado muy bien de comer, carne, beicon y galletas de chocolate.

—¿Galletas de chocolate?

—Sí, y cuanto antes abras la puerta del almacén, antes te llamaré, y antes verás a tu perra.

Molly dejó salir a Nockman y lo contempló alejarse en su camión marrón por la calle 52 Oeste.

*

En cuanto Nockman perdió de vista los muelles se quitó las gafas antihipnóticas y los auriculares de la máquina distorsionadora de voz. Las marchas del camión crujían al mover la palanca de cambios. Le latía muy deprisa el corazón. Aunque sabía que podría salir fácilmente de la isla de Manhattan antes de que se descubriese el atraco, estaba nerviosísimo. Gotas de sudor resbalaban por su frente y se le metían en los ojos, nublándole la vista. Maldecía cada semáforo y gritaba blasfemias a todo el que intentaba cruzar la calle. Pero muy pronto llegó a la zona industrial de Brooklyn, donde se encontraba su almacén lleno de enanos de jardín, a salvo de las miradas curiosas.

Nockman estaba deseando llegar para descansar, tranquilizarse un poco e inspeccionar el valioso botín que llevaba en la trasera del camión.

Una vez que entró por fin en el edificio y cerró la puerta tras de sí, se dejó caer contra la pared de cemento.

—Vaya, vaya, necesito un buen trago –dijo en voz alta. Sacó de la cabina su bolsa con el libro del hipnotismo, su equipo antihipnótico y su pasaporte, y vació el contenido sobre una mesita baja donde había una botella de whisky y un vaso sucio. Sentándose en un sillón de plástico, rodeado de enanos de jardín, se sirvió una copa y tomó un trago. Se bebió luego toda la copa y se sirvió otra. Encendió un puro y, exhalando una nube de humo, se echó para atrás apoyando los pies en la mesa. Entonces comenzó a reír.

Dentro del camión, oculto detrás de una pila de cajas de cartón, Rocky le oyó reír. Se preguntó si Nockman estaría solo.

Desde la habitación donde estaba encerrada, Pétula sintió que el humor de Nockman había cambiado. Ladró.

—Eh, cállate, estúpido animal –gritó Nockman. Un fuerte ruido de cerrojos resonó en todo el edificio cuando Nockman abrió la puerta del camión. Rocky se encogió detrás de las cajas.

—¡Feliz cumpleaños, feliz Navidad y enhorabuena para mí! –gritó Nockman, cogiendo dos sacos y sacándolos del camión. Los llevó hasta su sillón de plástico y, con mucho cuidado, vació el contenido de una de ellos sobre la mesa. Diez pesados sobres marrones cayeron sobre la superficie de formica con un ruido seco. Nockman sonrió codiciosamente, dándole una calada a su puro. De debajo de la silla sacó una carpeta azul clarito con varias hojas mecanografiadas dentro y, sentándose, empezó a abrir uno de los sobres. Dentro vio un puñado de rubíes de un rojo brillante.

Rocky se escabulló hasta el fondo del camión y miró por encima de la lona. Ahí estaba el asqueroso de Nockman, cayéndosele la baba al contemplar un puñado de gemas, y junto a él tenía el libro del hipnotismo y su equipo antihipnótico. Nockman sonrió acariciando sus tesoros.

Rocky no podía hipnotizar con la mirada como Molly, él solo sabía hacerlo con la voz. Lo único que tenía que hacer era esperar e hipnotizar a Nockman cuando estuviera dormido.

Nockman volvió a sonreír mientras contaba sus joyas. Tiró el puro al suelo y lo apagó con el pie. Luego se puso sus gafas y sus auriculares y se rió él solo.

Se dirigió hacia su camión.

Rocky volvió sigilosamente a su escondite.

Con toda tranquilidad, Nockman apretó un botón y subió en la plataforma elevadora del camión. Rocky

252

se estremeció. Nockman desató una cuerda que había dentro del camión. Levantó las cajas que había delante de Rocky y lo cogió por las muñecas.

—Buen intento –dijo amenazadoramente, sacándolo del camión sin ningún miramiento–. Serás estúpido. Te he visto reflejado en mi vaso de whisky.

Nockman estaba fofo, pero con todo era mucho más fuerte que Rocky, así que, por mucho que forcejeara, no logró resistirse mientras Nockman le ataba los brazos detrás de la espalda y lo amordazaba. Lo arrastró por el almacén y lo tiró de un empujón a la habitación donde estaba encerrada Pétula. Rocky cayó de espaldas sobre el duro suelo.

—Ponte cómodo, enano –escupió Nockman, cerrando la puerta con llave. Pétula saltó al regazo de Rocky y le lamió la cara. Nockman se acercó al camión con recelo. Si había más ratas dentro, las atraparía.

Y entonces oyó un tenue ruido por encima de su cabeza. Alguien estaba entrando por el tejado.

Capítulo 29

Molly sabía que Pétula odiaba las galletas de chocolate. Y por la forma en que Nockman se había pavoneado de haber alimentado a la perra, sabía que estaba mintiendo. No se fiaba ni un pelo de él. Creía que tenía que seguirlo.

Así que cuando Nockman bajó con su camión por la calle 52 y dobló la esquina, Molly salió del almacén y corrió como nunca lo había hecho en su vida hasta la calle principal y allí paró a un taxi.

El camión de Nockman ya casi había desaparecido de su vista cuando se subió al taxi, pero afortunadamente el taxista era muy hábil y consiguió alcanzarlo.

Molly se sentía como una espía. Si la situación hubiese sido menos crítica, la habría disfrutado. Pero en lugar de eso, le sudaban tanto las manos que casi chorreaban, y cuando su taxi llegó a la zona industrial de Brooklyn, se sentía muy abatida.

Desde lejos vigiló a Nockman, que se había detenido frente a un almacén. Cuando despidió al taxi, Molly se ocultó detrás de un árbol y espió a Nockman mientras entraba en el edificio al volante de su camión.

—Te he pillado –dijo en un susurro.

El ruido apagado que provenía del tejado asustó muchísimo a Nockman. Se imaginó de pronto a todo un escuadrón de policías irrumpiendo en su almacén para tenderle una emboscada. No sabía que el intruso no era más que Molly, que había conseguido trepar por un árbol, colarse por una claraboya medio abierta en el tejado y saltar sin ruido al interior del edificio. Desesperadamente, guardó en la trasera del camión los sacos de joyas, su lista de comprobación, el libro del hipnotismo y su equipo antihipnótico y cerró la puerta. Metiéndose el pasaporte en el bolsillo se subió a la cabina y arrancó.

Molly oyó un motor y, asustada, se dio cuenta de que Nockman se estaba marchando. Bajó corriendo las escaleras, pero el vehículo se alejaba deprisa. Nockman pisó el acelerador. Para cuando Molly salió del edificio, ya era demasiado tarde. Haciendo chirriar los neumáticos y despidiendo humo por el tubo de escape, el camión se alejó a toda velocidad.

Molly se lanzó tras él corriendo, pero los humos del motor diesel le hicieron toser y el camión se fue demasiado deprisa. Se quedó allí de pie en la carretera vacía, rodeada de árboles y viejos almacenes abandonados.

Ahora sí que la había fastidiado. Rocky debía de seguir en el camión, y Nockman lo encontraría. ¿Y Pétula? Ahora Nockman jamás llamaría a Molly. Gimió. Estaba destrozada.

Preocupándose así por Pétula y por Rocky, comprendió que la única forma segura de salir de este lío era contarle todo a la policía. No tenía más remedio; si no lo hacía, Rocky podía correr un verdadero peligro. En cuanto a Pétula, todavía había una tenue esperanza de que estuviera en ese edificio. Molly volvió corriendo al almacén. Una vez dentro, encontró una puerta y oyó grititos ahogados y otros ruidos que venían del otro lado. Molly irrumpió en la prisión de Pétula y de Rocky.

Pétula saltó sobre Molly y esta la abrazó mientras le quitaba la mordaza a Rocky. Este se puso a hablar en cuanto le fue posible.

—Molly, lo siento mucho, de verdad, pero me ha descubierto, ha vuelto a cargar el camión, me ha cogido y... –Rocky temblaba y respiraba entrecortadamente por culpa de su asma.

—Rock, lo siento mucho, todo ha sido culpa mía –dijo Molly, quitando las ataduras de sus muñecas, y abrazando a la vez a Pétula–. Me alegro tanto de que estéis bien, pensaba que os había perdido a los dos, de verdad que lo he pensado –sacó de su bolsillo una lata de emergencia de comida para perros que llevaba desde hacía varios días y, abriendo la tapa, puso en el suelo los trozos de carne que contenía. Pétula se los zampó en un santiamén. Entonces Molly sirvió un poco de agua mineral en sus manos, para que la perra bebiera–. No me lo puedo creer. Me parece que no le ha dado nada de comer ni de beber –dijo muy disgustada–. ¡Pobre Pétula!

Cuando la carlina terminó de beber, Molly la cogió y la abrazó muy fuerte. Era maravilloso volver a sentir su calor.

—Lo siento, Pétula. No dejaré que vuelva a ocurrir una cosa así –y Pétula se acurrucó dentro de su anorak para sentirse lo más segura posible.

Los dos niños la acariciaron pensando en Nockman.

—Bueno, pues se ha marchado con su camión lo más lejos posible –dijo Rocky.

—Sí –confirmó Molly–, y seguro que está nerviosísimo...

Rocky y ella se quedaron callados un momento y miraron a la carretera, imaginándose a Nockman en la autopista. Entonces, curiosamente, ambos sonrieron.

—Humm... –intervino Rocky–. Seguro que tendrá que parar en una gasolinera, a llenar el depósito. Se comprará una chocolatina Paraíso.

—Y a lo mejor una lata de Skay –sugirió Molly.

—Y luego volverá al camión y seguirá conduciendo.

—Conduciendo y conduciendo –repitió Molly.

—¿Y luego? –preguntó Rocky.

—Luego se cansará.

—¿Y luego?

—Luego empezará a sentir que se está durmiendo, y eso no le gustará nada.

—No, porque no querrá parar de conducir, ¿verdad? Porque quiere salir del estado de Nueva York... ¿Y qué pasará entonces?

—Pues entonces, para mantenerse despierto, supongo que encenderá la radio –imaginó Molly.

—Esperemos que lo haga.

Nockman se alejó deprisa del almacén de los gnomos. La adrenalina latía en sus venas mientras su camión iba a toda velocidad por los suburbios de Brooklyn. Cada vez que veía un coche de policía el sarpullido empezaba a picarle, por mucho que se dijera a sí mismo que su camión no tenía por qué levantar sospechas. La policía pensaría que todos los camiones que ya estaban fuera de la isla de Manhattan no podían llevar escondido dentro el botín del banco. Pero a pesar de todo Nockman estaba hecho un manojo de nervios. Conducía lo más deprisa posible alejándose de Nueva York, por las carreteras secundarias, mirando constantemente por el retrovisor, fumando sin parar y sudando como un cerdo. Tras dos horas de calvario, Nockman empezó a tener la seguridad de que no lo estaban siguiendo. Se desabrochó la camisa y se metió en la autopista.

Condujo sin parar durante cuatro horas, hasta que el depósito de gasolina se vació. Se detuvo en una gasolinera, llenó el depósito, y se compró tres chocolatinas Paraíso y cuatro latas de Skay. Luego subió a la cabina y se puso en marcha otra vez.

A las nueve Nockman empezó a sentirse cansado. Esto le preocupaba. No quería dormirse al volante y tener un accidente. Se imaginó el camión abriéndose por la mitad en la autopista, como un valiosísimo huevo de Pascua, con todas las piedras preciosas y las joyas esparcidas por la carretera. Pero no quería parar para descansar. Tenía que seguir conduciendo. Pronto aparcaría un momento y se tomaría medio litro de café, y eso lo mantendría despierto. Mientras tanto, decidió poner la radio para oír las noticias.

«La radio de la carretera», sonó la sintonía de un programa de radio.

—Sí –dijo alegremente el locutor–, vamos a mantener despiertos a todos los conductores que transitais la costa este de Estados Unidos, por eso no os preocupéis, así que ahora relajaos mientras seguís conduciendo... ¡Somos la emisora que os mantiene en movimiento! Y la de cosas que tenemos aquí para entreteneros... Tenemos horas y horas de buena música.

Dentro de un momento os daremos las noticias, pero antes una breve pausa...

Nockman se sintió mucho mejor. Justo era esa la emisora que necesitaba, y estaba ansioso por oír las noticias porque hablarían de su atraco. Mientras escuchaba unos cuantos anuncios publicitarios, cambió de marcha.

Estoy en el Paraíso,
el Paraíso está en mí.
Sabía que el Paraíso estaba hecho para mí.

Luego una voz dijo cantando: *«Eh, tú, ¿quieres saber a qué sabe el paraíso? ¡Toma una chocolatina Paraíso!»*.

Nockman le dio otro mordisco a su chocolatina Paraíso y se sintió muy contento. Escuchó un anuncio de Skay.

Con Skay eres tan guay... Con Skay nada puede salirte mal... Todo el mundo te adora porque eres tan Skay.

¡Tengo tantos amigos, desde que bebo Skay!
Oh, eres tan guay, ¿me das un sorbito de Skay?
Caray, el mundo parece mucho mejor con una lata
[de Skay.
Skay... ¡para apagar algo más que tu sed!

Nockman abrió su lata de Skay, bebió un sorbo y sonrió. Ahora sí que iba a tener amigos. Nunca los había tenido en su vida, y la sola idea le hacía sentirse feliz.

Volvió a oírse la voz del locutor.

—Y ahora, las noticias. La más importante de hoy es que han atracado la sede de Manhattan del Banco

Shorings... –Nockman subió el volumen–. La operación la ha llevado a cabo hace unas horas una banda de delincuentes armados. Se han marchado con un botín de joyas y piedras preciosas valoradas en más de un millón de dólares.

Nockman se rió. ¡Era mucho más de un millón!

—Los expertos están tratando de averiguar cómo consiguieron los ladrones burlar la seguridad del edificio y desconectar todas las alarmas, pues el Banco Shorings tiene uno de los sistemas de alarma mejor y más sofisticado del mundo. Se cree que los ladrones podrían estar todavía en algún lugar de la isla de Manhattan. Nada más marcharse los atracadores, se ha alertado a la policía, que en cinco minutos ha conseguido instalar controles en todos los puentes que comunican Manhattan con el resto de la ciudad. La policía también ha estado comprobando la carga de los barcos atracados en los muelles alrededor de la isla. Se ha interrumpido todo el tráfico marítimo y fluvial. Un empleado del banco al que los atracadores obligaron a conducir el furgón con el botín ha informado de que tuvo que descargar el botín y volverlo a cargar en diferentes coches, que luego se llevaron los atracadores. Se cree que puedan haber ocultado la mercancía robada por todo Manhattan. La policía ha pedido a los ciudadanos que se mantengan alerta, y que tengan cuidado, pues es posible que los atracadores sean peligrosos. La policía agradecería cualquier información que pudiera facilitar su detención.

Esas eran las mejores noticias que Nockman había oído en su vida. Amaba a ese locutor por habérselas comunicado.

—Gracias por escuchar –dijo el locutor.

—Gracias a ti –contestó Nockman.

—Muy buenas noticias, ¿verdad? –preguntó el locutor.

—Sí –contestó Nockman. Le gustaba mucho este locutor, y sobre todo le gustaba su voz. Tenía el timbre perfecto, y era muy relajante.

—Seguro que ahora te sientes genial –dijo el locutor.

—¡Desde luego! –contestó Nockman riéndose.

—Te sientes genial, hacía tiempo que no te sentías así de bien.

—¡Desde luego! ¡Desde luego!

—Merecía la pena todo este esfuerzo. Te mereces esto, ¿verdad?

Nockman asintió. Cuánta razón tenía este locutor.

—Y ahora necesitas un merecido descanso. Respira bien hondo, y expulsa el aire, despacio.

Nockman hizo lo que le pedían y se sintió mucho, mucho mejor.

—Inspira y expira despacio y, mientras cuento hacia atrás, te irás sintiendo cada vez más relajado. Sigue conduciendo mientras yo cuento. Diez - nueve - ocho - siete - seis - cinco - cuatro - tres - dos - uno; y ahora, Nockman, estás completamente bajo mi control. ¿Entendido?

—Entendido –contestó Nockman como un tonto. Se sentía genial. Había caído en la trampa de Rocky y de Molly, y aún así se sentía de maravilla.

—Ahora –siguió diciendo Rocky–, quiero que des la vuelta y lleves el camión a Nueva York, hasta el almacén donde has estado esta tarde, ¿de acuerdo?

—Bien –dijo Nockman sonriendo–. Bien, muy bien.

Mientras Nockman conducía, la cinta que había en el radiocasete siguió girando hasta el final de la cara. El resto estaba en blanco. Molly y Rocky habían tenido el tiempo justo, el domingo por la noche, de grabar un corto programa de radio de mentira. Así que Nockman siguió conduciendo en silencio, muy sonriente.

Molly y Rocky habían confiado en dos cosas para lograr sus propósitos:

La primera era una realidad: que muchos adultos subestiman la inteligencia de los niños.

La segunda era un aspecto tecnológico: si los radiocasetes de coche tienen una cinta dentro, cuando los conductores los encienden, lo primero que se oye automáticamente es la cinta.

Capítulo 30

Molly, Rocky y Pétula se sentaron en el almacén de los gnomos a esperar pacientemente. Cuando oscureció, Molly salió y se fue a una cabina telefónica. Desde allí llamó a Rixey Bloomy y le dijo que estaba demasiado abatida por el robo de Pétula para poder actuar en la función de la noche de *Estrellas en Marte*.

—Lo siento, Rixey, temo desmayarme en el escenario.

—Oh, Molly, el público lo entenderá –contestó comprensivamente Rixey–. Y no te preocupes, tu suplente, Laura, interpretará tu papel esta noche.

Molly se sintió un poco culpable porque sabía que el público que asistiera por la noche seguramente quedaría decepcionado. Pero entonces pensó en Laura, la suplente, una niña que estaba deseando demostrarle a todo el mundo lo bien que bailaba y cantaba, y Molly se sintió mejor. Rocky no necesitaba llamar a nadie, pues había hipnotizado a los Alabaster para que pensaran que se había ido de excursión a Nueva York con los *boy scouts*. Lo que sí hizo fue encargar pizzas. Entonces, llenos de pizza y de esperanza, se sentaron a esperar a Nockman.

Pétula, mientras tanto, estaba descargando su furia hacia Nockman atacando a los gnomos de colores que estaban en fila como un pequeño ejército oculto entre las sombras. A Pétula le recordaban a los marcianos de *Estrellas en Marte*, aunque no fueran tan grandes. Y alguno que otro gnomo tenía un cierto parecido desagradable con el propio Nockman.

Molly y Rocky se aventuraron al piso de arriba, donde había una ventana que daba a la oscura calle.

—¿Tú crees que habrá oído la cinta? –preguntó Rocky.

—Si no lo ha hecho, estoy metida en un buen lío. Seguro que me denuncia –dijo Molly estremeciéndose.

—Si la ha oído, ojalá haya funcionado –dijo Rocky–. Espero haberlo conseguido.

—Tendremos que aguardar y ver qué ocurre.

Mientras esperaban, Molly y Rocky fisgonearon un poco por el almacén de Nockman. Descubrieron dos habitaciones más en el piso de abajo; una cocina muy pequeña y un cuarto de baño. En la cocina había un fregadero, con lavavajillas Espumoso y guantes de goma, los quemadores de la cocina muy sucios y una nevera que olía a leche agria. Y también había cajas por todas partes. Cajas de perfumes, de joyas, de adornos, de antigüedades y de relojes caros.

—¡Guau! –exclamó Molly–. ¡Esto tiene que valer una fortuna!

—No creo –contestó Rocky, señalando un sello en una de las cajas que ponía «Made in China». Son imitaciones, pero supongo que Nockman los vende como si fueran de verdad.

En otra habitación encontraron cajas llenas de bolsos de piel.

—También son imitaciones –dijo Rocky–. Son copias de bolsos caros de diseño. Si los miras con atención, verás que no están cosidos, sino pegados... Se romperán enseguida. He oído que hay granujas que los venden.

—Pero Nockman los vende por un dineral –dijo Molly.

—Sí, me apuesto lo que quieras a que sí.

Abajo había cajas con valiosa porcelana supuestamente antigua, pero, también en este caso, cada pieza era una copia moderna. En otras cajas había cualquier cosa que Nockman hubiese podido robar: secadores, cestas para gatos, martillos, fregonas, televisores y cadenas de música. Había incluso una caja llena de relojes de cuco.

—Apuesto a que todo esto es robado –dijo Rocky.

—«Se cayó de la trasera de un camión», como se suele decir –convino Molly.

Poco después de medianoche, unos faros iluminaron la carretera junto al almacén.

—Es él –asintieron Molly y Rocky al unísono. Bajaron corriendo para abrir la pesada puerta metálica. Nockman metió dentro el camión y lo aparcó, aplastando una caja que contenía teteras. Molly y Rocky abrieron la puerta del conductor y se lo encontraron aferrado al volante y mirando al vacío con una expresión estúpida en la cara.

Conducir medio dormido había sido toda una experiencia para Nockman. En un momento dado se había salido de la autopista y había estado dando sesenta y dos vueltas a una rotonda antes de volver a incorporarse a la autopista.

—Ya puedes bajar –ordenó Rocky. Obedientemente, Nockman saltó al suelo del almacén. Pétula le gruñó y Nockman se hinchó de aire los carrillos. Cuando empezaron a girarle los ojos en las órbitas, Pétula retrocedió. Ese no era el hombre duro que había conocido antes. Parecía que ese hombre iba a explotar de un momento a otro. Pétula decidió dejarlo y en su lugar atacar a un gnomo.

Molly recuperó el libro del hipnotismo. Soltó un silbido.

Entonces, ella y Rocky rodearon a Nockman.

—Con la ropa adecuada –dijo Molly–, quedaría perfecto en un jardín, junto a un estanque.

—Humm –corroboró Rocky–. Tú –le dijo a Nockman–, estarás ahora también bajo el control de esta persona. Se llama... –Rocky miró a su alrededor–... Secador.

—He tenido apodos peores –comentó Molly.

—Y yo –prosiguió Rocky– me llamo Cesta de Gato –Nockman asintió muy serio y Molly y Rocky se echaron a reír.

—¿Quién soy? –preguntó Rocky.

—Cesta de Gato –contestó Nockman, como si estuviera diciendo "Dios".

—¿Y quién es esta persona?

—Secador. Haré todo lo que me digan señorita-Secador y señor-Cesta-de-Gato –los ladridos de Pétula ahogaron las risas contenidas de Molly y de Rocky.

—Calla, Pétula –dijo Molly, y volviéndose hacia Rocky, susurró–: ¿Y ahora qué?

Rocky se estiró los pelos de las cejas. Habían hablado de lo que hacer si Nockman regresaba totalmente hipnotizado, pero no habían llegado a tomar ninguna decisión.

—Hagamos lo que te he dicho –sugirió–. Dejamos el camión aquí, soltamos a Nockman en algún lugar de Manhattan, con la mente en blanco, y hacemos una

266

llamada anónima a la policía. Una vez que tengan esta dirección, que resuelvan ellos las cosas.

—Ni hablar –susurró Molly bruscamente–. Ya te lo he dicho... Cuando la policía llegue hasta aquí, seguramente averiguarán que este almacén es de Nockman, y cuando lo investiguen, a lo mejor descubren que lo han hipnotizado, y de ahí a lo mejor descubren que también han hipnotizado a los empleados del banco, y acabarán dando con nosotros.

—¿Y no podemos aparcar el camión en algún sitio y ya está? –preguntó Rocky.

—No, porque seguramente también averiguarán que el camión es de Nockman. Es demasiado arriesgado. No, lo que deberíamos hacer es poner las joyas en otro lugar, como por ejemplo en bolsas de basura. Podemos ponerlas en bolsas de basura y dejarlas luego en la puerta del banco.

Rocky parecía dudar.

—¿Por qué no? –insistió Molly–. El banco no necesita guardias de seguridad ahora que ya no hay nada que robar, así que el lugar estará despejado. Nadie se imaginará que los ladrones quieran volver al banco. Podríamos llamar a la policía y decirles dónde tienen que ir.

—No podemos poner las joyas en bolsas de la basura –susurró Rocky–. ¿Qué pasaría si los basureros creyeran que es basura de verdad? Y no podemos dejarlas todas de golpe, hay kilos y kilos. Tardaríamos siglos en descargarlas del camión. Alguien nos vería.

Pétula, que notaba la tensión de la discusión, ladraba ferozmente a un gnomo con la cara rosa, como si todo fuese culpa suya.

—Sí, tienes razón, lo de las bolsas de basura no es una buena idea. ¿Y qué tal entonces los bolsos de piel que hay arriba?

—Son demasiado pequeños –susurró Rocky–. Y de todas maneras, la gente los robaría. Al fin y al cabo, los bolsos casi siempre tienen dinero dentro, ¿no?

—Humm, necesitamos bolsas grandes que nadie quiera robar.

Pétula estaba saltando sobre otro enano de gorro rojo, intentando morderle la nariz. Por fin consiguió derribarlo. El gnomo se partió en dos con un ruido seco cuando el gorro chocó contra un escalón de cemento. Pétula levantó la vista, muy orgullosa, como si acabara de matar a una gorgona.

—¡Los enanos de jardín! –exclamó Molly con un susurro–. ¡Es increíble, están huecos! Mira, la base se puede abrir y cerrar a rosca, y así la gente puede llenarlos de arena para que pesen y no se vuelquen.

—Perfecto –dijo Rocky, recogiendo la pipa del gnomo–. Gracias, Pétula.

—Guau, guau –contestó la carlina, muy satisfecha consigo misma.

Durante las dos horas y media siguientes, Molly, Rocky y Nockman, con guantes de goma para no dejar huellas, se pusieron manos a la obra para meter todos los sobres de joyas y piedras preciosas dentro de los gnomos. Cada gnomo tenía un relleno variado. Las joyas más frágiles las metieron en la cabeza y en los brazos de los gnomos, para que no se aplastaran, y los paquetes más pesados en la parte de abajo para que los gnomos no se volcaran. La mayoría de los gnomos tenía suficiente espacio para contener dos de los pequeños sacos que les habían dado en el banco. Una vez cerradas, las estatuas de jardín parecían tan inocentes como antes.

Al cabo de un rato, Nockman, que estaba muy sudoroso y olía como un calcetín sucio, cargó por fin el último de los gnomos en el camión.

Molly y Rocky, el cual llevaba en brazos a Pétula, admiraron las hileras de enanos de jardín preparados para la acción, y contemplaron a Nockman bajar en la plataforma elevadora del camión.

—¿Lo dejamos aquí? –preguntó Rocky.

—No, es demasiado peligroso –susurró Molly–. Sabe demasiado. Tal vez tenga un plano del banco o algo así que le ayude luego a recordar.

—Pero entonces eso significa que tiene que venir con nosotros –gimió Rocky.

—Lo siento –contestó Molly–, pero podría sernos útil. Mira cómo nos ha ayudado a cargar el camión. Y además, para empezar, ni tú ni yo sabemos conducir.

—Yo podría si tuviera que hacerlo –dijo Rocky sonriendo.

—Ni hablar, Rocky. Te has vuelto loco, ¿o qué? Vamos, tenemos que irnos ya. Dentro de un par de horas amanecerá.

—Ya lo sé –dijo Rocky bostezando.

—Será mejor que dejemos estas estatuas en su sitio antes de que se despierte todo el mundo en Manhattan.

Molly y Rocky comprobaron bien que en el almacén no hubiera ninguna prueba que pudiera incriminarlos. Luego, con Nockman al volante y Rocky junto a él en la cabina, y Molly y Pétula en la trasera del camión, se marcharon del almacén, atravesaron Brooklyn, y se dirigieron hacia Manhattan.

Nockman conducía distraídamente, dando algún que otro tumbo, pero más o menos bien en general. Cuando cruzaron el Puente de Manhattan, Rocky se fijó en que la policía detenía e inspeccionaba a todos los vehículos que salían de la isla. Había una larga caravana. Pero la carretera hacia Manhattan estaba despejada, con lo que cruzaron el puente sin pararse un segundo.

Una vez en Manhattan empezó la "operación plantar un gnomo". Habían decidido dejar a los gnomos en diferentes lugares de la ciudad. De esa manera, no tendrían que detener el camión demasiado rato, y así reducíran los riesgos de que alguien los viera. Cada vez que llegaban a un rincón tranquilo con un poco de hierba, alejado de miradas curiosas, Rocky, que estaba sentado en la cabina, le decía a Nockman dónde tenía que parar y daba unos golpecitos en la pared que separaba la cabina de la trasera del camión, avisando a Molly de que tenía que depositar un gnomo. Molly entonces abría desde dentro del camión, ponía uno de los gnomos en la plataforma eléctrica y lo bajaba hasta el suelo. Pétula actuaba de perro guardián mientras Molly colocaba cada gnomo en su sitio. Entonces, Rocky apuntaba exactamente dónde había que ponerlos.

Dejaron gnomos debajo de los árboles, junto a los arbustos, y en rinconcitos de hierba. Decoraron parques infantiles con gnomos, y también los pusieron junto a las fuentes, junto a los bancos de las aceras, y junto a las jardineras de las calles. Uno parecía muy valiente, riéndose junto a un feroz dinosaurio de mentira apostado en la hierba junto al Museo de Historia Natural. Otro, sentado en un saliente cubierto de musgo, frente a la pista de patinaje del Rockefeller Center, parecía muy contento de que su estanque se hubiera helado. Colocaron dos gnomos a cada lado de la puerta de entrada al Zoo de Manhattan, y otros dos en la entrada de Strawberry Fields, de Central Park.

Molly tardó cinco minutos en colocar cada gnomo.

Eran cinco minutos de tensión en los que cabía la posibilidad de que los descubrieran, incluso hubo unos cuantos momentos de peligro cuando Molly creyó que alguien los había visto. Junto al parque, en Riverside Drive, Molly tuvo que dejar la puerta eléctrica del camión a medio abrir porque vio acercarse un coche de policía. Mientras pasaba a su lado, despacio, como un tiburón buscando una presa, Molly cruzó los dedos para que no se detuviera. En Gramercy Park, Pétula se escapó en la noche persiguiendo a un perro vagabundo, y Molly tuvo que llamarla en voz baja hasta que volvió. En Union Square, dos japoneses salieron de entre las sombras y tropezaron con un gnomo. Molly estaba preocupada de que la hubieran visto, pero cuando se dio cuenta de que no podían caminar derechos porque estaban como una cuba, comprendió que tampoco podrían ver muy bien.

Uno a uno, se deshicieron de los veinticinco gnomos de brillantes colores. Manhattan estaba cubierta de gnomos. Y a modo de broma colocaron los dos últimos en la puerta del Banco Shorings.

—¡Están fantásticos! –exclamó Molly admirada, subiendo a la cabina con Pétula, Rocky, y Nockman.

Luego regresaron al almacén junto a la calle 52 Oeste para dejar allí el camión. Rocky sacó su cinta del radiocasete.

Dejaron la zona de los muelles y caminaron deprisa hasta las calles principales. En una cabina, llamaron a la policía y le pusieron a Nockman el teléfono delante de la boca.

—Las joyas-del-Banco-Shorings no se han perdido. Busquen-gnomos en las-calles-de-Manhattan –dijo. Y luego colgaron. Pararon a un taxi madrugador y, a las seis en punto, antes de que saliera el sol de diciembre, estuvieron de vuelta en el Hotel Bellingham.

Capítulo 31

El recepcionista del hotel estaba cansado porque llevaba toda la noche trabajando. A Molly no le costó ningún esfuerzo hipnotizarlo para que le diera una habitación a Nockman, solo por un día, y para que le trajera un traje limpio, cualquiera que tuviera el hotel y que fuera de su talla, así como una maquinilla y espuma de afeitar. El recepcionista asintió con la cabeza y los llevó a una habitación en el piso dieciséis.

—Y por último –ordenó Molly–, cuando le entregue el traje, no recordará haber visto a este hombre en su vida. ¿Entendido?

—En-ten-di-do, señora.

—Puede irse.

Volviéndose a Nockman, Molly le dijo:

—Duerme en esta habitación hasta las dos de la tarde, luego date un baño, lávate el pelo, aféitate el bigote y la perilla y ponte colonia para oler bien. A las dos y media, cuando te hayas puesto tu traje limpio, ven a la habitación 125.

Molly y Rocky subieron luego a su suite y, quitándose solo los anoraks, cayeron rendidos en la cama con la ropa puesta. Pétula se hizo una camita en el viejo anorak de Molly y también se quedó dormida.

Molly durmió hasta que sonó su despertador. Durante un par de minutos permaneció en la cama mirando las manos de Rocky pintarrajeadas de boli, y escuchando sus ronquidos y el ruido de un chaparrón que estaba empezando a caer sobre Manhattan. Su aventura de la noche anterior ya casi le parecía un sueño. Molly sonrió y llamó al servicio de habitaciones para pedir el desayuno.

Rocky se despertó con el olor de los huevos y las tostadas, y luego Molly y él se sentaron a desayunar viendo la tele.

Los canales de noticias no paraban de informar sobre la aparición de los gnomos. Los periodistas se estaban volviendo locos. Era una noticia fabulosa. En el Canal 38 un locutor hablaba muy nervioso desde la puerta del Banco Shorings, protegiéndose debajo de un paraguas y con un enorme micrófono en la mano.

—Es sorprendente. Se han recuperado todas las joyas del Banco Shorings. El banco ha comprobado que está hasta la última perla. ¡Todos los diamantes, los rubíes y demás piedras preciosas! ¡Joyas por valor de cien millones de dólares! Y la manera en que han sido devueltas añade una buena dosis de excentricidad a lo que ya de por sí era una historia bastante desconcertante. A primera hora de la mañana, tras una llamada anónima, se han descubierto, diseminados por todo Manhattan, veinticinco gnomos de jardín llenos de la mercancía robada. El hombre que llamó tenía acento de Chicago, pero aparte de ese detalle, nada más se sabe sobre él. La policía ha entregado a la prensa estas fotos de los gnomos tal y como los encontraron.

La pantalla se llenó de fotografías de los gnomos que, iluminados por las linternas de los policías como

273

delincuentes pillados *in fraganti*, miraban a la cámara con cara de susto. Estaban muy graciosos. El locutor prosiguió:

—El motivo de la recuperación de las joyas deja perpleja a la policía. Algunos piensan que el robo era una especie de broma, y otros creen que alguien robó a los propios ladrones. La policía solicita la colaboración ciudadana para facilitar cualquier información que pueda ayudar a resolver este misterio. Ahora volvemos al estudio de televisión.

—¡Más, más! –gritó Rocky a la televisión–. Queremos más fotos de los gnomos, y de la policía con cara de sorpresa –apuntó el mando a distancia a la televisión cambiando rápidamente de canal, tratando de encontrar más noticias–. Oh –se quejó– se han acabado las noticias del mediodía. Nunca había salido en un informativo. ¡Ha estado genial!

—Hemos estado genial –corroboró Molly–. Robamos ese banco como profesionales y hemos devuelto el botín como si fuéramos policías infiltrados.

—Sí, bueno, solo que tuvimos algún que otro problemilla para hacerlo... –dijo Rocky riéndose–. Molly, no parecías tan contenta en el banco cuando pensaste que te habían grabado las cámaras de seguridad. Vaya cara de agobio que pusiste...

Molly lo recordó y sonrió de oreja a oreja.

—Vale, pero no estaba ni la mitad de horrorizada que tú cuando pensaste que no íbamos a poder pasar por ese detector de iris...

—Sí, sí, bueno, ¿y qué me dices de ti, Molly, esta mañana en Gramercy Park, cuando se ha escapado Pétula? Estabas tan pálida que he llegado a pensar que nunca ibas a recuperar tu color natural.

Molly y Rocky reían recordando, escena a escena, los momentos en que habían pasado más miedo.

—Y lo más divertido es que nadie sabrá nunca quién lo hizo, ni cómo lo hizo. De hecho, ¿sabes una cosa? –señaló Rocky muy orgulloso–. Este robo pasará a la historia.

Pasará a la historia. Molly recordó que Nockman había dicho esas mismas palabras muy esperanzado. Entonces, otras cosas que también le dijo le revolvieron el estómago. Molly apagó la televisión y empezó a juguetear con una servilleta.

—¿Sabes, Rocky? Yo no soy mejor que Nockman. Yo también soy una delincuente.

Rocky puso cara de sorpresa.

—Sí, Rocky, si lo piensas, lo soy. Mira esta habitación. Engañé para tenerla, engañé a la gente para que la pagara, engañé a Davina para robarle el papel. Engañé al público del concurso en Briersville, así que en realidad robé el dinero del premio, y les quité a todos esos niños la posibilidad de ganar ellos el concurso de habilidades.

—Oh, cállate –dijo Rocky alegremente–. Eres una hipnotizadora genial. Eso se te da muy bien. Esa es tu habilidad. Ninguno de esos niños podría haber llegado hasta Nueva York con sus propias habilidades. Tú eres magnífica. Todo el mundo está feliz y contento. A los neoyorquinos les encantó tu espectáculo, ha sido el mejor de sus vidas. Y Rixey y Barry te adoran. Piensa en toda la publicidad que le has dado al musical *Estrellas en Marte*. Ahora todo el mundo en Nueva York ha oído hablar de él, y un montón de gente comprará entradas. No eres una ladrona de verdad, tú solo consigues lo que quieres de una manera distinta a la de los demás. Lo único que has robado de verdad ha sido el papel de Davina, y ella tampoco era ninguna santa, ¿no te parece? Tú y yo somos los únicos que sabemos la verdad, así que francamente, Molly, ¿qué más da?

—Ya, ya lo sé, pero ser sincero y honrado es mejor, ¿verdad, Rocky?

—Vale, sí, es mejor, pero no quiero que te amargues ahora con un ataque de remordimientos. Relájate.

Molly se sentía culpable, pero no era solo eso. Como un caballo vagabundo que ha galopado y galopado, se encontraba ahora en un lugar donde realmente no quería estar. Tener a Rocky a su lado le había hecho poner un freno a su vida, y reflexionar un poco.

—Rocky, no es solo eso. Hay otra cosa que me está haciendo sentir... malestar, la verdad es que bastante malestar. Sé que esta habitación es genial y todo eso, pero lo que pasa, Rocky, es que empieza a no gustarme ser Molly Moon, la estrella de Broadway. A lo mejor me gustaría si de verdad fuera la persona que todos creen que soy, pero el caso es que no lo soy. Y a lo mejor te parece extraño, pero estoy empezando a cansarme de esta situación en que le gusto a la gente solo porque la he hipnotizado para que así ocurra. A la gente no le gusta mi verdadero yo. Les gusta algo irreal. Les gusta una especie de Molly falsa, como un anuncio de publicidad. Y eso hace que mi verdadero yo sienta que no vale nada, y mi vida aquí no es más que una pérdida de tiempo, porque no es la vida real de Molly Moon, nadie está conociendo a la verdadera Molly Moon –miró a Pétula que estaba profundamente dormida–. Hasta Pétula no me quiere de verdad. La hipnoticé para que me quisiera.

—¡Molly! Pero eso fue hace siglos. Los efectos de la hipnosis de Pétula ya deben de haber desaparecido.

—¿Desaparecido? ¿De qué estás hablando?

—Molly, no duran eternamente, ¿sabes? ¿Es que no te habías dado cuenta? Las lecciones que la gente o los animales aprenden durante la hipnosis duran eternamente, como por ejemplo que Pétula aborreciera las galletas de chocolate, y te tomara cariño. Adquirió nuevos hábitos que la hacían sentirse bien, así que siguió comportándose así. Pero los efectos de la hipnosis no duran eternamente. Pétula ya no está hipnotizada. Ahora le gustas de verdad.

—¿Qué? ¿Quieres decir que la hipnosis de Rixey Bloomy y de Barry Bragg desaparecerá? –Molly se quedó con la boca abierta de par en par.

—Claro. Al cabo de un tiempo desaparecerá. Nunca sabrán que los hipnotizaste, y siempre te recordarán como una persona maravillosa. Pero si los vieras en seis meses, ya no pensarían que eres tan genial como pensaban antes. Tendrías que volverlos a hipnotizar.

—¿Y el público al que hipnoticé?

—Lo mismo. Recordarán que lo hacías bien, pero si te volvieran a ver sobre un escenario, tendrías que hipnotizarlos de nuevo; si no, verían tus números de baile y tus canciones tal y como realmente son.

—¿Pero cómo sabes todo esto? –preguntó Molly.

—Pues lo leí en el libro, claro –contestó Rocky. Molly se quedó perpleja–. ¡Huy, lo siento! –dijo Rocky cubriéndose la boca con la mano–, lo ponía al final del capítulo ocho.

—Así que esa información vital la tenías guardada en el bolsillo. ¡Jo!

—Perdón.

—No pasa nada –dijo Molly pensativamente–. Así que los efectos de la hipnosis se desvanecen. Bueno, ¿sabes una cosa? La chispa de mi vida aquí también se ha desvanecido. De todas maneras quería marcharme de Nueva York contigo y con Pétula. Ahora que me has contado todo esto, tengo aún más ganas de irme. Tener que hipnotizar a todo el mundo sin parar, para siempre... ¡Buf, esta idea es como una pesadilla!

—¿Dónde quieres ir? –preguntó Rocky.

Molly miró al techo.

—Llevo un tiempo preocupándome por los niños de Hardwick House –reconoció–. No por Hazel, ni por Gordon o Roger, sino por Gemma, Gerry, Ruby y Jinx.

—Yo también –se mostró de acuerdo Rocky–. Imagínate cómo lo deben de estar pasando con Hazel al mando. Probablemente será peor que cuando estaba la señorita Adderstone, aunque venga de vez en cuando la señora Trinklebury.

—Y todo por mi culpa –dijo Molly–. Apuesto a que Hazel los obliga a hacer todo el trabajo. Quiero volver. Pero tú, Rocky... No querrás regresar, ahora que tienes unos nuevos padres.

—Ah, bueno, Molly, tengo algo que confesarte sobre los Alabaster. No eran muy simpáticos.

—¿No?

—No. De hecho, son horribles.

Rocky comenzó a hablar sobre los horrorosos Alabaster que le habían parecido fantásticos el día que visitaron Hardwick House; pero que pronto, nada más volver a Estados Unidos, habían mostrado su verdadera naturaleza. Eran muy, muy estrictos, y para Rocky, vivir en su casa era como estar en una cárcel.

—Querían que me vistiera con ropa rígida y pasada de moda, y que me quedara dentro de casa haciendo puzzles o papiroflexia.

—¿Qué es papiroflexia?

—Ya sabes, ese arte japonés de hacer figuritas de papel. No me hubiera importado hacerlo un poco, pero es que me dieron un libro para que aprendiera, y las instrucciones eran dificilísimas, y querían que me pasara el día entero haciendo eso.

—¿El día entero?

—Bueno, mucho rato. Decían que eso disciplinaría mi mente. Yo por supuesto los hipnoticé para que me dejaran en paz con la papiroflexia.

—¿Y qué más?

—Bueno, no querían que saliera a la calle, no fuera a mancharme de barro. O a contagiarme de algún microbio de algún niño. Bueno, tampoco es que viera a ningún niño. Su barrio estaba lleno de personas mayores. Una vez, cuando me fui a dar un paseo, ¡llamaron a la policía! Traté de hipnotizarlos para que me dieran un poco de libertad, pero no siempre funcionó. No se me daba tan bien como a ti, Molly. Si les hubiera dejado ser como eran, no me habrían permitido cantar, ni silbar, ni ver la tele, ni ir a dar un paseo. Querían que leyera, pero los únicos libros que había eran viejos tebeos que la señora Alabaster leía de niña. Oh, y la comida era asquerosa, los dos estaban a régimen, y yo tenía que comer también su horrorosa comida para conejos.

—¿Comida para conejos?

—Bueno, parecía comida para conejos. A veces, parecía comida para gatos con comida para pájaros por encima. Todo lo que hacían era muy raro. Me resultaba muy difícil vivir con ellos. Al final conseguí lo que quería, pero no eran las personas que yo esperaba, y odiaba mi vida allí. Lo primero de todo es que te echaba de menos. Es que... tú eres mi familia, Molly. Te conozco desde que nací.

Molly se sintió muy reconfortada.

—Gracias, Rocky –hubo unos momentos de silencio mientras los dos se miraban sonriendo, apreciando lo que tenían. Entonces Molly preguntó–: ¿Pero qué vas a hacer para escaparte?

—Los llamaré y les meteré unas cuantas ideas en la cabeza. Los hipnotizaré para que piensen que la cosa no funcionó porque yo nunca terminé de gustarles. Les haré pensar que me devolvieron al orfanato, y que era lo mejor que podían hacer, ya sabes, ese tipo de cosas.

—A mí me va a resultar difícil librarme de Nueva York –dijo Molly con miedo en la voz.

—Hay una forma de solucionarlo –dijo Rocky pensativamente–. Ya sé lo que deberías hacer. Y creo que sé cómo podrías compensar todos tus remordimientos por haber estado engañando a la gente. Solo necesitas hacer unas cuantas llamadas.

Diez minutos más tarde, Molly estaba hablando por teléfono.

—Sí, Barry, he recuperado a Pétula esta noche.

—¡Como los gnomos del Banco Shorings! –exclamó Barry.

—Sí, como los gnomos. Pero, ¿sabes una cosa, Barry? Toda esta historia del secuestro me ha dejado fatal. Y he decidido que quiero que Davina recupere su papel. Quiero tomarme unas largas vacaciones.

—Pero...

—Tengo que colgar –dijo Molly con firmeza.

—Entiendo –dijo Barry–. Bueno, Rixey, el resto del reparto y yo te echaremos de menos.

—Gracias, yo también. Y ahora escúchame con atención, Barry. Tienes que pagar la cuenta de mi hotel, y quiero también que me pagues mis honorarios. Esto... ¿cuánto te parece justo que cobre?

—Bueno considerando el dinero que nos has costado... y lo que tuvimos que pagar por esa enorme lupa... y teniendo en cuenta, por otro lado, toda la publicidad que nos has conseguido para el musical... bueno, creo que unos... treinta mil dólares –calculó Barry, restando a ese importe su comisión del diez por ciento.

—Muy bien –contestó Molly, encantada–, fantástico. Haz el favor de entregar ese dinero hoy en el Bellingham, antes de las cuatro de la tarde. Ah, y lo quiero en metálico, por favor.

—De acuerdo.

—Y dile a Rixey que esta noche tampoco puedo actuar. Que lo haga en mi lugar Laura, la suplente... ah, y hablando de Laura, ¿cuidarás de ella, Barry? Asegúrate de que consiga un buen papel protagonista en algún espectáculo... Conviértela en tu protegida...

—De acuerdo.

—Y en cuanto a mí, hasta mañana nadie tiene que saber que me marcho.

—De acuerdo.

—Dile a Rixey que tuviste una larga, larga conversación conmigo y que me despedí de todos. Dile que la llamaré.

—De acuerdo.

—Así que adiós y... bueno, gracias por todo.

—De acuerdo –contestó Barry, y colgó el teléfono.

—Ves, no ha sido tan difícil, ¿verdad? –preguntó Rocky.

—No –contestó Molly, aunque por dentro se sentía un poco triste. Le había tomado cariño al bueno de Barry y lo echaría de menos.

Capítulo 32

Poco después del desayuno, Nockman llamó a la puerta de Molly. Estaba muy elegante con el traje verde de portero y la gorra de fieltro a juego que el recepcionista le había proporcionado. Entró obedientemente en la habitación, arrastrando los pies, y Molly y Rocky lo examinaron. Su cabello seguía siendo una melena negra enmarañada y su cara, aunque ahora estaba limpia y afeitada, parecía abotargada y con un color enfermizo, y además tenía un sarpullido rojo debajo de la barbilla.

—Un corte de pelo, diría yo –propuso Rocky, y un segundo después, Molly y él le habían puesto una toalla alrededor del cuello.

Sin su melena, Nockman tenía mucho mejor aspecto. Seguía calvo y con una franja de pelo por detrás, como los monjes.

Rocky le dio un plátano.

—Durante varios días solo comerás fruta. Te vendrá bien. Y dejarás de fumar –Nockman peló el plátano y se lo comió ávidamente, dejando caer trozos al suelo.

—¿Y qué hay de sus modales? Son horribles –señaló Molly.

—Vale –dijo Rocky–. Nockman, de ahora en adelante, comerás como...

—Como una reina –sugirió Molly.

—¿Me podríais dar una servilleta y un lavafrutas, por favor? –preguntó Nockman.

—Y tiene que cambiar de acento –añadió Molly–. Ese acento de Chicago podría traernos problemas. De ahora en adelante, hablarás con... con acento alemán.

—De acuerrrdo, así hablarré –accedió Nockman.

Cuando Nockman se terminó el plátano, Rocky le pidió que se pusiera de pie. Molly y Rocky volvieron a dar vueltas a su alrededor, observando su espalda encorvada, su cuello aplastado y su papada.

—¿No podríamos hacer que pareciera un poquito más simpático? –preguntó Rocky. Para probar, le dijo–: Pon cara de cachorro.

Inmediatamente, Nockman sacó una lengua color púrpura y levantó las manos como si fueran las patas de un perro. Sus ojos parecían más grandes y más amables.

—Eso es casi lo que queremos, pero mete la lengua –Rocky le susurró a Molly–: ¡Es tan raro! Me da lástima.

—¿Te da lástima? Es un cerdo –contestó Molly.

Nockman empezó a imitar a un cerdo, corriendo por la habitación y gruñendo.

—No te he dicho «sé un cerdo» –dijo Molly.

—Perdone, señorita Secador –se disculpó Nockman.

—Pero no tiene amigos –susurró Rocky.

—Seguro que sí. Otros cerdos como él. Vamos a preguntárselo. Vamos a averiguar cosas de él. ¿Tienes amigos? –preguntó Molly.

—No, no. Nunca he-tennnido-amigosss –dijo Nockman con su nuevo acento alemán y su entonación ro-
bótica–. Bueno, sí que tuvvvve-uno-una-vez un-perrri-
quito. Cantaba taaan bien... y-volaba por el-jarrrdín
–los ojos de Nockman se llenaron de lágrimas de verdad. Molly estaba desconcertada. Lo último que quería
era sentir lástima por Nockman.

Pero Rocky estaba intrigado y quería mostrarse
comprensivo con él.

—¿Y qué le pasó? –preguntó.

—Cayó en-la-rrratonera del señorrrr-Snuff. Cuando
lo encontrré estaba-muerrto.

—Qué horror, qué pena –dijo Rocky–. Molly, estarás de acuerdo en que es una pena... Pobre periquito,
pobre de ti. Pero, ¿quién era el señor Snuff?

—Erra nuestrro-caserro. Comparrtíamos el jarrdín
con él.

—¿Y por qué no tenías más amigos? –preguntó
Rocky.

—Porrque-era-rrraro.

—¿Raro? ¿Qué quieres decir?

—Pues eso, rrraro. No le caía bien a la gente.

—Ah, no me había dado cuenta. Eso es horrible
–dijo Rocky–. Me da mucha lástima.

—A mí no –declaró Molly–. Fue muy cruel con
Pétula, y muy malvado conmigo. Para ya, Rocky. ¿Qué
mosca te ha picado? Este tío es un asqueroso.

—Yo creo que en el fondo no es malo –contestó
Rocky.

—¿Ah, no? Vamos a preguntárselo. Bien, Nockman, haz el favor de enumerar todas las cosas malas
que has hecho desde... desde que murió tu periquito.

Nockman asintió con la cabeza y empezó a hablar
con una voz infantil.

—Fabrriqué una-rrratonerra... y la coloqué debajo de la mesa donde se-sentaba el señorrrr Snuff... y le aplastó el pie como había aplastado a-mi-perriquito.

Rocky miró a Molly con una expresión como de "se lo tenía merecido". Nockman prosiguió:

—Puse la comida-del-perriquito en la taza de-ce-rreales del señorr-Snuff y se-la-comió –eso también pa-recía bastante justo.

—Vale, vale, no nos cuentes más cosas malas que le hiciste al señor Snuff porque está claro que se las merecía. Cuéntanos otras cosas malas.

Una cascada de confesiones salió de la boca de Nockman.

—Rrobé el rreloj de Stuart Blithe y le-eché-la-culpa a otrro-niño; y el dirrector-del-colegio le dio una-paliza. Pintarrajeé los deberres de-Shirley-Denning; y estrropeé sus-mejorres-dibujos. Obligué a Robin Fletcher a que se comierra quince-moscas-muerrtas, y cuando vomitó le obligué a-comerrse-la-vomitona. Encajé la cabeza de Debra Cronly entre los-barrotes-de-la-barandilla y tu-vieron que venirr los-bomberros a sacarla. Les rrobaba los carramelos a-los-niños y les decía que si-se-chivaban les meterría la-cabeza-en-el-rretrete-y tiraría de-la-ca-dena...

Molly lo interrumpió.

—Eso es una salvajada, ¿no crees, Rocky?

—Supongo que sí –dijo este, encogiéndose de hom-bros.

—¿Qué más? –preguntó Molly–. Sáltate unos cuan-tos años.

Ahora la voz de Nockman era la de un chico un poco mayor.

—Le quemé a Danny Tike la-maqueta-de-avión que había tarrdado trres-semanas en construir. Coloqué un cable entrre-dos-postes cerrca del asilo-de-ancianos para que la señora Stokes trropezara, y se parrtió la narriz. Fue muy diverrtido. Luego trropezó el ciego. Eso fue fácil, y le-rrobé-la-carrtera.

—¡Le robaste la cartera! –Molly estaba escandalizada–. ¿Y más adelante?

—Más adelante... –la memoria de Nockman adelantó unos cuantos años, dejando atrás muchas malas acciones–. Más adelante aprrendí-a-robarr. Era muy útil. Juguetes de niños, rrobaba-lo-que-podía. Y aprrendí a vendérselos a una tienda-de-segunda-mano. Así empezó mi carrrera.

—¿Y cuántos años tenías entonces?

—Once.

—¿Y qué más?

—Le rrobé a una niña la bici y-a-ella-la-encerréen-un-trrastero. Nadie supo que estaba ahí durrante un día y una noche. Obligaba a los niños pequeños a-querrobaran dinerro-a-sus padrres. Si lo contaban les-pegaba. Obligué a un niño a que rrobara para-mí en la casa de un anciano. Él cabía por las ventanas pequeñas, fue un-buen-trrabajo.

—Eso no fue un *buen* trrabajo –rectificó Molly.

—No, no, no lo fue –dijo Nockman, cambiando de idea repentinamente.

—¿Y qué has hecho últimamente?

—Pues me lo he montado muy bien –explicó Nockman con voz monocorde–. Una vez convencí a una anciana de que me dierra los ahorros-de-su-vida que guarrdaba para montar un hogarr-para-perrros-abandonados. Me dio ciento-cincuenta-mil-pavos. Comprré mis almacenes y puse en marrcha mi negocio.

Rocky puso una cara como si acabara de tragarse un frasco entero de pepinillos en vinagre.

—¿Tu negocio?

—Sí, trrabajo en la rrama de los objetos-rrobados.

—No, ya no lo haces.

—No –convino Nockman–. Ya no.

—Bien –prosiguió Molly–. ¿Qué consideras que ha sido lo más destacado de tu carrera?

—Pues... –empezó a decir Nockman, y sus ojos vidriosos por la hipnosis adoptaron de pronto una expresión soñadora–. Ah, sí, lo mejorr que he descubierrto-en mi vida ha sido un librrro sobre hipnotismo. La anciana de la que te he hablado me lo contó todo. Con la ayuda de ese librro ideé el mejorr atrraco-a-un-banco-de-toda-la-historria. Robé el mismísimo Banco Shorings en-Nueva-Yorrk.

—Maldita sea –le dijo Molly a Rocky en un susurro–, se acuerda de todo –luego, volviéndose hacia Nockman, le dijo–: Tengo que interrumpirte un momentito. Vamos a aclarar un punto. Tú no robaste ese banco. Lo hicieron unos niñ..., quiero decir, unos cómplices muy inteligentes. De todas maneras, eso no tiene importancia, porque de ahora en adelante, lo olvidarás todo sobre el libro del hipnotismo, y no recordarás el viaje que hiciste a Inglaterra para ir a buscarlo. Olvidarás todas las ideas que pudieras haber tenido de robar el Banco Shorings. Olvidarás que lo robaron. ¿Entendido?

—Entendido. Lo olvido ahorra-mismo.

—Bien. ¿Y has hecho alguna otra cosa muy mala?

—Sí –reconoció Nockman–. Le vendí a un hombrre un coche que tenía el-chasis-rrroto y tuvo un-accidente.

—¿Murió? –preguntó Rocky boquiabierto por el horror.

—Él no, perro la mujerr a la que atrropelló, sí.

287

—Buaj, calla –dijo Rocky furioso–. Esto es horrible. No puedo creerte. ¿Por qué haces todas esas cosas si sabes que están mal?

—Porrque me gusta serr-malo –respondió Nockman sencillamente.

—Pero, ¿por qué? ¿Por qué? –preguntó Rocky, totalmente perplejo–. ¿Por qué antes te gustaba ser malo? ¿Por qué no te gustaba ser bueno?

—Yo nunca he-sabido-lo que es-serr-bueno.

—¿Pero es que la gente no era buena contigo? –preguntó Rocky.

—No, porr supuesto que no. Todos me odiaban. Mi padrre me pegaba en cuanto-me-veía. Hasta mi madrre se rrió cuando mi-perriquito-murrió. Dijo que ojalá me hubierra-muerrto-yo-también. Erra mala. Las cosas malas las-aprrendí-de-ella, no las cosas buenas. No sé qué es serr bueno.

Rocky estaba horrorizado. Entonces su expresión cambió al entender por fin la situación.

—Molly, es como la nana de la señora Trinklebury... es lo que la mamá cuco le enseñó a hacer. Le enseñó que empujar a los otros pajaritos fuera del nido, era lo debido.

Molly asintió despacio, como si ella también viera ahora la nana de la señora Trinklebury y a Nockman con otros ojos. ¿Cómo podía reprocharle a Nockman ser malo, si nadie había sido nunca bueno con él? ¿Si en su infancia, su mamá cuco solo le había enseñado la maldad?

—Tienes razón, Rocky. Casi odio sentir lástima por él, pero tienes razón. Supongo que no es de extrañar que sea malo, si nadie le ha enseñado nunca a ser de otra manera... Supongo que ser bueno es un poco como... como leer... Si nadie me hubiera enseñado a leer... ahora me resultaría muy difícil... Quiero decir, las páginas llenas de letras me parecerían un lío. Para él, ser bueno también debe de ser un lío, no debe de tener ningún sentido –entonces añadió–: ¡Y tú y yo que pensábamos que nuestras vidas habían sido difíciles...!

—Sí –suspiró Rocky–. Por lo menos teníamos a la señora Trinklebury, y nos teníamos el uno al otro. Tal vez podamos enseñar al señor Nockman a ser mejor persona.

—Hummm –contestó Molly–. Me pregunto... –entonces se dirigió a Nockman–: ¿Te sientes mal por las cosas malas que has hecho?

—No, ¿por qué habrría de-sentirrme-mal? –contestó Nockman.

—Tenemos un problema –le dijo Molly a Rocky–. Será difícil enseñarle a ser mejor si no entiende por qué tiene que cambiar. No querrá que le enseñemos. Y no estoy segura de que baste con hipnotizarlo para arreglar esto. No cambiará de verdad hasta que no sienta remordimientos por las cosas malas que ha hecho. A lo mejor querría cambiar si se diera cuanta de cuánto daño le ha hecho a la gente.

—¿Pero cómo vamos a hacer eso? –preguntó Rocky–. Tendríamos que hacerle sentir a él lo que sintieron esas personas.

—Bueno, yo creo –razonó Molly, sintiéndose como un cirujano a punto de realizar una operación–, que deberíamos aprovechar lo único que le hizo daño a él, la única cosa que sabemos que le hizo sufrir.

—¿Lo de su periquito?

—Sí, eso. –Molly se volvió hacia Nockman.

—Dime una cosa, esto, ¿cómo te llamas?

—Simon. Me llamo Simon –dijo Nockman, metiéndose la mano en el bolsillo de su traje verde para sacar su pasaporte y tendérselo a Molly. Esta lo cogió y estudió la fotografía. Más que una persona, parecía un pez. O tal vez una piraña.

—Bien, señor Simon Nockman –empezó–, primero quiero que imites a un perro. Túmbate boca arriba con las cuatro patas levantadas, así, muy bien, y ahora ladra.

—Guau, guau –ladró Nockman desde el suelo, moviendo los brazos y las piernas.

—Bien –prosiguió Molly–. Y ahora que estás así, quiero que te imagines cómo se sentía Pétula, la perrita carlina que robaste, cuando tú la tratabas tan mal.

—Guau, guau.

Molly se daba cuenta de que no estaba sintiendo gran cosa, así que añadió:

—Y si no puedes sentir nada, piensa en tu pobre periquito muerto.

—Auuuuuuuuuuuuuu –aulló Nockman lastimeramente.

—Bien –dijo Molly en un aparte a Rocky–, está pensando en la pobre Pétula, y mezclándolo con sus propios sentimientos de tristeza por la muerte de su periquito. Está aprendiendo.

Nockman volvió a aullar.

—Auuuuuuuuuuuuuuuu.

—Ahora –gritó Molly para hacerse oír por encima del aullido–, cada vez que alguien te diga "hola", te tumbarás boca arriba y te pondrás a ladrar así, y te sentirás así, y te imaginarás cómo debió de sentirse Pétula cuando la secuestraste –y volviéndose a Rocky, le dijo–: La gente le dirá "hola" muchas veces, las suficientes para que esta lección le vaya calando hondo, ¿no crees? Y al hacerlo de esta manera, no tendremos que estar constantemente estimulándole para recordar.

Entonces, para que cesara el ruido, Molly le pidió a Nockman que se levantara y se pusiera a dar saltos como un orangután nervioso.

—Uuu, uuu, uuu –gruñó este.

—Y ahora –dijo Rocky, empezando a comprender la idea–, para todas las otras cosas malas que has hecho, cada vez que alguien te diga "buenas tardes", pensarás en las malas acciones que esa persona en concreto te recuerda que has hecho, y le dirás lo que hiciste, acordándote otra vez de tu periquito. ¿De acuerdo?

—Uuu, uuu, aaa, aaa, de acuerrdo –asintió Nockman, asimilando las complicadas instrucciones de Rocky.

—Con esto deberíamos conseguir que reflexionara un poco, ¿no te parece? –dijo Rocky.

—Seguro que sí –corroboró Molly–. Y puedes dejar de ser un orangután –le ordenó–. Bien, ahora trabajas para nosotros, señor Nockman. Harás todo lo que te pidamos. Te trataremos bien y serás muy feliz trabajando para nosotros. Ahora puedes despertarte –Molly dio una palmada.

Rocky se dirigió a la nevera y sirvió a todos un vaso de Skay.

Empezaron los preparativos para marcharse de Nueva York.

Molly hizo que le subieran un par de maletas extra del escaparate que había en el vestíbulo del hotel, porque tenía muchas cosas nuevas, y Nockman empezó a hacer el equipaje. Rocky se fue a la otra habitación de la suite porque tenía unas cuantas llamadas importantes que hacer. Y Molly se ocupó del libro del hipnotismo.

Lo sacó de la caja fuerte y, con mucho cuidado, lo guardó en su mochila. Luego inspeccionó todos los cachivaches que tenía en la habitación, desde las cartas de sus admiradores hasta los recuerdos de Nueva York, pasando por juguetes y adornos, accesorios y ropa, pensando en qué cosas llevarse. Cuando vio a Pétula tumbada en su viejo anorak, decidió dejarlo en Nueva York. Descolgó del armario su nueva cazadora vaquera y, cogiendo un paraguas, salió al balcón para echar una última ojeada desde arriba a la brillante isla de Manhattan.

Llovía a mares, pero el sol de la tarde iluminaba los edificios, con lo que por todas partes brillaban los ladrillos, los cristales y las paredes de acero. Molly seguía sintiéndose pequeña, porque la ciudad era muy grande y estaba llena de gente a la que no conocía de nada. Pero Nueva York ya no le daba miedo como la primera mañana que la había contemplado; ahora le encantaba. Le encantaban los rascacielos, las bulliciosas calles, los temerarios conductores, las tiendas, las galerías, los teatros, los cines, la gente tan estilosa, los parques y toda esa suciedad. Y sabía que algún día regresaría a Nueva York.

Pétula, tras un buen sueño reparador al abrigo del anorak de Molly, se despertó con el ruido que hacía Nockman al vaciar el armario. Por alguna razón, el hombre que estaba en la habitación no le daba tanto miedo como el que la había secuestrado, así que no le hizo ni caso. Cogió del suelo una buena piedra y se puso a chuparla. Y mirando con cara de sueño a Molly, que seguía en el balcón, Pétula se sintió aliviada de estar de vuelta en casa.

Por fin el recepcionista del hotel subió con un grueso sobre que habían dejado para Molly. Era hora de marcharse.

Llevaron el Rolls Royce de Molly a la puerta de servicio del hotel. Con la ayuda del portero, Nockman cargó el equipaje en el coche. Poco después, Molly, Rocky, y Pétula estaban cómodamente sentados en los sillones de cuero del coche, ocultos tras los cristales oscuros de las ventanillas. Nockman se encontraba en el asiento del conductor, haciendo las veces de chófer, mayordomo, portero y criado para todo.

El motor del Rolls Royce se puso en marcha y, con una majestuosa sacudida, dejaron atrás el Hotel Bellingham.

Capítulo 33

Antes de marcharse de Nueva York, Molly y Rocky querían hacer una última visita. El Rolls Royce se abrió paso por bulliciosas avenidas hasta que Nockman lo aparcó en la puerta de un alto edificio con una entrada triangular sobre la que se leía Estudio Sunshine.

Un hombre vestido con un desaliñado traje azul marino bajó corriendo los escalones de mármol para recibirlos. Se quitó las gafas de sol y sonrió, desvelando un diente de oro.

—Bienvenidos, bienvenidos –dijo muy nervioso–, y gracias por vuestra llamada. Nos alegra mucho recibiros aquí. Soy el director con el que habéis hablado, Alan Beaker –estrechó la mano de Molly y de Rocky–. Por favor, seguidme.

Molly, Rocky y Pétula siguieron al director al interior del edificio, recorrieron pasillos blancos hasta llegar a un enorme estudio de televisión, lleno de micrófonos, grúas, cámaras y personas que se quedaron mirando a Molly. La nueva estrella, Molly Moon.

Una mujer de pelo gris, vestida con un traje de chaqueta muy elegante, salió de entre la multitud.

—Esta es Dorothy Goldsmidt –presentó Alan Beaker–, la presidenta de la Corporación Skay.

Dorothy Goldsmidt estrechó la mano de Molly.
Una gran sortija de esmeralda brilló en su dedo.

—Encantada –dijo con una voz dulce y suntuosa–.
Es un enorme placer conocerte.

—Lo mismo digo –dijo Molly a su vez–. Creo que
ha hablado por teléfono con mi amigo Rocky –Rocky
avanzó hacia ella.

—Encantado –dijo.

—Es un gran placer conoceros a los dos –dijo Dorothy Goldsmidt, con una voz ligeramente entrecorta-
da–, y estamos preparados; preparados para todo.

Veinte minutos después, Molly, Rocky y Pétula estaban ya en el plató, maquillados y peinados.

—Luces –gritó Alan Beaker–, cámara, y... acción.

Molly y Rocky empezaron a actuar. Era una sen-
cilla canción de rap que Rocky había compuesto, pero
con la mirada hipnótica de Molly a toda potencia, la
voz de Rocky más cautivadora que nunca, y Pétula lo
más linda posible, el anuncio que rodaron fue muy,
muy impactante. Decía así:

Si quieres ser guay y sentirte genial,
te damos una idea que es sensacional,
observa atentamente a tu alrededor,
seguro que hay niños que merecen tu atención,
si ves que esos chavales lo están pasando mal,
alégrales la vida, te lo agradecerán,
observa atentamente a tu alrededor,
y allí donde hay tristeza, tú pon color.
¡EH, ESCUCHA, ESTO VA POR TI!
Hay muchos chavales que lo pasan mal
Y para ellos este mundo no es algo genial

dales una infancia feliz, ¡no es mucho pedir!
¡Y verás todos juntos qué bien vamos a vivir!

El anuncio terminaba con Molly y Rocky señalando con el dedo a las cámaras.

—¡Corten! –gritó Alan Beaker–. ¡Fabuloso! Sois dos profesionales natos.

—Bueno –dijo Molly, sonriendo a Rocky–, llevamos muchos años haciendo anuncios.

—Sí –aprobó Dorothy Goldsmidt–, lo habéis hecho de maravilla, y saldrá en la tele, como nos habéis pedido, todos los días, cada hora. Será un placer para la Corporación Skay costear los gastos de emisión del anuncio. Muchas gracias.

—Oh, no –dijo Molly–, gracias a ustedes. Y ahora nos despedimos porque tenemos que marcharnos ya.

—Adiós –dijeron cautivadas todas las personas que estaban trabajando en el estudio.

De vuelta en el Rolls Royce, Rocky le dijo a Molly:

—¿Lo ves? La hipnosis se puede utilizar para un buen fin. ¿Te sientes ahora menos culpable?

Molly asintió.

—Sé que este anuncio no cambiará el mundo, pero algo bueno conseguirá, ¿verdad?

—No te quepa la menor duda –aseguró Rocky–. Bastará con que una sola persona sea más amable, gracias al anuncio, para que haya merecido la pena. ¿Pero sabes lo que creo? Creo que lo van a ver miles de personas. Nunca sabrás cuántas cosas buenas hará la gente gracias al anuncio. Hemos plantado una semilla, y ahora tenemos la esperanza de que crezca y dé fruto.

Capítulo 34

El Rolls Royce abandonó la isla de Manhattan por el Túnel de Queens y se adentró por la autopista camino del aeropuerto John F. Kennedy.

Una vez allí, Nockman aparcó el coche junto a la puerta de salidas internacionales, y un mozo acudió a ayudarlos con el equipaje. Nockman y él cargaron las doce maletas de Molly en un carrito, Pétula saltó dentro de su cesta de viaje, y Rocky entró para recoger los billetes. El mozo empujó el carrito y todos lo siguieron hasta el mostrador de facturación.

—Gracias –le dijo Molly, cuando puso la última maleta en la cinta transportadora–. Si no es mucha molestia, ¿le importaría quedarse con el coche? –puso las llaves del Rolls Royce en la mano del hombre, que estaba muy cansado por el esfuerzo.

—¿Quedármelo? ¿Quiere decir que lo aparque en un garaje?

—Se lo regalo –dijo Molly.

—¿Me toma el pelo? –el hombre se había quedado boquiabierto.

—Aquí tiene los papeles del coche –Molly sacó un grueso sobre del bolsillo de su pantalón vaquero–. Si pongo aquí su nombre, es todo suyo. ¿Cuál es su nombre?

—Louis Rochetta. ¿Pero esto es una broma, no? ¿Qué es esto, un programa de cámara oculta? –el hombre miró a su alrededor buscando la cámara.

—No –dijo Molly, probando a ver si su bolígrafo pintaba–. Aquí lo tiene, señor Rochetta. Disfrútelo.

El señor Rochetta estaba demasiado estupefacto para poder articular palabra.

—Gra... gra...

—No hay de qué –dijo Molly sonriendo–. Adiós –siempre había querido darle a alguien una sorpresa descomunal como esta. Luego se volvió a hablar con Rocky, que ya había resuelto la gestión de los billetes. Quince minutos más tarde, Molly estaba hipnotizando una vez más al personal del aeropuerto para que no descubrieran a Pétula con el aparato de rayos X, y para que pudiera pasar la aduana sin problemas.

Rocky y Molly fueron de compras a las tiendas libres de impuestos. Entraron en una perfumería, en una confitería, en una juguetería y en una tienda de electrónica. Tras comprar casi todo lo que había en las tiendas, vieron que su avión estaba listo para el embarque, así que, tambaleándose por el peso de sus compras, y con la cesta de Pétula a cuestas, se dirigieron a la puerta 30, donde habían quedado con Nockman.

Nockman, como un buen criado, se estaba encaminando a la puerta como le habían ordenado que hiciera.

Estaba muy desconcertado. Sabía quién era, y también sabía exactamente cómo había sido su vida hasta ese momento. Sin embargo, ignoraba por qué ahora se había convertido en el criado del señor Cesta de Gato y de la señorita Secador. Y tampoco sabía exactamente por qué los apreciaba tanto. Seguía odiando a todas las demás personas. En la puerta 30, donde todo el mundo hacía cola para subir al avión, presentó a la azafata su tarjeta de embarque y su pasaporte. «Buenas tardes», le dijo esta cortésmente.

Nockman estaba a punto de esbozar una sonrisa de lo más falsa, cuando de repente su mente se llenó de recuerdos de una adolescente que había conocido hace mucho tiempo y que se parecía a la azafata. Nockman recordó lo grosero que había sido con ella. Y, sin poderlo evitar, empezó a farfullar:

—Erres fea-y-gorrda-como-ella –dijo muy a su pesar–. Sí, eso es. Parreces una rrana-estrreñida. Esto es lo que siemprre le decía cuando la veía. Y también le hacía pedorrretas –en ese momento, Nockman sintió de repente que su boca se llenaba de aire, y antes de que pudiera evitarlo, dejó escapar una sonora pedorreta, escupiendo saliva a la vez. Y por si esto fuera poco, de pronto, y sin poderlo controlar, empezó a recordar a su periquito, Suavito, aquel al que el señor Snuff mató con la ratonera, y se puso a aullar–: ¡Auuuuuuuuuuuuu!

La azafata estaba consternada. Se cruzó de brazos y entrecerró los ojos.

—Mire, señor, tenemos una estricta política para los pasajeros groseros. Si es usted grosero con la tripulación, o con los otros pasajeros, no se le permitirá volar.

Nockman estaba perplejo por lo que había hecho. No se explicaba cómo podía haber sucedido algo así.

No estaba borracho. Tal vez estuviera enfermo. Y todos esos recuerdos desagradables le daban mucho miedo.

—Lo siento mucho. Haga el favorr de aceptarr mis-disculpas. No erra más que una brroma.

—Tiene usted un extraño sentido del humor –replicó la azafata. Pero le dejó pasar.

Nockman recorrió tambaleándose el pasillo que conducía a la puerta del avión, pisando con los cordones de sus zapatos y preguntándose otra vez qué le había pasado. Mientras avanzaba pesadamente, pensaba en lo extraño que había sido su encuentro con la azafata, y lo fuera de control que se había sentido. Como si fuera una máquina y otra persona la estuviera manejando con un mando a distancia. Nockman volvió a estremecerse al pensar en su periquito, y arrugó la nariz al recordar a la adolescente de la que se había burlado con tanta crueldad. No entendía por qué habían surgido de repente en su cabeza todos esos recuerdos. No le gustaba. Entonces pensó en sus nuevos jefes y apretó el paso.

—Esto, hola, señorita Secador, y hola, señor Cesta de Gato, aquí estoy de vuelta.

—Ah, hola –contestaron Molly y Rocky, levantando do la vista desde sus asientos de primera clase para mirar a Nockman, que seguía vestido con su traje verde. Nockman los miró a ellos y palideció, como si hubiera visto un fantasma.

—¿Te encuentras bien? –preguntó Rocky.

De repente, Nockman volvió a sentirse raro. Esta vez se tiró de cabeza al pasillo del avión, revolcándose en el suelo y agitando brazos y piernas. Y, como antes, su boca se abrió sin que él pudiera impedirlo. Se puso a ladrar y a aullar lastimeramente.

—Guau, guau, guau –ladró, y se le cayó el sombrero–. Auuuuuuuuuuuuuuuuuauuuuuuuuuuuuuauuuuuuuuuuuuu –volvió a aullar, como antes, y otra vez se puso a pensar en su pobre periquito muerto, al que tanto quería.

Los pasajeros del avión parecían muy preocupados, y una azafata acudió a ver qué sucedía.

—Ya puedes parar –dijo Molly con autoridad. Luego dirigió su mirada hipnótica hacia la azafata–. No hay ningún problema. Solo necesita tomarse su medicina. Por favor, no se alarme –y la azafata dio media vuelta y se marchó.

Nockman se levantó sin aliento. Acababa de darle un síncope. Era obvio que estaba enfermo. Una vez más, sin venir a cuento, se había puesto a llorar por la muerte de su periquito y por lo malvado que había sido el señor Snuff.

Y ahora, acomodándose en su asiento, otro sentimiento hizo que se le saltaran las lágrimas. Sintió lástima por un perro al que había maltratado una vez; un perro que tenía cierto parecido con el de la señorita Secador.

Nockman cayó en la cuenta de que él no era mucho mejor que el señor Snuff. Mientras se abrochaba el cinturón, se preguntó cómo podía haber estado tan ciego. De niño no era ciego. Sabía muy bien cuánto había sufrido su periquito y había llorado su muerte. Había llorado noches y noches. Y sin embargo, ya de adulto, había sido cruel con un perro. Había dejado al animal solo, pasando hambre y frío, en una habitación oscura y sucia. En vez de Simon Nockman, debería llamarse Snuff Nockman. Bajó la cabeza y sintió que lo atenazaba una emoción que no había sentido en muchos años: vergüenza.

Nockman miró por la ventanilla del avión y reflexionó. También había sido cruel con la gente. No había

301

permitido que los sentimientos de las personas lo afec-
taran. Se había convencido a sí mismo de que no im-
portaban. Pero ahora... Era muy extraño, y no sabía
decir el porqué, pero ese día se estaba dando cuenta de
que no podía seguir ignorando los sentimientos de las
personas. Nockman estaba cayendo en la cuenta de que,
igual que su periquito, las personas también tenían sentimientos.

Su mente empezó a llenarse de más recuerdos de
las cosas horribles que había hecho. Uno a uno, los
fantasmas de sus malas acciones se le fueron presen-
tando. Y cuanto más numerosos eran, más culpable se
sentía Nockman, y más remordimientos tenía.

Cuando el avión despegó, sintió en su interior un
peso que era totalmente nuevo para él. Era el peso de
su espíritu, triste, abatido, y atormentado por la culpa.

Capítulo 35

Cuando llegó la hora del almuerzo en el avión, resultó que Nockman solo quería comer fruta. Luego se echó la siesta. Rocky y Molly, en cambio, siguieron bien despiertos, disfrutando a tope del menú de primera clase.

—Me pregunto qué estarán comiendo los demás pasajeros –dijo Molly alegremente mordiendo un sándwich de ketchup.

—¿Carne con grasa congelada, seguida de natillas con grumos y frutas con sabor a cartón, tal vez? –sugirió Rocky, llevándose a la boca un pedazo de tortita que chorreaba sirope de limón–. Eso es lo que comimos yo y los Alabaster en el viaje de ida.

—Los Alabaster y yo, querrás decir –corrigió Molly.

—Pero si tú no estabas, ¿qué estás diciendo?

—Bah, olvídalo –dijo Molly–, solo intentaba conseguir que hablaras con propiedad.

—¿Sabes qué? –preguntó Rocky, levantando la vista de su revista–. Aquí dice que si viajas en primera puedes beneficiarte de un masaje en el cuello.

—¿Y quién te lo da?

—Ni idea. ¿El capitán?

Esto les hizo reír a los dos, y a Rocky se le cayó buena parte del sirope en la revista.

—¡Mmm, qué bien se va en primera, es genial! –exclamó Molly, bebiendo un sorbo de su zumo concentrado–. Pero, ¿sabes una cosa, Rocky? Va a resultar difícil bajar de nuevo a la tierra cuando aterricemos.

—¿Por qué? ¿Qué pasa, es que el avión no tiene ruedas?

Volvieron a echarse a reír.

—Qué chiste más patético... –comentó Molly, secándose las lágrimas de risa–. No, lo que quiero decir es... –Miró a Rocky–... y no me hagas reír, Rocky, porque lo que voy a decir ahora es serio.

—¿De verdad? –Rocky se puso muy serio.

—Lo que quiero decir es que nos va a resultar muy difícil no volver a utilizar nuestros poderes hipnóticos cuando regresemos. Piensa en todas las veces que los has utilizado en las últimas semanas. Son muy útiles. Ya sé que acordamos que a partir de ahora saldríamos adelante de forma honrada; pero a ver, dime tú qué pasaría si fueras andando por la calle y de pronto vieras a un anciano llorando porque se ha muerto su mujer, y porque se siente muy solo. ¿No te gustaría hipnotizarlo para que no se sintiera de esa forma? ¿Hipnotizarlo para que tuviera ganas de apuntarse a un club social para ancianos, o algo así? O que vieras a una niña llorando porque ha sacado malas notas en el colegio, justo el día que un gato se ha comido a su hámster y su mejor amiga está en el hospital porque tiene una terrible enfermedad y...

—Molly –interrumpió Rocky–, basta. Hemos tomado una decisión.

—Ya lo sé, lo único que digo es que va a ser difícil resistir la tentación.

—Es cierto. Lo será. Pero tenemos que resistirnos, porque si empezamos a utilizar los poderes para hacer cosas buenas, pronto recurriremos a ellos para hacer cosas útiles, y cuando nos queramos dar cuenta, ya estaremos otra vez utilizándolos cada vez que no consigamos lo que queremos. Y entonces, otra vez viviremos vidas irreales.

Molly estaba decepcionada. Sabía que Rocky tenía razón. Ya habían hablado antes de todo esto.

—Pero –insistió– si no hipnotizamos a nadie, a lo mejor se nos olvidan nuestros poderes.

—No –dijo Rocky, arqueando las cejas–, esto es como montar en bicicleta, una vez que se aprende, ya nunca se olvida.

—Vale, tienes razón –dijo Molly sobriamente, dándole la espalda para mirar por la ventanilla.

Fuera, el cielo nocturno estaba lleno de estrellas y debajo –a 35.000 pies– las mareas del Océano Atlántico cambiaban al compás de la luna. Molly miró por la ventana, pensando que era increíble que ya no fuera a hipnotizar a nadie nunca más. Pero entonces cayó en la cuenta de que aún faltaban varias horas hasta que el avión aterrizara. Utilizar sus poderes en el avión no iba en contra de la nueva norma.

Rocky estaba viendo un vídeo musical. Molly se levantó de su asiento y se desperezó. Luego se fue a dar un paseo.

Durante las dos horas siguientes, Molly tuvo alguna que otra conversación con los pasajeros del avión.

Junto al cuarto de baño se encontró con un hombre que estaba temblando porque odiaba volar. Molly lo convenció de que, de ahora en adelante, le encantaría viajar en avión. Habló con una madre agotada que tenía en brazos a un bebé que no quería dormirse. Diez minutos después, estaban los dos en sus asientos, plácidamente dormidos. Habló con una azafata llorosa que acababa de romper con su novio y Molly le hizo olvidar sus penas de amores. Luego ayudó a tres niños que odiaban ir al colegio, convirtió a un viejo cascarrabias en un hombre bueno y amable, y consiguió que a un niño pequeño le gustaran las verduras, especialmente las espinacas.

Molly regresó a su asiento muy satisfecha, sintiéndose un poco como un hada madrina.

El avión aterrizó a las seis en punto de la mañana. Eso equivalía a la una de la tarde, hora de Nueva York, con lo que Molly y Rocky se sentían muy desorientados. Pero habían dormido un poco y estaban muy contentos de haber vuelto a Inglaterra.

—Recuerda lo que hemos decidido –dijo Rocky, bajando los escalones del avión.

—Aquí estamos otra vez –dijo Molly, saltando al suelo del aeropuerto.

Una vez en la terminal, Nockman recogió de la cinta transportadora su montón de maletas y de bolsas. Entonces Molly y Rocky decidieron que sería una idea genial regresar a Hardwick House con mucho estilo. Así que alquilaron un helicóptero.

El trayecto en helicóptero duró veinte minutos. Mientras las hélices giraban, Molly miró por la ventanilla, y vio a lo lejos la línea de la costa, y en la distancia, la ciudad de Briersville. Cuando el piloto se aproximó, señaló con el dedo la colina donde se encontraba Hardwick House. Conforme se iban acercando al edificio ruinoso y desatendido, Molly recordó cómo solía cerrar los ojos e imaginar que se alejaba volando de Hardwick House.

Pocos minutos después, estaban sobrevolando los terrenos del orfanato, y el piloto inició el descenso. Aterrizó justo delante de la puerta del edificio, en una pequeña esplanada, haciendo ondular los arbustos, las matas y la hierba. Luego apagó el motor.

—Hemos llegado –dijo.

Molly miró al orfanato con curiosidad, para ver quién era el primero en salir a recibirlos, pero no apareció nadie.

—Supongo que todavía no hay nadie despierto –dijo Rocky–. Es muy temprano. Por lo menos esto demuestra que Hazel no es muy estricta con el horario de levantarse.

—Esto está igual de ruinoso que siempre –comentó Molly, dejando que Pétula se alejara para hacer sus necesidades.

Mientras Pétula olisqueaba encantada la gravilla escarchada, Nockman fue descargando el equipaje. Cuanto terminó, el piloto les deseó buena suerte a todos, e indicándoles que se apartaran, despegó de nuevo. Les hizo un gesto de despedida con la mano, y se elevó en el aire. Un minuto después, el helicóptero ya no era más que un puntito en el cielo.

Molly y Rocky se dieron la vuelta para contemplar Hardwick House. Una carita apareció en una de las ventanas.

—Hay alguien levantado.

—Aquí ocurre algo raro –dijo Molly–. Hay demasiado silencio –llamó al timbre de la puerta principal, pero entonces se dio cuenta de que la puerta astillada estaba abierta.

Capítulo 36

Lo primero que les llamó la atención a Molly y a Rocky cuando cruzaron el umbral fue el olor. El vestíbulo olía fatal, a algo podrido. A comida putrefacta, a basura y a mugre. El suelo de baldosas, que antes lucía cuadros blancos y negros, estaba tan sucio que ya solo se veían baldosas negras.

—Puaj –dijo Molly, tapándose la nariz con su bufanda de cachemira–. ¡Qué asco!

—Huele como si hubiera algún muerto –dijo Rocky–. Y hace frío, como en un depósito de cadáveres.

—Uf, no digas eso –se lamentó Molly, estremeciéndose–. Calla, por favor, me estás asustando. Pero me pregunto por qué olerá tan mal, ¿y dónde está todo el mundo?

—Me parece que el olor viene de la cocina –dijo Rocky, cerrando la puerta que llevaba al sótano–. Deben de estar todos arriba. Nockman, trae todo el equipaje, por favor, y deja la puerta abierta para que se ventile la casa.

—Sí, señor Cesta de Gato –dijo Nockman diligentemente. Molly, Rocky y Pétula se aventuraron por la escalera de piedra.

En el primer piso todas las puertas de las habitaciones estaban cerradas, y flotaba en el aire un penetrante olor avinagrado a suciedad. Molly abrió la puerta del cuarto donde solían dormir Gordon y Rocky.

La habitación estaba silenciosa, con las cortinas corridas, pero se colaba suficiente luz por los agujeros de la tela para poder ver que no había nadie dentro. Reinaba un gran desorden. Había sábanas, mantas y colchones esparcidos por el suelo, dejando las camas y los somieres de alambre desnudos y fríos. Había mondas de naranja, corazones de manzana, envases vacíos de leche, latas vacías de alubias y platos sucios por doquier. Y cuando Rocky descorrió las finas cortinas, de la tela escapó un enjambre de polillas.

Molly y Rocky cerraron la puerta y abrieron la del dormitorio contiguo.

Este también estaba vacío, y reinaba el mismo caos. El tercer y el cuarto dormitorio estaban vacíos, pero más ordenados, y las camas conservaban sus colchones. En todos hacía tanto frío que el aliento de Molly y Rocky salía de sus bocas convertido en vaho.

—Pero antes hemos visto a alguien en la ventana –dijo Molly–. A lo mejor están aquí –cuando quiso abrir la puerta del quinto dormitorio se dio cuenta de que estaba atrancada con un mueble. Pero no del todo, y para abrirla a Molly le bastó darle un empujón más fuerte.

En esta habitación las cortinas se encontraban abiertas. Y allí, sentados en medio de la cruda luz de diciembre, estaban Gerry, Gemma, y los dos pequeños de cinco años, Ruby y Jinx.

Se hallaban acurrucados uno junto a otro debajo de unas mantas, con el pelo sarnoso, las caritas mugrientas y los ojos abiertos de par en par y aterrorizados.

—¿Qué estáis haciendo aquí, con la puerta atrancada? –fue lo primero que dijo Molly. Entonces, cuando ninguno de los niños contestó nada, ni siquiera Gerry ni Gemma, se acercó y se acuclilló delante de ellos. Los niños se encogieron, acercándose los unos a los otros como virutas de hierro ante un imán. Su comportamiento era muy extraño.

—Gemma –dijo Molly bajito–, ¿no me reconoces?

—No –contestó Gemma, mirando perpleja a Molly.

—Soy Molly.

—Pero –dijo Gemma débilmente–, Molly se ha marchado lejos; y de todas maneras, Molly no se parecía a ti. No tenía ropa bonita como tú, y sus zapatos no brillaban como los tuyos, y no tenía el pelo tan bien peinado y su cara no era como la tuya –la niña se limpió los mocos con la punta de una manta y tiritó.

—Sí, Molly tenía la cara llena de manchitas –dijo Gerry.

—Soy Molly, solo que un poco más gorda y con mejor aspecto. Como tu ratón cuando lo cuidas, ¿entiendes, Gerry?

Molly miró a su alrededor. Por todas partes había montones de ropa sucia. Los colchones y el suelo estaban cubiertos de plumas que se habían escapado de una almohada, con lo que la habitación más parecía un nido que un dormitorio. Un tubo de pasta de dientes que alguien había pisado había esparcido su contenido en el suelo de madera, en montoncitos pegajosos con olor a menta, y junto a ellos había una lata de Skay vacía, abollada, y abandonada.

—Mi ratón se murió –dijo Gerry bajando la cabeza.

310

—Oh, no, Gerry, ¿en serio? Eso es horrible, ¿verdad, Rock?

Rocky parecía muy preocupado.

—Sí –dijo–. Qué mala noticia, Gerry. Siento mucho que Dentón haya muerto. ¿Te acuerdas de mí, Gerry? Soy Rocky.

Gerry asintió.

—Y esta es Pétula. Ella también ha cambiado. ¿Lo veis? Ya no está gorda, ¿y sabéis una cosa? Ahora le gusta corretear por ahí.

Gerry se quedó mirando a Pétula sin expresión alguna y la perrita le lamió la mano.

Molly miró preocupada a los cuatro niños.

—Parecéis todos enfermos –dijo. Apenas podía creer lo mucho que habían cambiado, y en qué poco tiempo lo habían hecho. Mientras ella había estado comiendo a sus anchas, ellos habían pasado mucha hambre. Parecían gravemente enfermos. Unas semanas más, y Molly se los podría haber encontrado muertos a todos. Se estremeció al pensarlo y sintió que toda la culpa era suya. Mirando sus caritas, que para ella eran tan familiares como si fueran sus hermanos y hermanas, se sintió totalmente responsable de su tristeza y su abandono. Se inclinó y abrazó a Gemma.

—Lo siento muchísimo –dijo, desde lo más hondo de su corazón. La niña se aferró a su cuello y Molly se dio cuenta de lo fría y débil que estaba. Rocky abrazó a Gerry, y luego también a Ruby y a Jinx. Estos dos se echaron a llorar. Totalmente indignada consigo misma, Molly se preguntó cómo podía haber sido tan fría; cómo se le había ocurrido dejar a estos niños solos en Hardwick House, con la loca de la señorita Adderstone. Y después, ¿por qué no había regresado cuando se enteró de que la horrible Hazel es-

311

taba al mando del orfanato? Molly se dio cuenta de
que había sido una egoísta, y recordó también que se
había comportado como una persona desesperada. Para
empezar, ¿cómo podía haberse marchado a América
pensando que en Briersville ya no había nada para
ella? Molly supuso que la razón era que, hasta ese
momento, no se había dado cuenta de lo mucho que
quería a esos niños.

—¿Hay comida en la casa? –le preguntó Molly a
Gemma, decidida a mejorar las cosas lo antes posible.

—Sí, sí, todavía nos traen comida, como patatas, y
huevos, y carne, y todo eso, pero a mí no se me da
muy bien cocinar y ya no nos quedan sartenes limpias,
pero la cocina está llena de ratas, así que nos da miedo
entrar, aunque a veces sí que nos atrevemos y entramos
con palos.

—¿Y entonces qué habéis comido todos estos días?
–preguntó Molly aterrada.

—Alubias frías de lata...

—Pero el abrelatas es difícil de utilizar...

—Y a veces también tomamos pan, fruta y queso,
si conseguimos cogerlo antes de que las horribles ratas
se lo coman.

—¿Pero por qué ha salido todo mal? ¿No viene la
señora Trinklebury a veros, a traeros pasteles, y a ayu-
daros a lavar y a cocinar?

—No –intervino Gerry–, la señorita Adderstone
despidió a la señora Trinklebury, y nunca más volvió.
Adderstone dijo que seríamos más felices solos. Pero no
es verdad... y mi ratón se murió –Gerry bajó la vista
al suelo.

—Lo sé, Gerry, eso es algo muy, muy triste –dijo
Molly, acariciándole la cabeza.

—Pero escuchad –dijo Rocky, tratando de ser po-
sitivo–, seguro que tenéis mucha hambre. Así que, ¿qué

tal si os preparamos de desayuno una tortilla, patatas fritas y chocolate caliente?

Los cuatro niños miraron a Rocky estupefactos.

—Sí, por favor –dijeron.

—Vale, pues entonces poneos la bata y las zapatillas y vamos abajo. Encenderemos la chimenea para que podáis calentaros.

Los niños parecían tan agotados y tan agradecidos, que Molly se sintió obligada a decirles:

—Y escuchadme todos, ya no tenéis que preocuparos por nada. De ahora en adelante, todo va a ser genial, os lo prometo. Hemos vuelto para cuidar de vosotros, y tenemos a una persona que puede ayudarnos. Lo limpiaremos todo, y habrá cosas buenas que comer, y no pasaremos frío y... bueno, esperad y veréis.

Dicho esto, Molly llevó abajo a los niños abandonados, vestidos con sus batas harapientas. Veinte minutos después, ardía un fuego en la chimenea del vestíbulo y estaban todos sentados alrededor, calentándose sus sucios pies. Molly se preguntó dónde estarían los otros niños, pero decidió investigarlo más tarde. Antes de nada, tenía que arreglar lo del desayuno, así que llamó a Nockman y a Rocky y bajaron al sótano, en dirección a la apestosa cocina.

La hallaron en un estado lamentable. Había bolsas de basura en el suelo, llenas de comida podrida y de gusanos. En los fregaderos se amontonaban enormes pilas de sartenes, platos y cubiertos sucios. De hecho, no había un solo utensilio de cocina limpio. Todos estaban en los fregaderos, en las encimeras, o tirados por el suelo. Las sillas estaban apoyadas contra los fuegos, pues los niños pequeños se habían subido a ellas para intentar cocinar.

Pétula olisqueó y su olfato detectó roedores. Cuando Molly abrió una despensa, salieron corriendo tres ratones que estaban comiéndose unas migas, y desaparecieron por un agujero en la pared.

—¿Sabes una cosa, Molly? –observó Rocky–. Aquí no hay ratas, porque tengo entendido que donde hay ratones, no puede haber ratas. Lo cual es una buena cosa, porque las ratas transmiten enfermedades, mientras que los ratones solo son un poquitín sucios. Si Nockman lo limpia todo con desinfectante, podremos cocinar sin peligro.

—Esto indica lo asustados que estaban. Quiero decir que a Gerry le encantan los ratones, pero en su imaginación los ratones le parecieron ratas.

Gracias a los días que había pasado trabajando en el Banco Shorings, a Nockman se le daba muy bien limpiar. Primero sacó la basura de la cocina, luego llenó uno de los fregaderos de agua con detergente, y el otro de agua caliente y limpia, para aclarar los cacharros. Lavó sartenes, cuencos, platos y cubiertos, y luego se puso a pelar patatas. Rocky cascó veinte huevos en una enorme fuente y empezó a batirlos, mientras Molly fue a buscar dos carritos de cocina, y luego los limpió. Después fue a la puerta trasera para ver si había pasado el lechero.

Junto a la puerta había dos cajas de pescado podrido, unos cubos de basura malolientes y botellas de leche con sus tapones de papel de estaño agujereados por los pájaros. Molly cogió la caja de leche que acababa de dejar el lechero y volvió a entrar en la casa sin perder un segundo.

—Nockman, cuando hayas terminado de preparar el desayuno, y hayas desayunado tú también, ¿puedes por favor limpiar la cocina de arriba abajo? –preguntó.

—Sí, señorita Secador –dijo el obediente Nockman.

Pronto un riquísimo olor a tortilla, patatas y leña llenó la casa. Satisfechos, Molly y Rocky contemplaron a los niños desayunar, sentados todos en corro alrededor de la chimenea. Con cada bocado, sus pálidas mejillas iban recobrando el color.

Gerry fue el primero en recuperar su curiosidad.

—Bueno –dijo–, ¿cómo habíais dicho que se llamaba ese lugar en el que habéis estado?

—Se llamaba Nueva York –contestó Molly–. ¿Recuerdas que te llamé por teléfono?

—Sí. ¿Y cómo era Nueva York?

—Alucinante –contestó Rocky.

—¿Y qué hicisteis allí?

—Bueno, muchas cosas –dijo Rocky–. Yo vivía con una familia y descubrí que prefiero que mi familia seáis vosotros y no ellos –a Gerry le gustó oír eso. Los otros niños asintieron sonriendo.

—Y yo –intervino Molly–, vivía por mi cuenta y tenía todo lo que podía desear.

—¿Todo, todo? –preguntó Gemma.

—Sí, tenía todas las cosas chulas que existen, como todo lo que habéis visto en los anuncios, y más. ¡Tenía ropa, coches, televisores, películas, tiendas, y todos los caramelos que quería! Y actuaba en una obra, y salía en la tele, y la gente me llamaba por teléfono todo el tiempo, e hice algunas cosas peligrosas, y era famosa!

—¿Eras famosa? –repitieron los niños a coro.

—Sí, era tan famosa como... como las personas que salen en los anuncios.

315

—¿Y entonces por qué no te quedaste allí? –preguntó Gemma perpleja.

—Porque también tenía algo que no quería –explicó Molly.

—¿El qué?

—¿Piojos? –preguntó Gerry.

—No, piojos no. Tenía soledad.

—¿Soledad?

—Eso mismo, soledad. ¿Y sabéis una cosa?

—¿Qué cosa?

—La soledad hace que todas esas cosas chulas, lujosas y llamativas parezcan basura.

—¿Basura?

—Sí, como papeleras llenas de basura podrida.

—¿Pero por qué? –preguntó Gerry.

—Porque cuando te sientes solo, sin familia ni amigos, lo que más deseas en el mundo es no estar solo. Todas esas cosas lujosas no hacen que te sientas mejor. Te dan igual, lo único que deseas es estar con las personas a las que quieres.

—Así que –intervino Rocky–, cuando Molly me encontró por casualidad, se alegró mucho de verme. Y decidimos que los dos os echábamos mucho de menos a todos, y como estábamos preocupados por vosotros, decidimos volver a casa.

Los niños estaban muy impresionados y contentos de haber sido ellos el motivo de que Molly y Rocky regresaran a Hardwick House. Ninguno de ellos sentía rencor. Eran demasiado buenos y comprensivos. Se quedaron mirando a Molly y a Rocky, maravillados, mientras se bebían despacio el chocolate caliente.

—¿Y Pétula, también se sentía sola? –preguntó Jinx, acariciando la suave cabeza de la carlina.

—Sí –contestó Molly.

—Nosotros también nos sentíamos solos, ¿verdad, Gemma?

—Sí –reconoció esta–, y no era muy agradable.

La pequeña Ruby estaba sentada junto a la chimenea, al lado de Nockman, con unos enormes bigotes de chocolate pintados en la cara. Metió su manita entre las de Nockman.

—Gracias, señor –le dijo mirándolo con los ojos medio cerrados–, este ha sido el mejor chocolate que he tomado en mi vida.

Desde el síncope que le había dado en el avión, Nockman ya no era la misma persona, y entonces, mirando a la niña pequeña, sintió algo que no había sentido en muchos años. Se sintió reconfortado. Reconfortado porque la niña había sabido llegar hasta su corazón y porque estaba contento de haberla ayudado. Apenas podía creer lo que estaba sintiendo.

—Ha sido un-placerr –dijo bajito.

—Y ahora –les dijo Molly a Gerry y a Gemma–, contádnoslo todo. ¿Adónde han ido Hazel y los demás?

—¿Adónde han ido? Pero si no se han ido –contestó Gemma–. Siguen aquí. –Y respiró hondo para empezar a contarles todo lo que había ocurrido en Hardwick House.

Capítulo 37

Gemma empezó a contar.

—Cuando te fuiste, la señorita Adderstone y Edna también se marcharon, pero antes echaron a la señora Trinklebury y le dijeron que no volviera nunca más. Dijeron que de ahora en adelante querían ser buenas con los niños, y que no necesitábamos a ningún adulto encima dándonos órdenes. Así que decidieron que seríamos más felices si se marchaban las tres.

Molly recordó las instrucciones que les había dado a la señorita Adderstone y a Edna en el aeropuerto. ¿Pero cómo podían haber sido tan idiotas de pensar que dejar a unos niños solos, sin nadie para cuidarlos, les haría más felices?

—Pero la señora Trinklebury era buena –insistió Jinx.

—Sí, pero obedecía las órdenes de la señorita Adderstone y se marchó de todas maneras –prosiguió Gemma–. Entonces la señorita Adderstone hizo las maletas, y Edna también, y se pelearon porque la señorita Adderstone destrozó la ropa de Edna...

—Hizo jirones su abrigo –intervino Ruby.

—Y los sombreros de las dos –añadió Jinx.

—Sí, parecían dos locas cuando se fueron, con toda la ropa recortada –comentó Gerry–. Edna nos dio unos dulces, solo que eran muy raros, tenían unas cosas dentro asquerosas.

—Eran unos dulces italianos para mayores, o algo así –explicó Gemma–. Pero fueron buenas con nosotros antes de irse. La señorita Adderstone me dio una bolsa de bolas de naftalina.

—Y a mí me dio una botella de líquido para enjuagarme la boca –dijo Jinx.

—Pero hiciste una travesura, ¿verdad, Jinx? –le recordó Gemma.

—Sí, me lo bebí.

Rocky le acarició el pelo.

—Total –prosiguió Gemma–, que la señorita Adderstone dijo que seguiríamos recibiendo comida, que el banco pagaría automáticamente, y también dijo que teníamos que seguir yendo al colegio, porque si no, la mala de la señora Toadley vendría al orfanato. Así que teníamos que hacer como que la señorita Adderstone y Edna seguían aquí para que nadie de fuera se enterara de que se habían marchado.

—¿Y adónde se fueron? –preguntó Molly.

—Ni idea.

—¿Y luego qué pasó?

—Pues luego Hazel tomó el mando –contestó Gemma.

—Y fue aún peor que la señorita Adderstone –susurró Gerry.

—Fue malísima y muy mandona –prosiguió Gemma–, y nos hacía trabajar muy duro. Teníamos que cocinar y que limpiar. Decía que teníamos que ir al colegio muy arreglados, porque si no, la señora Toadley se daría cuenta de que estábamos solos...

—Y Hazel dejó su habitación y se instaló en los apartamentos que habían sido de la señorita Adderstone, y tiró un montón de papeles por la ventana –añadió Gerry–. Dijo que Roger y Gordon tenían que mudarse a la habitación de Edna. Pero entonces...

—Entonces empezaron a pelearse –prosiguió Gemma–. Roger quería ser el jefe porque decía que Hazel no estaba imponiendo ningún orden. Y Gordon quería la habitación de Edna para él solo. Así que Roger y él se pelearon y Roger se trasladó al sanatorio...

Gemma y Gerry hablaban muy deprisa y muy animadamente, mientras Ruby y Jinx los miraban con los ojos como platos. Molly y Rocky comprendieron lo desconcertantes que tenían que haber sido las últimas semanas para ellos.

—Y todos nos gritaban y nos daban órdenes –dijo Ruby–, pero nunca, nunca nos ayudaban.

—Y entonces se enfadaron tanto que dejaron de hablarse.

—Y a nosotros. Dejaron de hablarnos a nosotros –añadió Jinx.

—Casi todo el tiempo –recordó Gemma–. A veces se enfadaban un montón con nosotros si contestábamos al teléfono. O si abríamos la puerta. Y Hazel era muy estricta. Dijo que no le podíamos contar a nadie que Adderstone se había marchado. Dijo que si lo contábamos, Gordon nos pegaría. Pero ahora no hay problema porque es Navidad y no tenemos colegio.

—Así que ya no tenemos que estar limpios –dijo Gerry.

—Pero ahora ya no comemos en el colegio y pasamos hambre –murmuró Ruby.

—Y no podemos ir al pueblo, ni a la ciudad.

—Nunca –dijo Jinx–. Dicen que si vamos, nos comerá el Coco.

—Pero no tenéis que tener miedo de eso –les dijo Molly–. Lo del Coco es una mentira.

Molly miró a su alrededor. Lo que vio más parecía el contenido de un cubo de basura que una habitación de una casa. En los rincones había palos de hockey y pelotas de fútbol pinchadas, junto con cajas de cartón y bolsas de plástico. Aquí y allá había también sartenes con restos de comida pegada, y las paredes estaban salpicadas de tinta negra.

—¿Y dónde están los demás entonces?

—Supongo que durmiendo –dijo Gemma, bebiendo un sorbito de chocolate–. Roger se levanta a las diez. Se va a rebuscar en los cubos de basura de Briersville. Pero Gordon, Cynthia y Craig no salen. Se quedan en la habitación de Edna viendo la tele. Y Hazel también se queda en su cuarto, pero sí que baja a recoger la comida que traen a casa. Se lleva las cajas a su habitación.

—Bien –concluyó Molly, volviéndose hacia Rocky–, me parece que es hora de que vayamos a despertar a Hazel y a los demás, ¿no crees?

La puerta de los apartamentos de la señorita Adderstone estaba cerrada. Un enorme escarabajo negro se escurrió por debajo. Pétula olisqueó nerviosa el aire, detectando un tenue olor a la vieja solterona. Molly miró el retrato de la señorita Adderstone que estaba colgado en la pared del descansillo. Alguien le había pintado barba y bigotes. Molly llamó a la puerta, la empujó y se abrió. Ella y Rocky entraron.

Había un fétido olor a cerrado. La vieja alcoba de la señorita Adderstone estaba aún más oscura que de costumbre, con las pesadas cortinas de color burdeos totalmente corridas.

Molly encendió la luz. Tirados por el suelo había cajas, latas y ficheros del archivo de la señorita Adderstone. Paquetes vacíos de patatas fritas y montones de envoltorios de caramelos cubrían el suelo como hojas secas de otoño.

En la oscura pared se abrió de golpe el reloj de cuco y sonó nueve veces.

—¿Quién es? –se oyó la voz soñolienta de Hazel desde el dormitorio. Rocky y Molly llegaron hasta la puerta, pisando los desperdicios que había diseminados por el suelo, y la abrieron.

En la penumbra de la habitación vieron a Hazel sentada en la cama. Molly atravesó más basura y descorrió las cortinas.

La luz entró a raudales en la habitación, golpeando a Hazel en la cara. Se protegió los ojos con la mano y, guiñándolos, gimió:

—Sal de aquí, Gemma. Nadie puede entrar aquí.

—No soy Gemma. Somos Molly y Rocky.

Conforme los ojos de Hazel se iban acostumbrando a la luz, dejó caer las manos y descubrió su cara, revelando una Hazel muy diferente de la que Molly había visto por última vez antes de marcharse. Esa Hazel tenía una cara mucho más gorda, pálida y llena de granos. Tenía los ojos inyectados de sangre y con oscuras ojeras. Sus labios estaban cubiertos de costras y con llagas en las comisuras. Llevaba el pelo más largo porque no se lo había cortado y lo tenía pegado a la cabeza porque estaba muy grasiento. Tenía también mirada de loca, y ahora, al ver a Molly y a Rocky, a esa expresión se unía una de gran sorpresa y de susto. Se aferró a la almohada.

—So-Sopo. Estoy soñando –jadeó con voz ronca, y se dio un suave golpe con la almohada en la cabeza.

—No, no estás soñando. Hemos vuelto –dijo Molly–. Y tal vez te parezca una pesadilla, pero hemos venido para quedarnos.

La Hazel de antes habría saltado de la cama y se habría enfrentado a Molly, pero en ese momento tan solo gimió:

—Me da igual.

Hazel alargó la mano hasta una caja de cartón que estaba junto a su cama y cogió una chocolatina Paraíso. Le quitó el envoltorio y se la metió ansiosamente en la boca.

—Necesito azúcar –dijo mordiéndola, concentrándose en el chocolate. De pronto parecía haber olvidado que Molly y Rocky se hallaban en la habitación.

—Hazel –dijo Molly–, tienes un aspecto terrible.

—Sí, ya lo sé –contestó esta, dándole otro bocado a la chocolatina.

—Pareces enferma –intervino Rocky–. ¿Te has alimentado solo de dulces?

—Sí, no hay nada mejor –contestó Hazel, mirando desesperadamente a su alrededor, a las pilas de cajas de dulces. De pronto se quedó petrificada–. ¿No iréis a quitarme mis chocolates, verdad?

—No –contestó Molly–, pero tenemos alimentos mejores para ti. ¿Quieres una tortilla y unas patatas fritas?

Rocky trajo un poco de comida de verdad, y cuando Hazel terminó de devorarla, Rocky y Molly hablaron con ella.

Les contó por qué habían salido tan mal las cosas.

Les contó que al principio había disfrutado estando al mando del orfanato, pero que después de las peleas con Gordon y con Roger, se había vuelto más solitaria. Había empezado a pasar cada vez más tiempo sola, comiendo únicamente chocolate y caramelos. Se había fumado incluso un paquete de cigarrillos que había encontrado en un armario de la señorita Adderstone. Reconoció que se había sentido cansada, enferma y sola; y que al final, había empezado a mirar en su interior.

—Estaba siempre de mal humor, y aunque intentaba animarme, no lo conseguía. Quería tener buenos sentimientos hacia los demás, pero no me salían. Odiaba a todo el mundo y me odiaba a mí misma por ser... por estar tan llena de odio. Y soy una mentirosa.

Hazel cogió una carpeta verde que había en la mesilla de noche y se la tiró a Molly.

—Deberíais saber quién soy en realidad. Mentí siempre a todo el mundo. Leed esto. Vamos, leedlo –se dejó caer sobre los almohadones, con lágrimas en los ojos–. Ya no tiene sentido seguir ocultando la verdad.

Dentro de la carpeta verde estaba la ficha de Hazel. Molly y Rocky empezaron a leerla:

Nombre	Hazel Hackersly
Fecha de nacimiento	?
Lugar de nacimiento	?
Cómo llegó a Hardwick House	Vida familiar gravemente inestable. Llegó con seis años, malnutrida y con signos de malos tratos.
Padres	Madre alcohólica. Padre violento e irascible. Ambos inadecuados para cuidar de una niña.

Posesiones

Descripción del niño

Ninguna.

«Hazel me recuerda a mí cuando era pequeña. Aprende rápido y está deseando agradar.»

—Ya lo veis –gimió Hazel–, nunca he sido la niña llena de glamour que todos pensabais. Creíais que tenía los mejores padres del mundo, pero mis padres nunca me quisieron, lo único que hacían era pegarme –los ojos de Hazel se llenaron de lágrimas–. La señorita Adderstone por lo menos nunca me pegó, por eso la apreciaba. Os envidiaba, porque vosotros habíais tenido a la señora Trinklebury. Fue como una madre para vosotros. Pero no para mí. Yo llegué al orfanato demasiado tarde. Yo tuve una madre que lo único que hacía era gritarme.

—Pero –intervino Molly asustada por lo que Hazel estaba contando–, pero la señora Trinklebury también te habría querido a ti, lo que pasa es que nunca le diste una oportunidad.

—Soy horrible –sollozó Hazel–. Sé que no le caigo bien a nadie. No os lo reprocho. Yo tampoco me gusto a mí misma. Soy mala. ¿Y sabéis una cosa? No es ninguna pesadilla que hayáis vuelto. Ya no me interesa estar al mando. No quiero ser la jefa de este lugar. Me encuentro mal. Solo quiero ponerme mejor. Quiero ser mejor –la cara de Hazel se convirtió en una mueca de desesperación y su boca se abrió. No salió ningún sonido de ella. Era un grito silencioso, y las lágrimas resbalaban por sus mejillas.

Molly le puso la mano en el hombro.

—Todo va a salir bien, Hazel. No llores, por favor. Lo entendemos. Gracias por enseñarnos tu ficha. Ten-

325

drías que haber visto la mía, demostraba que soy una verdadera don nadie. Te ayudaremos a recuperarte. De ahora en adelante, las cosas van a ser muy diferentes aquí en Hardwick House.

—Vale –consiguió articular Hazel entre sollozos–. Y... gracias por volver.

Molly y Rocky ayudaron a Hazel a bajarse de la cama y le prepararon un baño. Luego salieron de la habitación para investigar qué había sido de Gordon Boils.

Lo encontraron sentado en un sillón en la habitación de Edna, envuelto en un edredón con los dos pies metidos en una enorme zapatilla. A su lado, sentados en un sofá y envueltos también en edredones, estaban los otros dos niños mayores, Cynthia y Craig. Tenían los ojos fijos en la tele que habían sacado de la sala de estar de abajo para instalarla allí. Cuando Rocky y Molly aparecieron, todos levantaron los ojos unos segundos como si hubieran visto un par de moscas, y luego volvieron a fijarlos en la televisión.

Gordon estaba sentado con la cabeza apoyada en las manos. Su cara estaba anémica, más delgada y menos agresiva. Molly leyó los tatuajes que tenía en los puños: REY GORD (al revés). Ahora ya no parecía nada majestuoso. También Cynthia y Craig parecían dos fantasmas, y tenían un aspecto muy triste.

Molly apagó la televisión.

—Hola a todos.

Una vez que todos terminaron de desayunar, Gordon habló por fin. Su voz parecía más débil y mientras hablaba miraba a todas partes, incómodo.

Les contó que todos estaban de un humor de perros desde que había terminado el colegio. Su único consuelo había sido la tele, así que la veían de la mañana a la noche.

—Este lugar es horrible. Todos nos encontramos mal –gruñó Gordon–. Me siento como si todo mi cuerpo estuviera enfermo. De verdad, creo que me pasa algo grave. Rocky, creo que necesito un médico.

Cynthia y Craig no decían nada.

—Escuchad –dijo Molly–, os ayudaremos a poneros buenos, pero con una condición: tenéis que cambiar todos de actitud.

—¿Qué quieres decir? –preguntó Gordon débilmente.

—Tenéis que dejar de ser malvados.

—Ah, eso –dijo el abatido Gordon, cuyos ojos eran ahora suaves y dulces como los de una vaca–. Claro que podemos hacerlo. No me he metido con nadie en... varios días.

—¿Pero cómo puedes ayudarnos tú, Ojos de Coco? –preguntó Cynthia.

—Os ayudaré –contestó Molly–. Espera y verás. Ah, y a propósito, me tienes que llamar Molly. Molly Moon.

Molly hablaba con firmeza, pero en su interior se sentía contenta de que Cynthia la hubiera llamado Ojos de Coco. Eso demostraba que toda la adoración que Cynthia hubiera podido sentir por Molly después de haberla hipnotizado el día del concurso ya se había desvanecido.

Cuando dejaron solos a Gordon, a Cynthia y a Craig para que se bañaran y se vistieran, Molly se preguntó si los tres seguirían siendo tan dóciles una vez que se hubieran recuperado.

—Ya lo veremos –contestó Rocky.

327

El último al que hicieron una visita fue a Roger Fibbin, que estaba en el sanatorio. Lo encontraron sentado en la cama, atándose los zapatos.

Roger dio un respingo de susto cuando vio a Molly y a Rocky.

Tenía la cara más huesuda que nunca, su nariz puntiaguda estaba rosa y moqueaba, y tenía las manos moradas de frío. Su ropa parecía tan limpia y arreglada como antes, pero cuando Molly se acercó, comprobó que su camisa tenía un cerco marrón de suciedad a la altura del cuello, y que sus pantalones estaban tiesos de mugre. También tenía las uñas llenas de estiércol.

—¿Qué... qué estáis haciendo aquí? –preguntó. Le temblaba el párpado izquierdo–. Me voy. Tengo que... tengo que ir a escarbar en los cubos de basura –consultó un reloj roto que tenía en la muñeca–. Es tarde, y si no me doy prisa, los encontraré vacíos.

Cuando Molly y Rocky tranquilizaron a Roger dándole de comer como es debido, descubrieron que él también estaba roto por dentro. Se había acostumbrado a hurgar en los cubos de basura de Briersville para encontrar comida. Había sufrido un par de intoxicaciones muy malas, pero para él era la forma más fácil de mantener una alimentación equilibrada.

—Esto –dijo medio llorando, señalando el plato vacío del desayuno– ha sido lo mejor que he comido en... en... varias semanas.

—No te preocupes, Roger. De ahora en adelante, habrá muchas cosas ricas que comer –lo calmó Rocky, y al oír estas palabras amables y tranquilizadoras, Roger se abrazó a Rocky y se echó a llorar.

Al volver al sanatorio, Molly vio su reflejo en el espejo. El mismo espejo en el que se había mirado tiempo atrás y se había visto a sí misma convertida en una punk.

Pensó en lo distinta que era ahora. Su pelo brillaba más, su cara ya no tenía manchas y su cutis estaba sano. Y en cuanto a su nariz de patata, y a sus ojos verdes tan juntos, a Molly esos rasgos ya no le parecían feos. Le gustaban, porque eran suyos.

Sin lugar a dudas, había cambiado mucho desde aquella noche de noviembre, en la cima de la colina, cuando había pensado que odiaba su vida y se odiaba a sí misma.

Molly se puso a pensar en cómo habían cambiado todos los niños de Hardwick House desde ese día. Y todos los cambios habían ocurrido por el el libro del hipnotismo.

A Hazel, Roger, Gordon, Cynthia y Craig les había dado una buena lección de humildad. Sin la estructura del colegio y de las normas, y al no tener ya a nadie con quien meterse, se habían peleado entre ellos rompiendo sus alianzas. Al haberse disuelto su pandilla, se habían quedado todos solos. Y entonces cada uno había tenido que mirarse a sí mismo por dentro. Y no les había gustado lo que habían descubierto. Hazel se había derrumbado por completo, tanto que había contado la verdad sobre su origen. Molly sabía que ya nunca más podría volver a ser la mandona de antes. Y confiaba en que hubiera hablado en serio cuando había dicho que quería ser mejor persona. Molly no estaba tan segura de que Gordon, Cynthia y Craig cambiaran de actitud. No se imaginaba a Gordon ayudando a una ancianita a cruzar la calle, ni a Cynthia y a Craig siendo amables. Molly pensaba que cuando recuperaran las fuerzas, también recuperarían su agresividad. No resultaría fácil vivir con ellos. En cuanto a Roger, Molly temía que la tensión de las últimas semanas le hubiera colocado al borde de algún tipo de locura. Esperaba que lograra recuperarse.

Y luego estaba Nockman. No cabía duda de que iba mejorando, cada hora que pasaba se volvía más considerado. Aunque todavía estaba un poco en fase experimental, Molly esperaba que hubiera cambiado para siempre, como lo había hecho Pétula, que correteaba ahora por ahí, feliz y contenta como un cachorrito.

¿Y la señorita Adderstone y Edna? Molly no sabía dónde estaban, ni lo que estarían haciendo. Sabía que las instrucciones que les había dado perderían pronto su efecto, pero esperaba que las dos hubieran descubierto que de verdad les gustaban los aviones y la cocina italiana. Y si esas aficiones se convertían en nuevas pasiones, no regresarían a Hardwick House. De todas maneras, a ninguna de las dos les gustaban los niños. Molly les había hecho un favor enorme al hacerles descubrir caminos distintos.

Luego Molly bajó a esconder el libro del hipnotismo donde siempre había estado a salvo: debajo de un colchón.

Capítulo 38

La señora Trinklebury se alegró muchísimo de recibir la llamada de Molly. Llegó a Hardwick House muy contenta y con las mejillas sonrosadas, envuelta en un abrigo de lana. Llevaba un montón de bolsas de la compra llenas de ricos alimentos para cocinar, y su viejo bolso de crochet estaba hasta arriba de pastelitos caseros. Cuando entró en el orfanato los repartió entre todos los niños.

—Oh, ma... madre mía –dijo mirando a su alrededor–, cuánto ha decaído este lugar, ¿no os parece? Dios sa... santo. Huele a perrera sucia.

Cuando Molly y Rocky le explicaron la situación, no tuvieron que insistir mucho para convencerla de que se mudara allí a vivir con ellos.

—Tiene que venir, señora Trinklebury. La necesitamos para que cuide de nosotros –explicó Molly.

—Si no, mandarán a otra señorita Adderstone –advirtió Rocky.

—Por favor, quédese, señora Trinklebury, porque de verdad necesitamos una mamá –dijo Ruby.

—Alguien que nos haga pasteles –declaró Jinx.

La señora Trinklebury suspiró y se cruzó de brazos.

—¿Sabéis? Me... me siento muy sola desde que mi Albert murió. Y me he se... sentido mucho peor desde que la señorita Adderstone me echó. Me mudaré aquí encantada.

Molly y Rocky le dieron un abrazo.

—Es usted un sol, señora Trinklebury.

Luego la acompañaron abajo, a la cocina, para que conociera a Nockman.

Nockman llevaba puesto un delantal y estaba hasta los codos de agua con detergente. Ya había tirado las malolientes bolsas de basura y había limpiado los armarios de la cocina. Ahora todo olía a detergente con aroma a limón.

—Señor Nockman, esta es la señora Trinklebury. Va a mudarse a vivir aquí, y será la responsable del orfanato.

—Y te llevarás bien con ella –susurró Rocky.

—Ah, hola –dijo Nockman, quitándose el guante de goma y estrechando cortésmente la mano de la señora Trinklebury.

—Encantada de conocerlo –contesto ella–. Qué bu... buen trabajo de limpieza está usted haciendo.

—Grrrracias –dijo Nockman sonriendo, feliz de que apreciaran su duro trabajo.

—Bu... bueno –dijo la señora Trinklebury, un poco nerviosa porque no sabía qué más decirle–, como ya te he dicho, Molly, me encantaría volver a trabajar aquí. Me traeré conmigo a Tesoro, si no os importa –luego se volvió a Nockman para explicarle–. Es mi periquito, y canta divinamente. Estoy segura de que le encantará.

—¿Tiene un periquito? –preguntó Nockman, mirando a la señora Trinklebury como si fuera una diosa.

—Oh, sssi... sí –contestó la señora Trinklebury, confusa de nuevo por la atención que le prodigaba Nockman mientras se ponía los guantes de goma–. Si vamos a adecentar este lugar, Molly, será mejor que me ponga manos a la obra.

A la hora de la cena, deliciosos aromas de carne asada en salsa con patatas, guisantes y maíz invadieron el orfanato. Hacía calorcito, porque la señora Trinklebury se las había arreglado para que volvieran a traer gasóleo, y la caldera funcionaba ahora a toda máquina.

Molly y Rocky dieron a todos los niños un buen baño y les lavaron el pelo, y luego los secaron con suaves toallas nuevas que Molly había comprado en el aeropuerto.

A las ocho ya estaba todo el mundo bañado, seco y con ropa nueva que habían elegido de las maletas de Molly. Incluso Gordon, Roger y Craig encontraron camisetas a su gusto.

Las mesas del comedor estaban preparadas, con vasos brillantes e iluminadas con velas. Y el fuego ardía en la chimenea.

Fue la mejor cena que Molly había probado en su vida. No porque la comida fuera la mejor, aunque era buena, sino porque era fantástico volver a estar con todo el mundo, incluso con Hazel y su antigua pandilla. Y qué distintos parecían todos. Eran pálidas sombras de lo que habían sido, y ahora comían y bebían sin hacer ruido. Los niños más pequeños, en cambio, conforme iba transcurriendo la velada, se volvían cada vez más bulliciosos y habladores, haciendo reír a la señora Trinklebury e incluso a Nockman.

De pronto Gerry preguntó:

—Bueno, señora Trinklebury..., ¿entonces ahora Nockman y usted van a ser nuestro papá y nuestra mamá? –Nockman y ella se pusieron colorados.

Molly y Rocky repartieron los regalos que habían comprado en el aeropuerto: cámaras y walkmans para Hazel y para Cynthia, aviones y coches teledirigidos para Gordon, Roger y Craig, y ositos de peluche y walkie-talkies para Gemma, Gerry, Ruby y Jinx. A Gerry también le regalaron un ratoncito de peluche. A todos les dieron un minitelevisor y una bolsa de caramelos. A la señora Trinklebury le encantó el perfume y el collar que le habían comprado y a Nockman le gustó su nuevo traje.

Después de los regalos, Gemma le pidió a Molly que volviera a hacer su actuación musical.

—Ya sabes, el que hiciste en el concurso de habilidades.

Molly sonrió y negó con la cabeza.

—Siento decepcionarte, Gemma, pero el caso es que ya no hago esas cosas. ¿Te gustó?

—¡Sí, lo hiciste genial! –recordó la niña.

—Sí, ¿verdad? –convino Molly.

Cuando las velas se consumieron casi por completo, la señora Trinklebury de pronto dio unos suaves golpecitos en su vaso con el tenedor. Todo el mundo se quedó callado cuando la tímida señora Trinklebury se puso en pie, carraspeó, y empezó a hablar con valentía.

—Bu... bueno, como todos sabéis, soy un poco ta... tartamuda –dijo sonriendo.

—Pero es usted muy simpática –dijo Gemma.

—Bueno, muchas gracias, Gemma, tú también. Y ahora, aunque ta... tartamudee, os voy a hablar a todos de algo que no le he contado a nadie en mu... muchos años, pero que ahora de... debo contaros a todos. Este es el momento adecuado para decíroslo. Es el mo... momento adecuado porque por fin en este edificio, nuestro ho... hogar, Ha... hardwick House, re... reina la felicidad.

»Co... como sabéis, Molly y Rocky me han pe... pedido que venga a vivir aquí pa... para que pueda cuidar de vosotros. Espero que estéis todos de acuerdo –la señora Trinklebury respiró bien hondo–. Antes había mucha tristeza en este e... edificio, y algunos de vosotros ta... tal vez pensabais que nadie entendía lo que se siente al estar so... olo en el mundo. Me parece que la señorita Adderstone no os po... ponía las cosas muy fáciles en ese se... sentido.

»Solía sentir la tristeza que reinaba aquí cu... cuando venía a limpiar, y me partía el alma. Porque, bueno, en lo más hondo de mi corazón, yo ta... también sé lo que es sentirse solo. Porque –y esto es lo que os quería decir– yo también soy huérfana.

»A lo mejor pensáis que soy demasiado vieja y gorda para ser huérfana, pe... pero cuando era pequeña, yo también tuve que ir a un orfanato. Mi pa... padre murió cuando yo tenía dos años, y entonces mi madre se volvió a casar. El problema era que su nuevo ma... marido tenía tres hijos y luego tuvo otros dos con mi madre, y bueno, eran demasiados ni... niños, y mi pobre madre no daba abasto. Uno de nosotros tenía que ma... marcharse, y me tocó a mí.

»A mí eso nunca me pareció justo. Y durante mu... muchos años, odié a esos niños por echarme de mi casa. Porque eso es lo que hi... hicieron, ¿sabéis? Eran como su pa... padre. Su padre era un bruto y los hijos también lo eran. Y ellos se resistieron y me empujaron, hasta e... echarme de mi casa. Yo era más ti... tímida que ellos, ¿sabéis?

»Entonces, un día escuché una canción que parecía escrita para mí. Algunos de vosotros la conocéis –la señora Trinklebury sonrió a Molly y a Rocky–. Pero para los que no la conocéis, os la voy a cantar. Dice así –la voz temblorosa de la señora Trinklebury llenó la habitación:

> *Perdonad, pajaritos, a ese cuco marrón*
> *que os empujó fuera del nido*
> *es lo que su mamá le ordenó*
> *ella pensaba que era lo debido.*

Molly miró a su alrededor para ver si Hazel y los niños mayores estaban haciendo muecas o burlas al oír la nana. Pero no. Estaban sentados sin moverse, escuchando con atención. Salvo Gordon, que seguía comiendo.

—Esa canción me enseñó muchas cosas –dijo la señora Trinklebury–. Me ayudó a darme cuenta de que no debía odiar a esos niños que me habían echado del nido, porque se habían comportado solo como su padre les dijo que lo hicieran. Así que los perdoné. Y desde ese momento, mi vida fue mejor porque ya no los odiaba.

»Todos te... tenemos nuestras propias historias de por qué estamos aquí, y probablemente algunos de vosotros sentís rencor hacia aquellas personas, fueran quienes fueran, que os dejaron en este lugar. Pero debéis tratar de recordar que actuaron así porque alguien les dijo que era lo mejor. Debéis tra... tar de sentir lástima por ellas, y de perdonarlas.

»Y porque las mamás cuco enseñan a sus crías ma... malas costumbres, y porque lo que aprendas de niño lo enseñarás luego a las pe... personas que te rodean, de ahora en adelante, en esta casa va a reinar la alegría y la fe... felicidad.

»A partir de hoy, cada uno de nosotros va a tener en cuenta los sentimientos de los demás –se volvió hacia los más pequeños–. No queremos que haya ma... maldad entre nosotros, ¿verdad? ¿Qué es la maldad? Un horrible mi... microbio. Y no queremos contagiarnos de él, ¿verdad que no?

—No –confirmó Gerry–, no queremos.

—Bien –concluyó la señora Trinklebury–, si a todos os parece bien, quisiera cambiar el nombre de este edificio, pa... para que de ahora en adelante, sea un lugar alegre. Propongo que este edificio se llame a partir de ahora la Casa de la Felicidad.

Todo el mundo se la quedó mirando.

—¿Estáis de acuerdo? –preguntó–. Si lo estáis, levantad vuestros vasos.

Todos levantaron sus vasos de Skay. El que más alto lo levantó fue Nockman. Cynthia le tiró un trozo de pan a Craig.

—Por la Casa de la Felicidad –brindó la señora Trinklebury.

—Por la Casa de la Felicidad –repitieron todos.

Y en la distancia, oyeron el reloj de cuco que daba las diez.

—Y ahora –terminó diciendo la señora Trinklebury–, me parece que es hora de irse a la cama...

—Pero antes –la interrumpió Nockman–, me gustaría hacer unos cuantos trucos de magia.

Molly tragó saliva. Tenía la corazonada de que Nockman estaba a punto de comportarse mal de alguna manera. Pero durante la media hora siguiente, Molly descubrió una nueva faceta de él que le sorprendió.

Nockman estaba en su salsa, divirtiendo a todos con un fantástico repertorio de trucos de cartas, sacando naipes de las orejas de los niños, y de debajo de las sillas. Les enseñó cómo hacer trampas al póker, y Molly se dio cuenta de que a Gordon se le iluminaban los ojos al ver a Nockman en acción. Pensó que tendría que vigilar a esos dos. La fascinación de Gordon por Nockman podría causar problemas.

Después de sus trucos de cartas, Nockman presumió de su sorprendente destreza manual. Le quitó el monedero a la señora Trinklebury del bolsillo de su chaqueta sin que se diera cuenta, y a Hazel le quitó un paquete de caramelos que sostenía debajo del brazo. Todos aplaudieron, pensando que era uno de los hombres más simpáticos que habían conocido. Ni Molly ni los demás sabían que era cierto que se había comportado un poquito mal. Le había robado una cámara a Hazel, una piruleta a Ruby, a Gordon le había sustraído cinco libras del bolsillo de la camisa, y a la señora Trinklebury, la llave de la puerta principal, y se lo había guardado todo debajo de la camisa. Ahí lo tenía todo, debajo del escorpión de ojos de diamante que reposaba cómodamente sobre su pecho velludo.

A las once ya estaba todo el mundo en la cama. Tan solo Molly y Rocky seguían sentados junto al fuego que chisporroteaba, totalmente despiertos. Pétula estaba tumbada a sus pies y chupaba muy contenta una de sus piedras.

—Vaya día –suspiró Rocky–. Pero es curioso, no estoy cansado, porque al fin y al cabo, en Nueva York todavía no son más que las seis de la tarde.

—Ya, pero nos afecta la diferencia horaria –dijo Molly, contemplando el fuego–. Hoy ha sido un gran día, y cuando hace calorcito, aquí se está genial.

—Humm, es tan diferente a cuando Adderstone era la jefa.

—El problema es que el gasóleo para la caldera ha costado carísimo. ¡Doscientas cincuenta libras! La señora Trinklebury me ha dado la factura –Molly se metió la mano en el bolsillo de cremallera de su chándal y sacó un sobre con dinero–. Si seguimos comprando gasóleo, y si gastamos dinero en otras cosas, como redecorar las habitaciones y comprar muebles nuevos, pronto ya no podremos permitirnos poner la calefacción, ni pagar a la señora Trinklebury, ni comer cosas buenas. Y prometimos que ya nunca íbamos a volver a utilizar nuestros poderes hipnóticos. A lo mejor fuimos unos tontos al decidir que no íbamos a hacer trampas, Rocky, porque no sé cómo nos las vamos a apañar.

Pétula levantó la cabeza, chupando su piedra, porque notó que Molly estaba preocupada.

—Bueno –dijo Rocky–, pues tendremos que hacer lo posible para llegar siempre a fin de mes. Las cosas no serán siempre perfectas, Molly, pero serán mucho mejor que antes, y para cualquier problema que se nos presente, ya buscaremos una solución.

—Humm –asintió Molly.

Pétula ladeó la cabeza, preguntándose cómo podría animar a Molly. Odiaba verla preocupada. Pensó en su truco de siempre, que solía funcionar. A Molly le gustaba que Pétula le diera una de las piedras que chupaba.

De modo que Pétula rascó cariñosamente la pierna de Molly con una de sus patas, dejó caer una piedra a los pies de Molly y soltó un alegre ladrido.

Pero esta vez, para sorpresa de Pétula, la reacción de Molly fue muy diferente.

—¡Recórcholis! ¡No me lo puedo creer! –exclamó, mirando al suelo. Y Rocky, igual de estupefacto, exclamó a su vez:

—¡Caray, Pétula! ¿De dónde has sacado eso?

Pétula esbozó una sonrisa perruna. Estaba de acuerdo, esa piedra era especialmente bonita; la piedra más dura que había chupado en su vida. La había encontrado en el bolsillo del anorak de Molly, el día anterior por la mañana, cuando intentaba encontrar un lugar cómodo donde dormir en el hotel.

Molly recogió el enorme diamante y se volvió hacia Rocky, boquiabierta.

—Es el diamante que el gángster estaba guardando en la cámara de seguridad. Recuerdo que me lo metí en el bolsillo, pero luego se me olvidó juntarlo con las demás joyas del banco. Por eso nunca llegamos a meterlo dentro de uno de los enanos de jardín...

Rocky estaba perplejo.

—Pero en las noticias de la tele dijeron que se habían recuperado todas las joyas del banco, hasta la última piedra.

—A lo mejor este diamante todavía no estaba en ningún inventario. Recuerdo que el gángster me dijo que se lo había robado a otro granuja esa misma mañana.

—¡Guau, guau! –ladró Pétula, como si quisiera decir: «Quedáoslo. ¡Es vuestro!». Molly le acarició las orejas aterciopeladas.

—¿Qué vamos a hacer con el diamante, Rocky?

—No lo sé –contestó, acariciando la enorme piedra–. Encontrar a su verdadero dueño sería muy difícil, tal vez imposible –entonces, una sonrisa traviesa se dibujó en su rostro–. Será mejor que lo guardes en un lugar seguro, Molly.

Capítulo 39

Aquella noche, Molly y Rocky no se fueron a la cama hasta las dos de la madrugada.

A las cuatro en punto de la mañana, Molly se despertó.

La luna llena de diciembre brillaba a través de la ventana, inundando de luz la cama de Molly.

Molly se sentía rara. Empezaron a sudarle las manos y, entonces, como si algo la estuviera llamando, salió de la cama, se puso la bata y las zapatillas, y sacó de debajo del colchón el libro del hipnotismo encuadernado en piel.

Como en un sueño, Molly se vio a sí misma saliendo de la habitación, bajando la escalera, cogiendo un abrigo y adentrándose en la noche helada.

La luna le iluminaba el camino mientras abría la verja del orfanato, bajaba por la carretera llena de hielo que llevaba al pie de la colina y rodeaba el pueblo, camino de la ciudad de Briersville.

Molly sentía que algo la atraía. Algo tiraba de ella. Y no le importaba el frío. Tampoco estaba asustada.

Simplemente sentía que tenía que hacer algo, aunque no sabía exactamente qué. Se vio por fin en la puerta de la biblioteca de Briersville. Subió los escalones de piedra, pasó por delante de los viejos leones y penetró en el vestíbulo de la biblioteca. Al fondo, en la sala de lectura, vio una luz encendida. Molly sabía que tenía que ir allí. Se dirigió hasta la puerta y la abrió.

Allí, sentada detrás de su escritorio, estaba la bibliotecaria.

—Ah —dijo sonriendo—. Así que has vuelto —y, mirando por la ventana a la luna llena, dijo—: Con total puntualidad.

Al oír esas palabras, Molly salió de repente del estado de duermevela en el que estaba sumida. Se sentía como si acabara de despertar de un buen sueño reparador. Tenía la cabeza muy clara, y a su alrededor todo le parecía muy brillante. Allí estaba ella, en la sala de lectura de la biblioteca, vestida con su bata, su abrigo y sus zapatillas, con el libro del hipnotismo debajo del brazo. Aturdida, se lo tendió a la bibliotecaria.

—Gracias, Molly. Espero que el libro te haya ayudado —dijo esta, quitándose las gafas.

Molly empezó a orientarse. Miró perpleja a la bibliotecaria, preguntándose cómo sabía su nombre. Entonces cayó en la cuenta de que lo debía de haber visto cientos de veces cada vez que había sacado algún libro. ¿Pero cómo sabía que iba a venir? Molly preguntó con recelo:

—¿A qué se refería cuando ha dicho que he vuelto «con total puntualidad»? No recuerdo haber quedado con usted en nada.

Recordó entonces el día en que robó el libro del hipnotismo. ¿La habría visto entonces la bibliotecaria? Le dio vergüenza que la hubieran pillado. Su idea era devolver el libro sin que nadie se diera cuenta para evitar ese mal rato. Pero entonces volvió a recordar. Estaba totalmente segura de haberse llevado el libro cuando la bibliotecaria no estaba mirando. Sí, nadie había visto a Molly llevárselo. ¿Entonces cómo es que esta mujer lo sabía? ¿Es que tenían cámaras de seguridad en la biblioteca? De pronto Molly se sintió muy confusa. La bibliotecaria sonrió.

—Oh, Molly, no te preocupes. Ven a sentarte aquí –Molly se sentó delante de la bibliotecaria, y por primera vez, la miró con atención.

Era una mujer de aspecto serio, pero ahora que se había quitado las gafas, Molly vio que no era tan mayor como le había parecido. Llevaba el pelo recogido en un moño pasado de moda y tenía algunas canas, pero su rostro no era el de una señora mayor. Era joven y terso, y cuando sonreía, sus ojos se llenaban de ternura.

—Molly, a lo mejor pensaste que nunca me había fijado en ti, porque siempre tenía la nariz metida en un libro o en un archivo. Pero sí que me fijé en ti. Me fijé en que solías venir aquí, sola y muerta de frío, y te sentabas junto a los radiadores. Te observé durante mucho tiempo, y me dabas mucha pena. Quería ayudarte. Tenía la corazonada de que aprenderías algo, bueno, mucho en realidad, del libro del hipnotismo. De modo que aquella tarde que viniste aquí, empapada y despeinada, te hipnoticé para que lo encontraras. ¿Recuerdas que de pronto te despertaste después de haberte quedado dormida en el suelo?

Molly asintió con un gesto de incredulidad.

343

—Pues bien, yo hice que te durmieras. Te hipnoticé cuando te saludé al entrar. Y mientras tú pensabas que solo estabas durmiendo, yo en realidad te estaba sugiriendo cosas. Te hipnoticé para que encontraras el libro. Pensé que tres semanas con él bastarían para que tuvieras una aventura. Así que te pedí que lo trajeras de vuelta la noche de luna llena del mes de diciembre.

—Con total puntualidad... –dijo Molly.

—Esas son las palabras que dije que te despertarían de tu paseo a la luz de la luna. Por cierto, no te hipnoticé para que hicieras nada más. Todas las demás cosas que te han pasado forman parte de tu propia aventura.

—¡Normalmente siempre llego tarde a todas partes! –exclamó Molly, pero luego pensó que, a decir verdad, llevaba semanas sin llegar tarde a nada–. ¿Pero cómo es que Nockman sabía del libro? –preguntó Molly, tratando de pensar con cierta lógica.

—Ah, Nockman. Ese mentiroso. Bueno, unos días antes, llamó desde Estados Unidos, diciendo que necesitaba el libro para llevar a cabo una importante investigación. Dijo que era profesor, y que tener el libro una temporada le sería de muchísima ayuda. Se mostró muy persuasivo. Le dije que podía tomarlo prestado. Pero entonces, el muy tramposo llamó cuando yo no estaba porque era mi día libre, y habló con otra de las bibliotecarias. La convenció para que se lo vendiese. Mandó el dinero por correo urgente, y cuando regresé al día siguiente, me dijeron que iba a venir él en persona a buscar el libro. Fue entonces cuando empecé a sospechar. Y cuando me puse a investigar, descubrí que no había ningún profesor Nockman en el Museo de Chicago. En ningún departamento del museo. Antes de que pusiera un pie en este país yo ya sabía que era un farsante. Y además para entonces ya había estado pensando en ti. Quería prestarte el libro –la bibliotecaria apagó la lámpara de su escritorio–. Siento haberte sacado de la cama. Es tardísimo, y yo también estoy cansada. Tengo que volver a casa, al igual que tú.

Molly estaba empezando a despertarse y tenía un montón de preguntas que hacerle a la bibliotecaria.

—No estoy soñando, ¿verdad? –preguntó.

—No –contestó esta riéndose–. Pero deberías. Deberías estar en la cama, profundamente dormida.

—Ya no estoy cansada.

—Pero yo sí. Tengo que irme a casa, de verdad. Pero me gustaría hablar un buen rato contigo. Así que, en cuanto tengas un momento, y si te apetece, quedamos un día a tomar el té. Puedes contarme algunas de tus aventuras, y yo te contaré las mías.

—¿Usted también ha tenido aventuras utilizando el libro del hipnotismo?

—Claro. Todos los que descubren que poseen el don tienen aventuras. Pero ya casi nunca empleo mis poderes. Algunas veces nada más; solo para ayudar a la gente. Pienso que es lo mejor.

—¿Igual que me ayudó a mí?

—¿De verdad te ayudé? Me alegro mucho.

Durante un momento, Molly se quedó callada, pensando en lo mucho que había cambiado en las últimas semanas. De no ser por la bibliotecaria, tal vez ahora seguiría sintiéndose desgraciada. Había aprendido mucho gracias a ella.

—Gracias –le dijo muy agradecida–. Lo siento, ni siquiera sé su nombre.

—Me llamo Lucy Logan –dijo la mujer de rostro amable.

—¿Como el doctor? –preguntó Molly con un hilo de voz–. ¿Como el doctor Logan que escribió el libro?

—Era mi bisabuelo –contestó Lucy Logan, sonriendo de nuevo–. Pero mira, ya has tenido bastantes sorpresas por hoy. Te va a resultar difícil volver a dormir. Y tengo que cerrar la biblioteca. Así que será mejor que nos vayamos las dos. Ah, Molly, ven a verme siempre que quieras, te lo contaré todo sobre mi bisabuelo, y podremos hablar de hipnotismo. ¿De acuerdo?

Molly asintió y se puso de pie. Cuando ya se iba, Lucy Logan le hizo un gesto con la mano.

—¡Y feliz Navidad, Molly, si no te veo antes!

—Feliz Navidad –dijo Molly, aturdida aún por todo lo que había descubierto aquella noche.

Molly volvió a casa caminando, bajo la luna de diciembre. De vez en cuando sacudía la cabeza cuando recordaba algún episodio de las últimas semanas, reviviendo momentos en los que se había divertido, o había pasado miedo, y dándose cuenta de que la suerte siempre había estado de su lado. Le maravillaba cómo se habían desarrollado las cosas.

Mientras caminaba, gruesos y suaves copos de nieve empezaron a caer. El suelo se volvió blanco y crujía levemente bajo sus pies. Los árboles que dominaban el seto que bordeaba la carretera parecían hacerle señas a Molly para que siguiera avanzando.

Molly vio la valla publicitaria de Briersville, iluminada allá en la distancia. Los modelos del anuncio de Skay, vestidos con sus trajes de baño, enseñaban unos dientes muy blancos que ahora parecían castañetear de frío. Y Molly pensó que tenía gracia que solo tres semanas atrás hubiera pensado que esas personas eran maravillosas y que deseara ser como ellos. Ahora, su vida Skay le traía sin cuidado. Tenía su propia vida, y para ella era mil veces más interesante y con más sentido que la de ellos.

La nieve lo llenó todo, revoloteando alrededor de Molly, ahogando los ruidos y haciendo que su paseo fuera muy silencioso e íntimo. Por primera vez, le encantaba su vida. Le gustaba ser Molly Moon, aunque no fuese perfecta.

El libro del hipnotismo le había enseñado que tenía el poder de aprender cualquier cosa, siempre y cuando pusiera algo de su parte y lo intentara de verdad. Seis meses atrás, si alguien le hubiera dicho que podía ser una gran hipnotizadora, no lo habría creído, porque pensaba que era un desastre en todo. Molly estaba ahora impaciente por tratar de aprender todo tipo de cosas. El deporte que había decidido practicar era el cross, solo para ver si podía mejorar. Y, además, a Molly se le había metido en la cabeza aprender a bailar claqué. No para convertirse en una bailarina súper famosa, sino solo para ser lo bastante buena como para que le divirtiera hacerlo. A Molly ya no le importaba la fama. Solo quería disfrutar de su vida y ayudar a otras personas a que disfrutaran de las suyas.

¡Solo quedaban cinco días para que llegara la Navidad! Molly había estado tan ocupada que se le había olvidado por completo. Sonrió. Iba a ser la mejor Navidad de su vida.

Molly inspiró el aire fresco de la noche y sonrió al ver los campos silenciosos y dormidos. Esa noche la vida le parecía casi demasiado bonita. ¿Qué había pensado nada más encontrar el libro del hipnotismo? ¿Que las posibilidades que entrañaba eran infinitas?

Esa noche, Molly sintió que lo mismo ocurría con su vida. De la cabeza a los pies, y desde lo más hondo de su corazón, sintió que su vida era totalmente mágica. Y una vez más, pensó en lo feliz que se sentía por ser una persona normal y corriente, por ser la Molly Moon de siempre.

Frente a ella, la carretera brillaba como un lazo de plata a la luz de la luna; brillaba todo el camino hasta llegar a su hogar, la Casa de la Felicidad.

A tres mil kilómetros de allí, a cuatro mil pies por encima de los Alpes italianos, un avión realizaba un *looping*. En la carlinga había dos mujeres: una, musculosa, y la otra, escuálida. La que pilotaba tenía ojos de loca, y una boca sin dientes. Su dentadura colgaba de una cinta alrededor de su cuello como un medallón. La fornida mujer sentada a su lado vestía una camiseta con un letrero en la parte delantera que ponía: «SERÁ MEJOR QUE TE GUSTE ITALIA, PORQUE SI NO...».

Cuando el avión terminó el *looping*, la mujerona se levantó y dijo:

—¿Te apetece una pasta molto, molto bene, Agnes?

—Humm, sí, Edna; pero si te parece, que no sea picante, esta vez te lo digo en serio, Edna... No me la hagas tan picante.

FIN